오빠
손을
잡아

# 오빠 손을 잡아

N. H. 센자이 지음
신선해 옮김

# SHOOTING KABUL

놀

파리드와 자카리아에게
이 책을 바칩니다.

# 차례

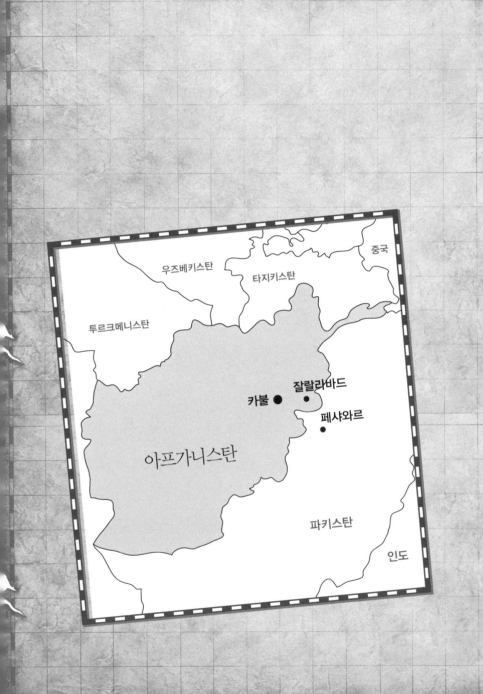

# 탈출의 밤

'탈출하기 딱 좋은 밤이야.'

금이 간 뒷좌석 유리창 너머로 시선을 던지며 파디는 생각했다. 창밖 하늘에 둥그런 달이 은은한 빛을 흩뿌리고 있었다. 문득 소설 『클로디아의 비밀』의 첫 문장이 떠올랐다.

'클로디아는 낡아 빠진 방식으로는 절대로 가출할 수 없다는 사실을 알고 있었다.'

아직 첫 장(章)의 반밖에 읽지 않아서 클로디아가 어떤 방식으로 탈출에 성공하는지 알지 못했지만, 파디는 자신의 가족만은 낡아 빠진 방식으로든 아니든 무조건 탈출에 성공하기를 바랐다. 만에 하나 실패할 경우, 가족 전부가 끔찍한 곤경에 처하게되기 때문이었다.

일가족이 탄 택시가 어둠 속을 내달리고 있었다. 택시는 폭격에 불타 버린 소련군 탱크 옆을 지나 곰보 자국처럼 구멍이 숭숭 난 고속도로를 빠져나왔다. 주요 도로를 타고 갈 순 없었다. 검은 터번을 머리에 싸맨 사내들이 검문소를 지나는 차량들을 일일이 확인하니까. 택시는 전조등도 켜지 않은 채 돌멩이가 굴러다니는 길 위를 덜컹거리며 달려갔다. 파디는 차가운 유리창에 코를 대고는 황량한 바깥 풍경을 하염없이 바라보았다.

차가 또 요동치자 차창에서 얼굴이 떨어졌다. 파디는 차창에 비친 자신의 모습을 물끄러미 응시했다. 전통 구슬모자 아래로 마구 뻗쳐 나온 검은 머리칼과 앙상하게 야윈 얼굴. 예전에 한 번 뼈가 부러진 탓에 왼쪽으로 살짝 비뚤어진 코. 말라붙은 보리밭을 달리던 택시가 갑자기 한쪽으로 기우뚱했다. 파디는 순간 놀라서 숨을 멈췄지만 택시는 용케 나무 그루터기를 피하고 계속해서 나아갔다. 그렇게 1.5킬로미터쯤을 더 달려 도착한 곳은 아프가니스탄 동부에 위치한 도시 잘랄라바드* 외곽이었다.

복잡하고 좁은 골목길로 들어서며 운전사가 속도를 줄였다. 저만치 앞에 부서진 건물 잔해들이 삐죽삐죽 솟아 있었다. 쥐 죽은 듯 고요한 주택가와 덧문이 내려진 채소 시장을 지나자 지금은 아무도 쓰지 않는 창고 단지가 나타났다. 살살 조심스레 브레

---

* 잘랄라바드(Jalalabad) - 아프가니스탄 동부, 파키스탄 국경 근처에 위치한 도시

이크를 지르밟은 운전사의 노력이 무색하게 타이어가 끼이익 요란한 소리를 냈다. 차는 마지막으로 덜컹하며 멈추어 섰다. 콘크리트로 된 창고 벽이 온통 총알구멍과 수류탄 자국으로 뒤덮여 있었다.

"다 온 건가요?"

파디의 아버지가 앞좌석으로 몸을 숙이며 물었다.

"그래, 하비브. 잘랄콧 로드와 투리 스트리트가 만나는 지점일세."

하비브는 입술을 굳게 닫은 채 모퉁이 너머를 건너다보았다. 잠시 후 운전사가 무거운 한숨을 내쉬며 다시 입을 열었다.

"어릴 적에 아버지랑 와 본 기억이 나. 몇 세대에 걸쳐 가업을 이어 온 상인들이 진을 치고 있었지. 그때는 이 거리에 예쁜 수제 종이가 가득했는데."

파디는 횅뎅그렁한 교차로를 내다보며 운전사 할아버지가 회상하는 옛 거리를 마음속으로 그려 보았다. 형형색색의 종이를 잔뜩 쌓아 놓은 상점, 밀고 당기며 값을 흥정하는 주인과 손님들, 별의별 사람들이 모여 북적이는 거리를.

마침내 하비브가 떨리는 목소리로 중얼거렸다.

"그럼…… 이제 가 볼까."

맏이인 누르가 파디를 쿡 찔렀다.

"나가자, 파디. 정신 차려."

누르가 문을 열고 먼저 내렸다. 그러고는 어머니를 부축해 뒤따라 내리게 했다. 하비브가 아내를 돌아보며 물었다.

"자푸나, 괜찮소?"

"괜찮아요."

자푸나는 한숨처럼 가냘픈 목소리로 간신히 대답했다. 누르가 어머니의 팔을 붙들고 조심조심 길가로 데려갔다.

다음으로 파디가 막내 동생 마리암의 손을 꼭 잡은 채 먼저 나왔고 마지막으로 마리암도 오빠 손에 이끌려 나왔다. 그들은 옅은 달빛에 의지해 가까운 건물 쪽으로 걸어갔다. 문을 닫은 지 오래인 듯한 찻집 문 앞의 계단. 부르카*를 뒤집어쓴 누르와 어머니가 칙칙한 회색 건물 벽에 연푸른 그림자를 드리웠다.

파디는 연신 택시 쪽을 흘깃거렸다. 아버지가 운전사 할아버지에게 돈 다발을 건네고 있었다. 비쩍 마르고 백발이 성성한 할아버지는 손사래를 쳤다. 한동안 둘 사이에 숨죽인, 그러나 열띤 토론이 벌어졌고 결국 운전사 할아버지가 마지못해 돈을 받았다. 하비브는 트렁크에서 조촐한 짐을 꺼냈다. 파디의 시선이 두 개의 여행 가방을 향했다. 그들이 소유했던 거의 모든 것, 그러니까 고급 카펫과 컬러 텔레비전, 비디오 플레이어, 라디오, 귀금속류, 도자기 그릇들, 어머니가 사랑하던 책들, 장난감, 옷가지

---

* 부르카(burka) - 일부 이슬람 국가의 여성들이 착용하는 의복으로, 머리에서 발목까지 전신을 덮어씌우는 겉옷

12

등은 전부 암시장에 내다 팔거나 탈출용 서류와 여권을 마련하기 위한 뇌물로 써 버렸다.

"살람 알라이쿰,* 평화가 함께하기를. 행운을 비네, 하비브."

운전사 할아버지가 나지막이 말했다. 그의 시선이 아무것도 없이 먼지만 날아다니는 거리 위를 불안하게 훑었다. 하비브도 조용히 속삭였다.

"왈라이쿰 아살람,** 사히브 교수님. 목숨을 걸고 저희 가족을 여기까지 데려다 주셨어요. 정말 감사합니다."

"어찌 안 그러겠나? 자넨 내 수제자 아닌가. 카불*** 대학 최고의 학생이었지."

할아버지의 고단한 얼굴에 싱긋 미소가 피어올랐다.

"아유, 그거야 까마득한 옛날 얘기죠"라고 말하면서 하비브는 격한 포옹으로 작별 인사를 대신했다.

나머지 가족들과도 작별 인사를 마친 후, 할아버지는 다시 택시 운전석에 올라탔다. 이들 가족이 지켜보는 가운데 택시의 깨진 미등이 어둠 속으로 서서히, 그러다 완전히 사라졌다.

파디는 텅 빈 거리를 두리번거렸다. 흙먼지가 자욱한 포장도

---

* 살람 알라이쿰(Salaam Alaikum) - 이슬람교도와 아랍계 기독교인, 유대인이 사용하는 아랍식 인사말. '당신에게 평화가 깃들기를'이라는 뜻이다.
** 왈라이쿰 아살람(Walaikum A'Salaam) - '살람 알라이쿰'에 대한 관용적인 응답으로, '당신에게도 평화가 함께하기를'이라는 뜻이다.
*** 카불(Kabul) - 아프가니스탄의 수도이자 최대 도시

로 위에 상점 간판들이 널브러져 있었다. '자카리아 지물포'라고
적힌 간판이 눈에 들어왔다. '아프가니스탄 최고의 필기 용지'라
는 광고 문구가 적힌 간판도 보였다.

손수건으로 입을 가린 자푸나의 숨죽인 기침 소리가 음울한
정적을 깨뜨렸다. 자푸나는 서둘러 손수건을 감췄지만 파디는
새하얀 천에 물든 핏자국을 보고야 말았다.

'어머니 건강이 점점 더 나빠지고 있어.'

파디의 이마에 주름이 잡혔다. 걱정스러운 표정으로 돌아보는
아들에게 아버지는 찡긋 윙크를 해 보이며 부드럽게 어깨를 잡
아 주었다. 파디도 미소로 응했지만 아버지의 두 눈에 서린 두려
움은 모르려야 모를 수가 없었다. 아버지의 표정에 담긴 감정은
결의가 섞인 두려움이었다. 파슈툰족*인 아버지는 고대로부터
내려오는 신성한 불문율 '파슈툰왈리'**를 철저히 지키며 살았다.
체면과 명예를 중시하는 나무스*** 규범에 따라, 가족을 보호하기
위해서라면 목숨도 내던질 준비가 된 사내였다. 오싹한 한기와
함께 파디의 머릿속에 6개월 전의 어느 날이 떠올랐다. 아버지에
게 이 계획을 처음 들었던 그 순간이.

---

* 파슈툰족(Pukhtuns) - 아프가니스탄 인구의 42퍼센트를 차지하는 다수 민족으로, 파슈토
어를 사용한다.
** 파슈툰왈리(Pukhtunwali) - 파슈툰족의 생활 방식 및 철학을 규정하는 규범이자 불문율
*** 나무스(namus) - 명예와 수치심에 대한 파슈툰왈리 규범

*

매서운 바람이 휘몰아치던 1월의 어느 날 아침. 온 가족이 몇 겹씩 옷을 껴입고서 식탁에 모여 앉았다. 어머니가 오래된 빵을 데워 담은 접시를 내려놓았다. 평소에는 좀처럼 맛볼 수 없는 하얀 치즈도 몇 덩어리 놓여 있었다.

"이야아아아!"

마리암이 담갈색 눈동자를 반짝반짝 빛내며 포크를 집어 들었다.

"맛대가리 없는 빵만 먹기도 지겨웠는데 드디어 같이 먹을 게 생겼네……. 어서 와, 맛있는 친구야! 내 배가 널 무지무지 환영한데!"

어머니가 고개를 끄덕이자마자 마리암은 제법 큼지막한 치즈 덩어리를 냉큼 찔렀다.

"야! 너 혼자 다 먹기야?"

누르가 일부러 화난 척하며 동생의 옆구리를 간지럽혔다. 마리암은 비명을 지르며 언니의 손길을 뿌리쳤다.

"꺅, 그만! 겨우 요만큼 코딱지만큼 가져온 거야!"

"너희 둘, 얌전히 있지 못하겠니?"

자푸나가 지친 얼굴로 나무라며 두 딸에게 번갈아 눈총을 주었다.

마리암은 금세 정색을 하고는 얌전히 빵에 치즈를 발랐다. 입을 삐죽거리며 눈치를 살피던 마리암이 나름 숨죽인 목소리로, 그러나 가족 전원이 들을 수 있을 만큼 크게 언니를 불렀다.

"언니."

"왜요, 맛있는 친구를 환영하는 똥배 아가씨?"

"부탁이 있어."

"무슨 일인데?"

"굴미나한테 새 드레스 입혀 주고 싶어. 그러니까 바느질하는 법 좀 가르쳐 줘."

마리암의 접시 옆에 놓인 바비 인형이 바로 굴미나였다. 친구들이 모두 부러워해 마지않는 예쁜 인형. 원래는 누르의 장난감이었지만, 인형 갖고 놀 나이가 지난 누르가 동생에게 물려준 것이었다. 여기저기 많이 닳았고 심지어 왼팔은 철제 울타리에 끼는 바람에 떨어져 나갔지만 마리암은 어딜 가나 늘 굴미나를 데리고 다녔다.

누르는 조그만 치즈 조각을 입에 쏙 넣고는 한쪽 눈썹을 치켜뜬 채 동생을 바라보았다. 마리암이 언니를 조르기 시작했다.

"제발, 제발, 제발…… 착하고 예쁜 언니야, 응? 이번 주 집안일 내가 다 할게. 감자 껍질도 까고, 순무 껍질도 까고, 쓰레기도 버리고, 다림질도 하고……."

"글쎄……. 넌 아직 다리미 만지면 안 되는데……."

누르가 뜸을 들이자 마리암은 당장이라도 울어 버릴 듯한 표정을 지었다.

"언니야, 제발……. 언니가 시키는 건 뭐든 다 할게, 응? 응?"

마리암은 언니에게 애처로운 강아지 눈빛을 보내며 억지 미소를 지었다. 아이의 두 볼에 앙증맞은 보조개가 옴폭 파였다. 결국 누르도 그쯤에서 져 주기로 했다.

"휴우……. 그래, 알았어. 우리의 굴미나 양한테 잘 어울리는 새 옷을 만드는 것보다 더 재미있는 일이 안 떠오르네."

"그렇지, 그렇지, 그렇지?"

마리암은 열렬히 맞장구를 쳤다. 숱이 듬성듬성한 굴미나의 검은 머리털을 배배 꼬면서 마리암은 새 옷에 쓰고 싶은 색깔들을 재잘재잘 늘어놓기 시작했다. 대부분이 연보라색 아니면 분홍색이었다.

파디의 귀에 자매의 대화는 경이로운 수준으로 따분하게만 들렸다. 그래서 더 듣기를 포기하고, 따뜻한 물을 섞은 우유에 푸석푸석한 황설탕 조각을 퐁당 빠뜨려 저으며 창밖을 응시했다. 제법 굵직한 눈가루가 바람에 이리저리 흩날리다 뒷마당에 내려앉고 있었다. 파디는 왼쪽 눈을 감고, 카메라 뷰파인더를 통해 바깥 풍경을 감상하는 거라고 상상했다. 아버지의 낡은 카메라가 지금은 파디의 것이 되었다. 몇 달 전 열한 번째 생일을 맞은 파디에게 아버지가 선물로 주신 것이다. 파디는 눈을 가늘게 뜨고서 프레임을 잡아 보았다. 구름 한 점 없는 푸른 하늘을 배경으로 오래된 자두나무 한 그루가 서 있는 풍경. 아, 오늘 날씨는 맑으면 좋겠다. 그래야 아버지한테 조용한 마을 뒷산으로 사진 찍으러 가자고 졸라 볼 수 있을 테니까. 하지만 아마 안 될 것이다. 일단 날씨가 너무 추웠다. 그리고 카메라를 가지고 나가는 건 너무 위험했다. 때마침 아버지가 목청을 가다듬었다.

"흠흠, 너희들한테 할 말이 있다."

파디는 뒷마당에 쌓여 가는 눈에서 시선을 떼고 눈썹을 치켜 뜨며 아버지를 바라보았다. 어딘지 모르게 평소와는 다른 느낌이었다. 아버지가 다시 무겁게 입을 열었다.

"이곳 상황이 너무 위험해졌어."

아버지의 눈 밑엔 깊은 그늘이 져 있었다. 마치 며칠 밤을 꼬박 새운 것처럼.

'상황이란 표현은 좀 약하지.'

파디는 우유를 휘저으며 생각했다. 지난 10년간 '상황'은 갈수록 더 무서워지기만 했다. 단순히 빵을 구하러 나가기만 해도 온갖 곤란한 일에 휘말리기 일쑤였다.

마침내 아버지가 좌중을 둘러보며 엄숙히 선언했다.

"그래서 결정을 내렸다. 우린 떠날 거야."

"떠난다고……?"

파디는 길 잃은 부엉이처럼 눈을 끔뻑이며 중얼거렸다.

"뭐라고요?"

누르는 포크까지 떨어뜨렸다. 포크가 식탁에 부딪히며 쨍그랑 소리를 냈다.

어머니는 아무런 반응도 보이지 않았다.

누르가 재우쳐 물었다.

"아버지, 그게 무슨 말씀이세요? 떠난다니요?"

깡통에 남은 꿀을 박박 긁는 데 정신이 팔려 있던 마리암조 차 동작을 멈추고 아버지를 쳐다봤다. 꼬마 숙녀는 영문을 모르 겠다는 듯 미간을 찌푸리고 물었다.

"왜 떠나는데요?"

아버지가 조용히 대답했다.

"너희 어머니가 아프시잖니. 더 훌륭한 의사 선생님을 찾아가 야 해."

파디는 어머니의 창백한 얼굴을 흘긋 곁눈질했다. 스웨터 두 개를 껴입고 남편의 낡은 외투와 숄까지 걸치고도 어머니는 추 위 못 견디겠다는 듯 바들바들 떨고 있었다. 초겨울에 감기에 걸 렸는데 좀처럼 낫지 않고 지금까지 계속 나빠지기만 했다. 카불 에 몇 남지 않은 의사들은 어머니를 괴롭히는 병명을 밝혀내지 못했다. 물론 어머니를 낫게 해 줄 처방을 내리지도 못했다. 게다 가 일주일 전엔 악재가 겹쳤다. 어머니의 어머니, 즉 파디의 외할 머니를 차갑고 딱딱한 땅에 묻어야 했던 것이다. 이로써 파디의

조부모님은 한곳에 나란히 눕게 되었고, 그날부터 자푸나의 병
세는 한층 더 악화되었다.

"'그놈들' 때문이죠, 그렇죠?"라고 묻는 마리암의 눈빛이 나이
에 비해 날카롭게 반짝였다.

여섯 살 막내가 누굴 말하는지 모두가 알고 있었다. 탈레반*이
었다.

마주 앉은 막내딸의 적갈색 머리칼을 흩뜨리며 하비브는 한숨
을 내쉬었다.

"그렇단다, 아가야. 그 사람들 때문에 여기서 사는 게 너무 힘
들어졌지."

자푸나는 김이 모락모락 피어오르는 컵을 두 손으로 쥐다가,
쿨럭쿨럭 터져 나오는 기침을 손으로 막으며 간신히 말을 내뱉
었다.

"결국 이렇게 되고 말았네요."

"당신이 옳았소, 자푸나. 역시 돌아오는 게 아니었어."

아버지가 또다시 긴 한숨을 내쉬었다. 자푸나는 남편의 손을
토닥이며 위로했다.

"당신은 최선을 다한 것뿐이에요. 나라를 위해…… 동포들을
위해서."

---

* 탈레반(Taliban) - 사전적 의미는 '학생'이지만 보통은 1996년부터 2001년까지 아프가니
스탄을 지배했던 파슈툰 세력을 일컫는다.

자푸나의 얼굴에 슬픔과 연민이 동시에 떠올랐다.

마리암은 찡그린 얼굴을 한 채 부모님을 번갈아 쳐다보았다.

"무슨 뜻이에요? 돌아오는 게 아니었다니?"

자푸나가 막내딸을 똑바로 바라보았다.

"아가야, 예전에 우리가 미국에서 살았다고 엄마가 얘기해 줬는데 기억나지?"

마리암은 고개를 주억거렸다.

"아버지가 미국의 대학교에 다니면서 하…… 학…… 학 어쩌고를 땄다고…….

누르가 코를 찡긋하며 참견을 했다.

"바보야, '학위'잖아. 농학 박사 학위."

"그래, 학위."

마리암은 잘난 척하는 언니에게 우거지상을 해 보였다. 하지만 누르는 한술 더 떠 콧대까지 세우며 덧붙였다.

"넌 미국에서 태어났어. '위스콘신'이라는 데서."

"그런데 왜 다시 아프가니스탄으로 돌아왔는데?"

마리암은 꿀이 묻어 끈적끈적해진 손가락으로 식탁을 톡톡톡 두드리며 심드렁하게 물었다.

"이곳에 동포들이 있으니까."

파디가 동생의 입을 다물게 할 요량으로 얼른 대답했다. 아버지가 말씀하신 '떠난다'는 것에 대해 좀 더 자세히 듣고 싶었기 때문이다. 하지만 실패였다.

"그래서 도와주셨잖아요. 그렇죠?"

마리암은 마치 스무고개 놀이라도 하는 양 천진하게 또 물었다. 어머니도 슬슬 인내심이 바닥난 듯 입술을 달싹였지만 아무 말도 하지 않고 굳은 표정으로 앉아 있을 뿐이었다.

파디가 동생에게 눈을 부라렸다. 하여간 모든 대화를 곁길로 빠지게 하는 데는 선수라니까.

결국은 아버지가 나섰다.

"그렇단다, 아가야. 아프가니스탄으로 돌아왔을 때 아버지는 탈레반에게 부탁을 받았어. 우리나라에 양귀비 밭이 너무 많은데 그걸 다 없애 달라고. 양귀비는 아편이라는 나쁜 약을 만드는 재료거든."

파디는 옛날에 다 들은 얘기였다. 아프가니스탄이 세계 최대의 아편 생산국이고, 양귀비에서 뽑아낸 헤로인이라는 마약이 온 나라를 망치고 있다는 얘기.

마리암은 겁먹은 표정으로 고개를 끄덕였다. 이 동네 길거리에도 마약 중독자들이 수두룩했다. 누더기를 걸친 중독자들이 앙상한 손을 불쑥불쑥 내밀며 구걸하는 통에 소스라치게 놀란 적이 얼마나 많았던지.

하비브가 말을 이었다.

"난 차근차근 농장주들을 설득하기 시작했다. 양귀비 밭을 없

애고 대신 배고픈 이들이 먹을 수 있는 작물을 키우라고 말이
야."

자푸나가 거들었다.

"너희 아버지는 아주 열심히 노력하셨단다. 하지만…… 기대
만큼의 결과가 나와 주지 않았어."

"그럼 옛날엔 탈레반도 착한 사람들이었네요. 그런데 왜 지금
은 나쁜 놈들이 되었어요?"

"마리암."

자푸나가 막내딸을 꾸짖으려 했지만 하비브가 손을 들어 막
았다.

"괜찮소."

하비브는 근엄한 표정으로 마리암을 바라보았다.

"인간이란 그런 존재란다, 아가야. 엄청난 권력을 손에 넣으면
그걸 막 자랑하고 함부로 쓰려고 하지. 탈레반의 중심은 아주 독
실한 학생들이야. 그 사람들이 처음 권력을 얻었을 때는 나라에
평화와 질서를 안겨다 줬어. 문제는 탈레반이 이슬람 교리를 너
무 엄격하게 해석한다는 거야. 탈레반이 해방시킨 사람들이 오
히려 그들의 교리에 억눌리기 시작했지."

"그래서 아버지도 이렇게 턱수염을 기르시잖아요. 탈레반이
시켜서."

마리암은 생글생글 미소를 지으며 손을 쭉 뻗어 아버지의 턱

수염을 쓰다듬었다.

하비브가 너털웃음을 터뜨렸다.

"그래, 탈레반이 시켰지. 억지로 믿음을 강요할 수는 없는 법인데 탈레반은 그걸 모르는 것 같구나. 진정한 믿음은 마음에서 우러나야 하는 것이잖니."

누르가 불쑥 끼어들었다.

"불공평해요. 탈레반은 자기들 멋대로 해석한 이슬람 교리로 사람들을 괴롭히고 있다고요. 음악도 못 듣게 하고, 영화나 책, 사진도 금지하고, 심지어 연 날리기도 못 하게 하잖아요. 코란* 어디에도 그런 얘기는 없는데 말이에요. 정말 웃겨!"

하지만 파디는 알고 있었다. 누나가 저렇게 발끈하는 진짜 이유는 따로 있다는 것을. 전통적으로 아프가니스탄의 여성들은 머리끝에서 발끝까지 뒤덮는 부르카를 착용했다. 파디의 할머니, 어머니, 고모와 이모 들도 전부 부르카를 뒤집어쓰고 살았다. 하지만 탈레반이 권력을 쥔 후, 부르카는 전통에서 강요로 바뀌었다. 예전엔 개개인이 선택하기에 따라 부르카를 입을 수도, 안 입을 수도 있었다. 그러나 이제 아프가니스탄 여성이 외출을 할 때는 무조건 부르카를 덮어써야 했다. 이런 말도 안 되는 압제를

---

* 코란(Qur'an) - 이슬람 경전. 이슬람교도들은 코란이 인류에게 나아갈 방향을 일러 주는 성서라고 여기며, 아랍어로 된 코란 원본에 신의 마지막 계시가 빠짐없이 담겨 있다고 믿는다.

누르는 견딜 수가 없었던 것이다. 게다가 탈레반은 여학교를 전부 폐교시켰다. 나라가 안정되고 안전해지면 여학생들에게도 다시 공부할 기회를 주겠다면서.

자푸나도 나직이 중얼거렸다.

"알라께서 가장 나쁘게 보시는 일이 바로 강요와 억압인데……. 너무나 나쁜 것이기에 알라 당신은 물론이고 우리 인간에게도 금하셨는데……. 사람이 사람을 억압할 수는 없어. 알라께서 금지하신 일이니까……."

하비브가 거들었다.

"맞아. 하지만 불행하게도 이 세상은 온통 강요와 억압으로 가득 차 있지……. 사람이 사람을, 단체가 단체를, 나라가 나라를 억압하는 세상이야."

파디는 무거운 한숨을 내쉬었다. 그들 가족에게 아프가니스탄은 하루가 다르게 위험한 나라로 변해 갔다. 특히 지난번에 탈레반이 집에 찾아온 후로는 더더욱.

*

"왜 아무도 없지?"

툴툴대는 누르의 목소리가 파디의 상념을 깨뜨렸다. 누르는 발끝을 땅바닥에 콩콩 찧어 대고 있었다. 얼굴을 가리던 부르카는 진즉에 뒤로 젖혀 버렸다. 아치형의 짙은 눈썹 아래로 누르의 갈색 눈동자가 불안하게 흔들렸다.

"곧 올 거다."

하비브가 긴장한 맏딸을 다독였다.

마리암은 쓰레기 더미에 코를 박고 킁킁대는 말라 빠진 강아지에게 정신이 팔려 있었다. 파디가 동생의 팔을 붙들고 너덜너덜한 차양 아래로 잡아끌었다. 카불에서 여기까지 꼬박 여덟 시간을 비좁은 차 안에서 덜컹대며 오는 동안, 마리암은 한 번도 입을 열지 않았다. 지금도 그저 굴미나를 옆구리에 꼭 끼고서 찌푸린 얼굴로 오빠를 올려다볼 뿐이었다. 작고 동그란 얼굴에 가득하던 천진난만한 웃음기는 온 데 간 데 없었다. 파디는 동생의 귀에 대고 속삭였다.

"막상 가 보면 되게 좋을 거야. 거기엔 초콜릿이 무지 많대. 당연히 바비 인형도 많고."

마리암은 굴미나의 옷자락을 만지작거리며 고개를 끄덕였다. 굴미나는 지난주에 누르가 무료함을 달래느라 후딱 바느질해 만든 부르카를 몸에 둘둘 감고 있었다. 탈레반이 신성 모독이라는 이유로 사람의 형체를 본뜬 장난감을 금지했기 때문에 굴미나도 겹겹의 밝은 색 천 쪼가리 속에 숨겨진 신세가 될 수밖에 없었다. 마침내 마리암이 자그맣게 대답했다.

"오빠가 그렇다면야, 뭐."

"당연히 그렇지, 인마."

파디는 장난스럽게 동생의 머리칼을 흩뜨리며 말했다. 다시는 고향으로 돌아오지 못하리라는 사실을 마리암도 아는 것 같았다. 쇼군드 가에 자리 잡은 우리 집, 바람이 잘 통하는 방, 뒷마당의 자두나무와도 영원히 이별해야겠지. 딱 한 그루 남은 자두나무였다. 나머지는 전쟁 통에 모조리 잘라서 땔감으로 써 버렸다. 하긴, 집도 성한 곳이 없긴 했다. 수선비가 없어 오랜 세월 방치할 수밖에 없었기 때문이다.

하비브가 아주 엄한 표정으로 막내딸에게 당부했다.

"잊지 마라, 마리암. 어떠한 경우에도 다른 사람들한테 네 진짜 이름을 알려 주면 안 돼. 누가 묻거든 우리는 농부 가족이라고 대답해라. 피난 가는 길이라고."

마리암은 침을 꼴깍 삼키며 고개를 끄덕였다. 이미 귀에 딱지가 앉도록 들었을 것이다. 끝까지 정체를 숨겨야 한다, 안 그러면 탈레반에게 잡히고 만다, 그놈들은 우리 가족을 카불로 되돌려 보낼 것이다…….

"그리고 파디, 정신 똑바로 차려라. 일단 트럭이 나타나면 꾸물댈 시간이 없으니까."

파디도 등을 곧추세우며 끄덕끄덕했다.

하비브가 슬쩍 손목을 내려다보았지만 거기엔 아무것도 없었다. 오늘 아침 집을 떠나기 전에, 오랫동안 그들 집의 충실한 하인이었던 샤밈에게 손목시계를 이별 선물로 주었던 것이다. 하비브는 희끗희끗한 턱수염을 어루만지며 맏딸에게 물었다.

"누르, 지금 몇 시냐?"

"12시 7분이요."

누르의 손목에는 닳아 빠진 가죽 줄과 야광 미키마우스 시계가 있었다.

갑자기 길모퉁이에서 시끄러운 소리가 들려왔다. 파디 가족은 일제히 건물 옆으로 돌아가 벽에 딱 붙은 채 몸을 웅크렸다. 잠시 후 파디가 고개를 빠끔 내밀었다. 다리가 하나뿐인 남자가 당나귀 한 마리를 끌고 오는 중이었다. 기다란 귀를 쫑긋 세운 동물의 목덜미를 애정 어린 손길로 쓰다듬는 주인. 파디는 왼쪽 눈을 감고, 그 장면을 카메라 뷰파인더로 본다고 상상했다. 어딘가 구슬프면서도 자꾸만 마음이 가는 장면이었다. 아프가니스탄에는 지뢰로 팔이나 다리를 잃은 사람이 많았다. 남자, 여자, 심지어 어린아이들까지도. 갑자기 눈물이 나오려 했다. 파디는 얼른 두 눈을 깜빡거렸다. 아프가니스탄은 위험천만하고 문제투성이였지만 그래도 파디에겐 고국이었다.

'우리나라가 평화로우면 좋겠어. 길거리에서 안전하게 놀 수 있다면, 산과 계곡, 강 풍경을 사진에 담을 수 있다면…… 그러면 얼마나 좋을까.'

파디의 마음속에 두려움이 스며들기 시작했다. 정말 오늘이 이곳의 공기를 마시는 마지막 날일까?

바로 그때 당나귀를 어르는 주인의 목소리가 들려왔다.

"자, 로즈버드, 다리 넷 달린 귀염둥이 내 친구! 얼른 집에 가자. 오늘 저녁은 감자 껍질이란다."

귀염둥이 로즈버드는 주인의 손을 깨물고 싶어 하는 것 같았다. 그 장면을 보고 마리암이 숨죽인 채 킥킥거렸다.

파디도 빙그레 웃었다. 청승맞은 생각을 밀어내고 나니 또 한 번 클로디아의 위대한 탈출 성공담이 생각났다.

'반드시 성공해야 해. 우리도 꼭 탈출하고야 말 거야.'

만에 하나 탈레반에게 잡힐 경우, 그들이 아버지에게 무슨 짓을 할지는 상상도 할 수 없었다.

# 미안해, 마리암

12시 42분, 초록색 군용 트럭이 모퉁이를 돌아 나타나 도로에서 몇 블록 떨어진 지점에 이르러서는 전조등을 끄고 잠시 정차했다. 짐칸을 덮은 천이 바람에 나부꼈다. 하비브는 좀 더 자세히 보려고 그늘 밖으로 한 걸음 내디뎠지만 트럭은 신호도 없이 갑자기 부르룽 시동을 걸고는 모퉁이를 돌아 사라져 버렸다. 하비브는 나지막이 욕설을 내뱉으며 원래 있던 자리로 돌아왔다. 자푸나는 누르가 어디선가 주워 온 나무상자에 앉아 있었다.

파디는 한 손으로는 마리암의 앙상한 팔을 붙들고 다른 한 손으로는 배낭을 단단히 움켜쥐었다. 파디의 물건이 몽땅 그 안에 들어 있었다. 갈아입을 옷가지, 가족사진이 담긴 앨범, 성냥갑만 한 자동차 모형과 카메라 모형, 낡은 꿀 깡통, 그리고 오래된 미

놀타 XE. 집을 떠나기 직전에 파디는 표지가 떨어져 나가고 책
장이 너덜너덜한 『클로디아의 비밀』을 배낭 안에 집어넣었다. 팔
아 치우지 않고 남겨 둔 유일한 책이었다.

독서가 금지된 탓에 사람들은 몇 달에 한 번씩 암시장에서 은
밀히 책을 사고팔았다. 파디와 누르는 암시장으로 가는 어머니
를 따라 나서곤 했다. 장소는 한때 카불에서 퍽 유명한 서점 주
인이었던 사람이 신중하게 정했다. 그의 서점은 습격을 당해 지
금은 문을 닫았다. 남매는 오래된 책 더미를 훑은 다음 재빨리
물건들을 골라 담았다. 그리고 몇 분 만에 채소 밑에 책 몇 권이
깔린 식료품 봉지를 안고 거리로 나와 집으로 돌아왔다.

이제 거실 책장에 꽂힌 책이라곤 종교 관련 서적과 아버지의
농업 관련 잡지 몇 권뿐이었다. 두꺼운 소설책과 훌륭한 아프가
니스탄 시집, 어린이 책과 잡지 같은 다른 책들은 뒷마당에 마련
된, 지금은 쓰이지 않는 빈 닭장 밑에 숨겼다. 그 옆에는 뒷마당
에 있던 나무들 중 유일하게 땔감 신세를 모면한 자두나무가 서
있었다. 파디는 여덟 살 때 그 자두나무에 올라가 놀다가 떨어져
코뼈가 부러진 적이 있었다.

"오빠, 나 심심해."

마리암이 나무 막대기로 축축한 종이 더미를 쿡쿡 찔러 대며
속삭였다.

"나도."

파디는 한숨을 내쉬며 대답했다.

"그래도 조금만 참아, 금방 떠날 거야."

"쉬잇!"

누르가 동생들을 엄하게 쏘아보았다.

파디가 '쳇, 한 대 치려고?' 하는 듯이 눈동자를 치켜뜨고 사팔뜨기 흉내를 냈다. 바로 그때 샛길에서 자동차 엔진 소리가 들려왔다.

"셋 다 조용!"

하비브가 나지막이 아이들을 나무라며 거리 쪽을 살폈다. 트럭이 사라진 방향에서 두 개의 동그란 빛이 다시 나타났다.

파디는 잔뜩 얼어붙었다.

'저거다! 아까 그 트럭이야.'

트럭은 부릉부릉하며 속도를 늦추면서 찻집을 지나 몇 블록 더 가더니 멈추어 섰다. 마치 무언가를, 혹은 누군가를 기다리는 것처럼.

하비브는 몸을 앞으로 쑥 내밀고 트럭 옆구리에 인쇄된 숫자에 시선을 고정시켰다.

"32938."

자그맣게 소리 내어 숫자를 읽고, 하비브는 손에 쥔 쪽지를 확인했다. 그러고는 여행 가방을 그러쥐며 말했다.

"어서 가자. 마리암 잘 챙겨라, 파디."

'드디어…….'

파디의 심장이 미친 듯이 뛰었다. 아버지는 아프가니스탄과 이웃한 파키스탄까지 밀항하는 조건으로 그동안 저축한 금액 전부인 2000달러를 브로커에게 지불했다. 그러나 파키스탄은 목적지가 아니었다. 그 후에도 길고 험난한 여정을 겪어야 할 터였다. 파디는 마리암의 손을 잡고 서둘러 트럭으로 향했다.

누르가 어머니를 질질 끌다시피 부축하며 뒤따랐고 그 뒤로 하비브가 짐을 챙겨 따라왔다.

파디는 동생의 손을 단단히 붙잡은 채 물웅덩이를 피하고 녹슨 금속 부품이 언덕처럼 쌓인 지점을 에돌아 나아갔다.

"또 어디 가는 거야?"

헐떡이며 묻는 마리암에게 파디는 소리를 낮추어 대답해 주었다.

"페샤와르.* 파키스탄과 아프가니스탄 국경에 있는 도시야. 어머니 사촌이 거기 사신다고 한 거, 거기서 난민 진료소를 운영하신다고 한 거, 기억하지? 국경에서 만나기로 했잖아."

"아아……."

마리암은 굴미나를 꼭 끌어안았다. 파디는 동생을 성마르게 잡아끌면서 좁고 어둑한 골목을 지났다.

---

\* 페샤와르(Peshawar) - 파키스탄 북서부 카이베르파크툰크와 주의 주도(州都)

파디는 불에 탄 자동차 잔해 옆에서 나머지 식구들을 기다렸다. 누르와 어머니가 오자 오른쪽에서 요란하게 철벅철벅 소리가 울려 퍼지면서 달리는 발소리가 뒤이었다. 남자 어른들이 앞으로 몰려들어 트럭 쪽으로 내달렸다. 트럭 근처의 기름통 뒤에서 여자 둘이 어린아이 셋을 데리고 나와 트럭 뒤로 기어올랐다.

"서둘러! 저 트럭 잡아타야 돼!"

하비브가 눈이 휘둥그레진 채 다급하게 튀어 나가며 외쳤다.

열 명 남짓한 사람들이 여기저기서 튀어나와 일제히 트럭을 향해 달려들었다. 파디와 마리암은 누르를 쫓아갔다. 푹 꺼진 두 눈에 눈물이 맺히고 턱수염을 기른 노인을 부축한 여인들이 속도를 내려고 애쓰고 있었지만 어쩔 수 없이 뒤처졌다.

"너희 둘, 얼른 와!"

누르가 어깨 너머로 소리쳤다. 누르는 양손에 짐을 든 두 명의 10대 소년을 팔꿈치로 젖히며 어머니를 떠밀고 있었다.

'만날 잔소리야.'

속으로 투덜대며 파디는 마리암의 손을 더욱 꼭 쥐었다.

잡은 손을 세게 당겼지만 동생은 꿈쩍도 하지 않았다.

'이건 뭐……?'

돌아보니 마리암이 굴미나를 만지작거리고 있었다.

"서둘러야 돼, 마리암."

파디가 다급하게 타일렀다.

"잠깐만."

마리암은 인형을 스웨터 속으로 밀어 넣으려고 용을 썼다.

"시간 없다고!"

"오빠 가방에 굴미나 넣어 주면 안 돼?"

마리암이 자신의 소중한 바비 인형을 내밀었다.

"안 돼, 지금은. 시간 없단 말이야."

파디는 트럭 쪽으로 돌아서며 마리암을 억지로 끌어당겼다.

"누르! 엄마 이쪽으로 모셔 와라!"

저만치 앞에서 아버지의 목소리가 들려왔다. 하비브는 트럭 짐칸에 가방을 던져 넣고 올라탄 후였다. 하비브는 파디를 보고 어서 오라고 손짓하다가, 마침 트럭에 도착한 누르에게로 시선을 돌렸다. 아버지가 몸을 숙여 어머니를 팔로 감싸 끌어올리고 누르는 아래에서 받치며 밀어 올렸다. 간신히 짐칸으로 올라온 어머니를 아버지가 안쪽 깊숙한 곳으로 이끌었다.

파디는 아버지가 사라진 지점에 시선을 딱 박아 두고서 달리기 시작했다. 마리암도 오빠의 팔에 매달려 숨이 턱에 닿도록 헐떡이며 따라 달렸다. 트럭 뒤로 아버지가 다시 모습을 드러내더니 누르를 안으로 끌어당겼다. 파디가 트럭을 10미터쯤 앞두었을 때, 때가 꼬질꼬질한 누더기 차림의 한 가족이 근처의 창고에서 쏟아져 나오더니 파디와 마리암을 앞질러 갔다.

"앗!"

마리암이 중심을 잃고 넘어졌다. 창고에서 나온 소년이 마리암을 치고 지나간 것이다.

"일어나, 빨리 가야 돼!"

파디는 거의 울부짖고 있었다. 동생을 일으키느라 소중한 몇 초를 허비하고 말았다. 심장이 터질 것 같았다. 누나가 보이지 않았다. 어머니, 아버지도. 파디는 땀이 흥건한 마리암의 손을 움켜잡고 사람들 틈으로 돌진했다.

아까 지나쳤던 노인이 진흙 바닥에 누워 있었다. 부축하던 여인들은 그 주위를 에워싸고서 흐느꼈다. 기력이 다한 노인을 트럭에 태울 방법을 찾느라 애태우며 저들끼리 속닥거리면서.

파디는 마음이 아팠지만 돕고 싶어도 지금은 도울 수 있는 상황이 아니었다. 지금은 그저 부지런히 달려야 했다. 고개를 이리저리 빼면서, 시야를 가리는 여자애들 머리통 너머를 봐야 했다.

'저기다! 아버지!'

하비브가 몇 미터 앞에 있었다. 트럭 뒤 범퍼를 딛고 서서 사람들을 살펴보고 있었다. 드디어 파디를 발견한 아버지의 두 눈이 커다랗게 벌어졌다.

"이쪽이다, 파디!"

파디는 부르카를 두른 두 여자 사이의 틈을 발견하고 냅다 뛰어들었다.

'1~2미터만 더 가면 트럭에 탈 수 있어.'

트럭 뒷바퀴에 손이 닿는 순간, 날카로운 비명 소리가 사람들 사이를 가르며 울려 퍼졌다.

"그자들이다!"

공포에 질린 고함 소리.

파디와 마리암은 한층 더 세차게 밀려드는 사람들과 뒷바퀴 사이에 끼어 으스러질 지경이었다.

"누구라고?"

트럭에서 누군가가 외쳤다.

"숨 막혀!"

마리암이 울부짖었다.

"탈레반이야!"

"그자들이다!"라고 외쳤던 목소리였다.

멀리서 끼익하는 타이어 소리가 들려왔다. 찻집 쪽으로 다가 오는 소리.

무리 가장자리에서 외마디 비명이 들려오고 사람들은 서로 밀치락달치락하며 앞다투어 트럭에 오르려 했다. 남자 셋은 트럭 덮개 위로 올라 짐칸 벽과 천막을 연결하는 밧줄에 매달렸다.

"이제 출발합니다!"

운전사가 걱정스러운 목소리로 소리쳤다.

뒷바퀴에 붙어서 안간힘을 쓰는 파디의 셔츠를 억센 손길이 잡아챘다. 아버지였다.

"됐어, 잡았다!"

"아얏!"

파디의 손에 매달린 마리암이 비틀거리며 울부짖었다.

"마리암 꼭 붙들어라!"

트럭 엔진이 기세 좋게 울렸다. 출발하기 일보 직전. 파디는 아버지를 올려다보며 외쳤다.

"잡고 있어요!"

하비브가 아들을 끌어올리기 시작했다.

"꼭 잡아라. 둘 다 올려 줄게."

"굴미나!"

난데없는 마리암의 비명에 파디는 홱 고개를 돌렸다.

땅바닥에 떨어진 핑크색 헝겊 쪼가리가 눈에 들어왔다.

"데리고 가야 돼!"

마리암이 몸을 비틀기 시작했다.

"안 돼!"

파디는 다른 손까지 뻗었지만 마리암을 놓치고 말았다. 본능적으로 마리암의 손을 그러잡았지만 땀이 흥건한 동생의 자그마한 손가락은 파디의 손에서 미끄러져 버렸다. 트럭이 앞으로 굴러 나가며 속도를 올렸다.

하비브가 파디를 끌어올리는 순간, 마리암은 땅바닥으로 나동그라졌다.

"아버지!"

파디는 필사적으로 울부짖었다.

"봐 줘요!"

아버지의 손아귀를 벗어나려고 몸부림을 쳤지만 아버지는 그대로 파디를 트럭 뒤의 짐칸 위로 끌어올렸다.

트럭은 낙오자들을 뒤에 남겨 두고 무심히 골목길을 내달렸다. 뿔뿔이 흩어지는 낯선 이들의 홍수가 마리암의 작은 몸을 삼켜 버렸다. 새까만 자동차가 불에 탄 차량 언저리에서 유턴하여 사람들 뒤쪽을 막아서자 새된 비명 소리가 허공을 가득 메웠다. 덥수룩한 턱수염을 기르고 머리에 터번을 둘둘 만 남자들이 팔을 휘저으며 사람들에게 방향을 지시했다.

운전사는 목숨을 걸고 질주했다. 트럭은 끼익하는 타이어의 굉음과 함께 급히 우회전을 하자마자 폭탄을 맞은 창고를 통과하여 곧장 골목길로 들어섰다. 파디는 정신없이 뒤쪽을 바라보았다. 믿을 수가 없었다. 고작 여섯 살밖에 안 된 동생을 잃어버렸다. 바로 파디 자신 때문에.

# 3

## 샌프란시스코로 가는 길

비행기 창은 조그맣고 모서리가 둥글었다. 탑승권을 손에 쥔 채 파디는 창밖을 내다보았다. 새파란 하늘 아래 새하얀 깃털 같은 구름이 쫙 깔려 있었다. 무릎 위에 『클로디아의 비밀』이 놓여 있었지만 한 단어도 읽지 못했다. 열심히 들여다보긴 했지만 단어들이 눈앞에서 뱅뱅 소용돌이칠 뿐 도무지 머리에 들어오질 않았다. 파디는 두 눈을 질끈 감고 등받이에 몸을 기댔다.

'다른 생각을 하자. 뭐라도 좋으니 다른 걸 떠올려야 해……'

하지만 그럴 수 없었다. 파디의 머리는 탈출하던 날 밤의 그 순간만을 집요하게 떠올렸고 가슴은 죄책감으로 까맣게 타 들어갔다.

*

하비브는 고통스러운 얼굴로 트럭 운전사에게 차를 돌려 달라고 몇 번이고 애원했다. 하지만 난데없는 탈레반의 등장에 얼이 쏙 빠진 운전사는 들은 척도 하지 않았다. 탈레반이 그들을 맹렬히 추격하고 있었다. 게다가 운전사는 인간 화물을 태우고 국경을 넘는 대가로 이미 많은 돈을 받은 터였다. 자푸나는 남편이 왜 저렇게 운전사를 괴롭히는지 의아해하다가 자초지종을 듣고는 얼굴이 새하얗게 질리고 말았다.

털썩 주저앉은 자푸나의 입이 까맣게 벌어졌다.

"안 돼애애애애애!"

비통한 비명 소리가 트럭 짐칸에 울려 퍼졌다. 자푸나는 초인적인 힘으로 짐칸 뒤로 튀어 나가려 했지만, 누르가 꼭 붙들고 놓지 않았다.

"돌아가야 해! 우리 아기, 우리 막내딸이 저기 있어요!"

하지만 병든 몸으로 할 수 있는 일은 없었다. 결국 자푸나는 무너지듯 주저앉아 서럽게 흐느꼈다.

"어떡해, 우리 아이가 혼자 떨어졌어요……. 겨우 여섯 살짜리가!"

어머니의 통곡 소리가 파디의 귓속을 아프게 파고들었다. 어머니는 짐칸의 다른 사람들을 붙잡고 울부짖었다.

"차를 세워야 해요, 돌아가서 우리 아기 마리암을 찾아야 해
요……."

그러나 다들 난감한 표정으로 딴 곳만 쳐다볼 뿐이었다. 그들
도 어쩔 수 없었다. 여기서 멈추면 꼼짝없이 체포될 테고, 최악의
경우 처형당할 수도 있으니까. 누르가 어머니를 부둥켜안은 채
최대한 진정시키려 애를 쓰면서 공포와 두려움 가득한 눈빛으로
아버지와 파디를 번갈아 바라보았다. 트럭 밖으로 뛰어내리려는
하비브를 다른 남자들이 억지로 붙잡아 짐칸 바닥에 앉혔다. 그
대로 뛰어내렸다면 목숨을 잃었을 것이다. 트럭에서 떨어진 충
격으로 죽거나 탈레반에게 붙잡혀 죽거나.

그동안 파디는 구석에 웅크려 앉아 마리암의 조막만 한 손이
자신의 손가락 사이를 빠져나가던 마지막 순간을 끝없이 되새
기고 있었다. 잘랄라바드의 미로 같은 골목길을 무서운 속도로
질주하던 트럭이 마침내 탈레반의 맹추격을 따돌리는 데 성공
했다. 이제 그들은 큰길로 빠져나와 국경을 향해 부지런히 내달
렸다. 트럭이 파키스탄에 들어설 무렵, 자푸나는 울다 지쳐 까무
러치기 직전이었다. 더 이상 소리도 내지 못하고 연신 힘없이 훌
쩍일 뿐이었다. 그 순간에도 하비브는 짐칸 가장자리에 매달린
채 뒤로 멀어져 가는 아프가니스탄을 망연자실한 표정으로 바라
보고 있었다.

짐칸에 끼여 앉은 사람들이 불쌍하다는 듯 하비브를 흘긋거

렸다. 사람들의 동정 어린 시선이 파디의 가슴에도 사무쳤다. 하비브의 명예는 갈기갈기 찢겨 땅 밑으로 추락했다. 그는 가족을 지키지 못했다.

하지만 아버지의 잘못이 아니었다. 파디는 알고 있었다. 괴롭지만 진실이었다.

'나 때문이야. 치욕스러워야 마땅한 사람은 바로 나야. 내가 마리암을 놓쳤으니까.'

*

눈을 뜨고 오른쪽을 바라보았다. 옆자리엔 누르가 있었다. 이륙한 후 승무원이 나눠 준 이어폰을 귀에 꽂고서 구부정하게 앉아 있었다. 파디는 그만 움찔하고 말았다. 과격한 드럼 소리와 시끄러운 심벌즈 소리가 자신의 자리까지 들려왔던 것이다. 아예 귀머거리가 되기로 작정한 건가. 하지만 누르는 동생의 시선을 전혀 느끼지 못한 듯 어두운 얼굴로 통로 바닥만 노려볼 뿐이었다. 누르의 무릎에는 패션 잡지가 놓여 있었다. 이번 여행의 마지막 환승지였던 런던 히스로 공항에서 산 잡지였다. 펼쳐진 페이지엔 늘씬한 모델이 난초처럼 하늘거리는 산호색 드레스를 입고 열대림 한복판에서 이상한 자세를 취하고 있었다. 파디는 시선을 들어 통로 저편의 부모님을 건너다보았다. 어머니는 좌석에 몸을 파묻은 채 잠이 들었고 아버지는 페샤와르의 미국 영사관에게 받은 서류를 들여다보고 있었다.

이민 서류는 미국에 있는 하비브의 옛 대학 지도 교수의 도움으로 준비할 수 있었다. 서류마다 '난민' 도장이 찍혀 있었다. 영사관은 미국 정부가 각종 위험으로 인해 고국에서 살 수 없는 난민들을 미국 땅에 수용하는 정책을 시행하고 있다고 설명해 주었다.

'그래, 우리 가족이야말로 위험에 처한 난민이지.'

파디는 긴 손가락으로 서류를 신중하게 접는 아버지를 보며 생각했다. 어느새 파디의 머릿속엔 유난히 추웠던 그날 밤이 떠올랐다. 온 가족이 모여 저녁 식사를 하는 와중에 탈레반이 갑자기 아버지를 찾아왔던 바로 그날.

*

마리암이 또 찡찡거렸다.

"또 순무 스튜야? 3일 밤낮으로 이것만 먹네."

자푸나가 조용히 나무랐다.

"불평하지 마라. 곰팡이 핀 빵 한 조각도 못 먹고 거리에 나앉은 아이들도 수천 명이란다."

마리암은 팔짱을 끼고선 뾰로통하게 볼을 부풀렸다.

하비브가 막내딸을 달래기 시작했다.

"기분 풀고 맛있게 먹어야지, 아가? 자두 잼 한 병이 남았는데 몰랐지? 빵에 발라 먹으면 얼마나 맛있을까?"

자푸나는 남편에게도 핀잔을 주었다.

"애 버릇 나빠져요, 여보. 마리암, 스튜 다 먹기 전엔 잼 구경도 못 할 줄 알아."

마리암이 마지못해 숟가락을 집어 드는데 누군가가 현관문을 세차게 두드렸다.

"누가 오기로 돼 있었나?"

하비브가 인상을 쓰며 아내를 돌아보았다.

자푸나는 고개를 저었다. 그러다 뭔가 떠올랐다는 듯 갑자기 눈을 크게 뜨더니 벌떡 일어나 외쳤다.

"얘들아, 위층으로 올라가. 지금 당장."

하비브가 하인을 불렀다.

"샤밈, 현관문 열어 주고 누군지 확인해 봐요."

파디는 어머니가 시킨 대로 곧장 자기 방으로 기어 들어가는 대신 계단 꼭대기에 웅크려 앉아 난간 틈에 얼굴을 디밀고 아래 층을 엿보았다. 터번을 두른 시커먼 사내들이 우르르 몰려 들어와 하비브를 찾았다. 긴장한 듯 힘이 잔뜩 들어간 하비브의 등이 보였다.

샤밈은 예고 없이 나타난 손님들에게 낼 차를 준비하러 들어

갔고 터번 무리는 거실 바닥에 아무렇게나 퍼질러 앉아 농담을 주고받았다. 파디는 몸을 최대한 낮추고 귀를 쫑긋 세웠다. 사내들의 대화 내용은 거의 알아들을 수 없었지만 그래도 일부분은 2층까지 들려왔다.

걸걸한 청년의 목소리가 들렸다.

"……아프가니스탄에서 형제님 가문의 명성이 자자하잖습니까. 형제분들이 위험천만한 소련 놈들을 무찌르는 데 혁혁한 공을 세우셨다는 얘기는 익히 들었습니다."

다른 청년이 맞장구를 쳤다.

"한 분은 KGB\* 본부를 치다가 돌아가셨다면서요?"

하비브는 기어드는 목소리로 더듬더듬 대답했다.

"예, 예……. 형님들은 조국을 위해 싸우다 돌아가신 영웅이죠……."

그 뒷말은 잘 들리지가 않아서 몸을 더 내밀다가 파디는 하마터면 중심을 잃을 뻔했다. 1센티미터만 더 움직였다간 우당탕탕 계단 아래로 구를 판이었다.

이번엔 굵직한 명령조의 목소리가 들려왔다.

"형제님은 자랑스러운 파슈툰족이십니다. 우리 탈레반 형제들 대부분이 그렇지요. 형제님께선 양귀비 밭을 없애는 데 크게 일

---

\* KGB - 구소련에서 보안 기관을 통솔했던 '국가 보안 위원회'의 약칭. 소련의 아프가니스탄 침공 당시 주요 작전과 임무를 수행했다.

조하셨습니다."

"아프가니스탄에서 아편을 몰아내는 데 도움이 됐다면 저야말로 영광이지요."

걸걸한 목소리가 끼어들었다.

"그런데 또 한 번 그대의 도움이 필요하게 됐습니다, 하비브 형제님."

"네?"

굵직한 목소리가 말을 받았다.

"형제님처럼 서구식 교육을 받은 분은 조국의 안정과 발전에 크게 기여하실 수 있습니다."

"무슨 말씀이신지?"

"미국에서 오래 공부하셨잖습니까."

"그렇긴 합니다만."

"훌륭해요, 훌륭해. 미국에서 살아 보셨으니 그쪽 사람들 습성도 잘 아시겠지요……. 우리 탈레반이 정권을 장악한 후에도 미국이나 프랑스 같은 외국 정부는 탈레반의 아프가니스탄 통치권을 인정하지 않겠다고 우기고 있어요. 다시 한 번 우리는 신의 부름을 받았습니다. 유엔 앞에서 우리의 지위를 천명해야 합니다. 형제님이 도와주셔야겠습니다. 우리 측 사절로서 그들을 설득해 주십시오. 탈레반의 통치권을 인정하라고요."

파디는 충격에 휩싸여 흠칫 물러섰다.

'탈레반에 가담하라고? 탈레반을 대표하는 사절로?'

파디는 아예 난간 위로 상체를 넘겨서 거꾸로 대롱대롱 매달린 채 아버지의 대답에 귀를 기울였다.

"형제님들이 제게 보여 주신 신의는 참으로 고맙습니다. 저로선 더할 나위 없는 영광이네요. 하지만 전 지도자도 정치가도 아닙니다. 사실 일개 선생일 뿐이죠. 아무래도 전……."

파디는 얼굴을 찌푸렸다. '아무래도' 아버지가 어쩌시겠다는 건지 더 들리지가 않았다.

'아버지 제발 좀 더 크게 말씀하세요!'

아래층을 향해 조금씩 몸을 밀어내다가 급기야 완전히 난간을 넘어 떨어지기 직전, 누군가가 파디의 엉덩이를 꼬집었다. 누르였다. 누르가 파디의 귀에 대고 숨죽인 목소리로 마구 야단을 쳤다.

"쥐방울만 한 게 여기서 무슨 짓이야? 당장 방으로 들어가! 너 때문에 아버지가 곤란해지면 어떡할래?"

결국 파디는 투덜투덜하면서 방으로 들어갔다.

탈레반이 떠나자마자 어머니와 누르가 한달음에 계단을 내려갔다. 마리암도 졸린 눈을 비비며 쪼르르 따라 나왔다.

"가서 자, 마리암."

누르의 말에 마리암은 결연하게 고개를 흔들었다.

"싫어. 나도 가족이잖아. 무슨 일인지 나도 알아야 돼."

마리암은 기어코 어머니와 언니를 따라 거실로 내려왔다.

그 후 30분간 자푸나는 거실 안을 왔다 갔다 거닐면서 하비브에게 자초지종을 전해 들었다. 자푸나의 얼굴에서 점점 핏기가 가셨다. 자푸나는 손마디가 하얘지도록 주먹을 꼭 쥐고서 정신없이 중얼거렸다.

"아, 세상에. 어떡해요……. 어떡해……."

하비브도 턱수염을 쓸어내리며 한숨을 내쉬었다.

"정말 난처하게 됐구려. 외국 정부 입장에선 탈레반이 눈엣가시일 텐데."

"하긴, 오사마 빈 라덴과 그 말썽 많은 동료들을 받아들인 것도 곱게 보일 리 없겠죠."

"하지만 시장 사람들은 오사마가 아프가니스탄의 친구라고 하던데요."

불쑥 마리암이 끼어들었다. 그새 쿠션으로 요새를 만들어 놓고 좁은 틈새로 두 눈만 빠끔 내밀고 있었다.

"오사마가 소련하고 싸워서 우리를 구했대요."

"아이고, 맙소사."

파디가 신음하듯 혼잣말을 내뱉었다.

하비브가 인자하게 미소를 지었다.

"그래, 아가야. 오사마 빈 라덴이 우리 편에서 소련과 싸웠지. 전쟁 중엔 미국이 그 사람한테 돈을 주기도 했어. 그런데 지금은 상황이 변했단다. 그 사람이 우리나라와의 우정을 이용해 자기 잇속만 챙기고 있거든. 탈레반은 오사마를 도와줄 수밖에 없는 입장이고. 우리 파슈툰족은 파슈툰왈리의 '멜마스티아'* 규범을 따라야 하니까 말이다. 우리와 우정을 맺고 우리 식탁에 앉은 손님에게 등을 돌려선 안 되지."

자푸나가 두 손을 맞잡고 의자에 털썩 주저앉으며 탄식했다.

"알라여, 자비를 내려 주소서. 이제 어쩌면 좋단 말입니까?"

"일단 시간을 끌어 보라. 그동안 방법을 찾아내야지."

하비브는 헝클어진 머리칼을 손가락으로 쓸어 넘겼다.

자푸나는 못내 불안한 기색이었다.

"왠지 또 한 번 전쟁이 터질 것 같은 분위기예요. 북부동맹**이 탈레반에 대항할 군사력을 끌어모으는 중이래요. 샤밈이 시장에서 들었다고 하더라고요."

파디와 누르가 걱정스러운 눈길을 주고받았다. 소련군과의 전쟁 당시 활약을 펼쳤던 아흐메드 샤 마수드 장군이 이끄는 북부동맹은 파르시어***를 사용하는 소수 민족들로 구성된 연합체였다. 이해 관계가 다른 여러 세력이 모인 탓에 저들끼리도 사이

---

* 멜마스티아(melmastia) - 모든 손님을 환대하고 보호하라는 파슈툰왈리의 실천 규범
** 북부동맹(Northern Alliance) - 1996년에 결성된 군사 · 정치적 연합 조직. 파슈툰족으로 구성된 탈레반에 대항하기 위해, 평소에는 갈등 관계에 있던 아프가니스탄의 여러 소수 민족이 동맹을 맺고 결성한 조직이다.
*** 파르시어(Farsi) - 아프가니스탄의 페르시아계 부족이 사용하는 언어. 다른 말로 '다리어(Dari)'라고 불리기도 한다.

가 좋지 않고, 동맹을 이끄는 군사령관들도 부정부패로 악명이
높았다.

한동안 하비브는 당혹감을 감추지 못하고 얼굴을 구기다가 역
겹다는 듯 툭 내뱉었다.

"하여간 이쪽이건 저쪽이건 죄다 권력에 눈이 멀었어."

고등학교 졸업 후 곧바로 군에 입대한 형들과 달리, 하비브
는 대학에 진학했다. 그는 전쟁을 경멸했다. 폭력은 문제를 해결
하는 올바른 방식이 아니라는 것이 하비브의 신조였다. 하비브
는 언제나 아프가니스탄을 재건하고 동포들이 평화롭게 살아가
는 날을 꿈꿨다. 그러나 그 꿈은 이미 깨진 지 오래였다. 그리고
지금 파디는 아버지의 눈빛에서 그런 현실을 새삼 실감할 수 있
었다.

"이제 어떡해요, 우리?"

누르가 조심스레 물었다. 누르의 시선이 아버지에게서 어머니
에게로 옮겨 갔다.

자푸나는 무심히 혼잣말을 했다.

"매디슨을 떠나는 게 아니었어……."

미국에서 살 때 어머니는 신문과 텔레비전으로 아프가니스탄
소식을 접했다. 1996년 봄, 마리암이 막 태어났을 무렵이었다.
아프가니스탄 동부에서 궐기한 탈레반이 온 나라를 장악하고 서
서히 지배 세력으로 자리 잡기 시작한 때였다. 파디는 그때 당시

에 부모님이 나눈 대화를 똑똑히 기억하고 있었다.

"정말 여기서 계속 살면 안 되는 거예요, 하비브?"

"여보, 몇 달 후면 내 학생 비자 기간이 만료되잖소. 어차피 떠나야 해요. 여기서 직장을 구해서 비자 기간을 연장할 수도 있지만 아무래도 돌아가는 게 옳지 않겠소? 우린 고등 교육을 받은 사람들이잖소. 오랜 전쟁으로 피폐해진 조국이 스스로 다시 일어서려면 우리의 도움이 필요할 거요. 내가 농부들을 도와 작물 수확량을 늘리면 굶주림에 허덕이는 사람들이 훨씬 줄어들지 않겠소? 어쩌면 학교를 만들 수도 있겠지. 당신이 늘 꿈꾸던 일 아니오."

입술을 깨물며 고민에 잠긴 아내를 보며 하비브는 한층 더 강하게 밀어붙였다.

"어젯밤 CNN 뉴스 봤잖소. 탈레반이 뉴욕의 유엔 본부를 방문했다지. 정말 굉장한 젊은이들이오. 물론 경험이 적어 미숙한 면은 있지만 아프가니스탄에 법과 질서를 가져온 건 사실이니까. 소련이 떠난 후에도 썩어 빠진 군부 세력이 우리나라를 지배해 왔는데 그런 놈들을 싹 몰아내는 중이잖소. 우리도 그렇지만 이제 귀국을 서두르는 난민들이 많다오."

하비브는 마지막으로 아내의 마음을 사로잡을 결정타를 날렸다.

"새로 지은 학교를 상상해 봐요. 당신이 그토록 사랑하는 위대한 책들을 어린 학생들에게 마음껏 소개하고 가르쳐 줄 수 있을 거요."

결국 자푸나도 미소를 지었다. 남편의 이상이 너무 높다는 건 잘 알지만 마음 한편으론 그 꿈을 응원해 주고 싶었다. 그리고 사실 어머니가 보고 싶기도 했다. 딸네 가족이 위스콘신으로 건너간 후 줄곧 건강이 나빠지셨다는 소식을 들었기 때문이다. 그렇게 온 가족이 카불로 돌아온 지 1년도 채 못 되어 하비브의 꿈은 산산이 무너졌다. 탈레반이 수도 카불을 장악한 후로는 대학교마저 모두 문을 닫아야 했다. 검은 터번을 두른 젊은이들이 여성의 교육과 사회 활동을 금한 탓에, 학교를 열겠다던 자푸나의 꿈도 덩달아 물거품이 되어 버렸다. 한때 명예를 빛내고 존경받았던 탈레반은 그들이 대항해 싸우던 기존 세력과 똑같은 존재로 변했다. 사람들의 생활도 군부 세력의 독재에 시달리던 시절에 비해 조금도 나아지지 않았다. 그러던 차에 마침내 하비브에게 탈레반의 일원이 되라는 지시가 떨어진 것이다. 하비브로선 결단을 내려야 하는 순간이었다. 고민 끝에 내린 결론은 더 이상 고국에서 살 수 없다는 것이었다.

\*

손수레를 밀며 통로를 지나던 승무원이 파디의 우울한 상념

을 깨뜨렸다. 누르도 퍼뜩 정신을 차리며 귀에 꽂았던 이어폰을
뺐다.

승무원이 새하얀 치아가 드러나도록 미소를 지으며 말했다.

"두 종류의 식사가 준비돼 있습니다. 파스타와 치킨, 그리고
볶음밥과 생선가스입니다."

파디는 몇 초간 멍한 얼굴로 승무원을 올려다보았다. 집에서
매일 어머니의 들볶임을 당하며 영어를 배웠는데도 막상 실전에
선 얼른 머리에 들어오지 않았다.

'치킨? 치킨이 뭐더라? 아, 그래, 차르그.'*

파디는 자신 있게 영어로 대답했다.

"치킨 주세요."

한편 누르는 조금 더듬거렸다.

"치, 치킨…… 주세요."

누르가 팔걸이에 걸친 파디의 팔을 툭 쳐서 떨어뜨렸다.

"넘어오지 마. 좁아."

파디는 냉큼 팔을 접었다. 공연히 누나의 신경을 건드려 좋을
게 없었다. 이렇게 누나가 '짜증 모드'일 때는 더더욱. 승무원은
둘에게 기내식을 나눠 주고는 하비브와 자푸나에게로 돌아섰다.

"우린 생선으로 주십시오."

---

* 차르그(charg) - 파슈토어와 파르시어로 '닭고기'를 뜻한다.

하비브가 자신과 아내의 앞좌석에 붙은 간이 테이블을 함께 내리며 말했다.

하비브가 기내식을 받아 테이블 위에 내려놓자 자푸나가 눈을 떴다. 페샤와르의 의사가 준 약을 먹고 그나마 조금 나아지긴 했지만 기운이 없긴 매한가지였다.

하비브가 속삭였다.

"여보, 억지로라도 한술 떠요. 먹어야 기운을 차리지."

자푸나는 은박지를 벗겨 내고, 노란 볶음밥 위에 얹힌 생선가스를 물끄러미 쳐다보았다. 한참 만에 포크를 집어 드는 자푸나의 눈가에 또다시 눈물이 맺혔다.

"우리 아기는 쫄쫄 굶고 있을지도 모르는데 내가 어떻게 배를 채워요……."

하비브의 얼굴에도 깊은 주름이 파였다.

"꼭 찾을 거요. 너무 걱정 마요."

"왜 잘랄라바드까지 돌아가 보지 않았어요?"

순간 아버지의 얼굴이 번민으로 흐물흐물 무너져 내리는 것만 같았다.

"아무것도 알아내지 못했잖소. 마리암의 흔적도, 그 애를 본 사람도 없었소. 자푸나, 나는 목숨을 걸고 파키스탄 국경을 넘었소. 마지막 남은 현금마저 국경 경비대에게 뇌물로 바쳐야 했단 말이오."

파디는 애꿎은 좌석 덮개를 손톱으로 꾹꾹 찔렀다. 아버지가 없었던 나흘간, 나머지 가족은 끊임없는 공포에 시달려야 했다. 탈레반에게 붙잡히면 아버지는 여생을 감옥에서 보내거나 어쩌면 더 심한 곤욕을 치러야 할 테니까. 꾀죄죄하고 지친 모습이었지만 아버지는 결국 돌아오셨고 그제야 온 가족이 안도의 한숨을 내쉴 수 있었다. 그러나 아버지는 마리암을 데려오지 못했다. 그 애의 흔적조차 알 길이 없었다고 하셨다.

자푸나는 음식을 외면하며 "그럼 페샤와르에서라도 기다렸어야 해요"라고 중얼거렸다.

하비브는 참을성 있게 대답했다.

"그럴 수 없었다는 것도 알잖소. 나름 미룰 만큼 미룬 거요. 거기에 계속 머물렀다면 난민 신청 서류를 받을 수 없었겠지. 그러면 우리 가족은 나라 없이 떠도는 신세가 되고 만다오. 아프가니스탄으로 돌아갈 수도, 파키스탄에 머무를 수도 없는 떠돌이가 된다고."

"그래도 그 어린 것이 혼자 떨어져서……."

그때 누르가 부모님 쪽으로 몸을 기울이며 조용히 어머니를 다독였다.

"어머니, 아버지도 최선을 다하셨잖아요."

자푸나는 발갛게 부은 눈에 눈물을 그렁그렁 담은 채 담요를 주섬주섬 그러모았다.

하비브가 아내의 손을 따스하게 문질러 주며 위로했다.

"여보, 당신 사촌인 나르기스가 페샤와르에서 사람들을 모아 마리암에 대해 수소문하고 있어요. 무슨 소식이건 들어오는 즉시 우리한테 연락하겠다고 약속했소. 그리고 사히브 교수님도 아들들을 데리고 잘랄라바드로 가는 중이라고 하오. 아프간 국경 부근을 뒤져 보시겠대요."

"하지만……."

자푸나가 입을 열었지만 누르가 선수를 쳤다.

"어머니, 마리암은 미국 시민이라서 미국 영사관도 그 애를 찾기 위해 애쓰고 있어요. 게다가 나르기스 이모가 국제구호위원회 사무실에 마리암 사진을 붙여 놓았잖아요. 언제든 그 애가 국경을 넘어오면 그분들이 분명 찾아낼 거예요."

자푸나는 떨리는 입술을 일그러뜨리며 얼굴을 돌려 버렸다.

하비브가 한 번 더 아내를 달랬다.

"아주 많은 사람들이 마리암을 찾고 있어요. 난민 기구건 다른 난민 관련 단체건 우리 딸 소식을 알게 되면 곧장 연락이 올 거요."

누르는 긴 한숨을 내쉬며 다시 등받이에 몸을 기댔다.

파디는 기내식 쟁반을 덮은 은박지를 벗겨 냈다. 치킨에서 모락모락 김이 오르며 기름진 냄새가 훅 끼쳤지만 그다지 식욕이 일지 않았다. 파디는 무표정한 얼굴로 투명한 비닐 포장을 뜯고

식기를 꺼냈다. 손에 쥔 숟가락을 별 생각 없이 내려다보다가 그만 몸이 굳고 말았다. 어디선가 마리암의 목소리가 아련하게 들리는 듯했기 때문이다.

*

"오빠! 난 숟가락!"

"아, 알았다니까."

파디는 끝이 구부러진 포크를 쥔 채 귀찮다는 듯 나무 숟가락을 동생에게 건넸다.

해가 뉘엿뉘엿 저물 무렵, 남매는 뒷마당에 홀로 선 자두나무 밑에 쭈그려 앉아 있었다. 앞으로 열두 시간 후면 잘랄라바드로 향하는 택시에 앉아 있을 것이다. 파디의 눈길이 집 뒷면을 향했다. 창문들이 저녁 햇살을 반사하며 은빛으로 반짝였다. 오래전에 할아버지가 심은 집 주변의 장미 덤불은 어느덧 시들시들 말라 가고 있었다. 평생 다시 볼 수 없을지도 모를 풍경이었다.

"준비됐어?"

마리암의 목소리가 파디의 시름을 비집고 들려왔다. 동생의 입가엔 기대감 가득한 미소가 걸려 있었다.

"그래, 준비됐어."

파디는 힘없이 대답했다. 오후 내내 마리암의 성화에 시달렸다. 보물을 그냥 두고 갈 수 없다고 보채는 동생의 입을 막는 방법은 와 주겠다고 약속하는 것밖에 없었다.

마리암의 미소 띤 얼굴이 서서히 굳었다. 두 눈은 말라 빠진 나무 밑동을 더듬고 있었다. 마리암은 두 볼에 바람을 잔뜩 넣고서 한참 동안 나무 주변을 두리번거렸다. 그러다 놀란 토끼 눈을 하고서 울먹이기 시작했다.

"어디에 묻었는지 기억이 안 나."

파디는 참았던 한숨을 내쉬고는 조용히 동생을 타일렀다.

"마리암, 우리 새벽 일찍 떠나야 돼. 그런데 아직 짐도 다 못 쌌단 말이야. 정말 그 보물이 그렇게 중요해?"

"응."

마리암의 아랫입술이 파르르 떨렸다.

"알았어, 알았으니까 울지 마. 그럼 그냥 아무 데나 골라서 파 보자."

그 후 약 한 시간 동안, 파디와 마리암은 나무 주변을 기어 다니며 부지런히 땅바닥을 팠다. 파디가 집에서 찾아낸 촛불과 동그랗게 뜬 보름달이 어두워진 마당을 비춰 주었다. 손톱 밑에 흙이 잔뜩 꼈다. 스물여섯 번째 구덩이를 파며 파디는 이게 마지막이라고 속으로 다짐했다. 바로 그 순간, 나무뿌리 근처의 헐거워진 흙 사이로 조그만 깡통이 드러났다.

"찾았다!"

마리암이 외쳤다. 조그만 손가락이 낡은 꿀 깡통을 모아 쥐었다. 마리암은 입이 귀에 걸린 채 의기양양하게 깡통을 들고 일어났다. 한껏 드러난 치아가 달빛을 받아 새하얗게 빛났다.

"그래, 그렇게 중요하다던 보물이 뭔지 확인해 볼까?"

오빠의 말에 마리암은 녹슨 뚜껑을 비틀어 열고 촛불을 기울여 깡통 안을 비추었다. 보라색 벨벳 쪼가리로 감싼 마리암의 젖니가 있었다. 그 옆에 놓인 건 철제 울타리에 잘려 나간 굴미나의 팔이었다. 어머니의 망가진 진주 귀걸이, 색유리 장식이 박힌 누르의 낡은 허리띠 버클, 금괴 모양의 반짝이는 돌, 아버지가 위스콘신 대학을 졸업할 때 썼던 박사모의 장식용 술, 그리고 어머니가 버린 줄로만 알았던 빛바랜 사진들도 그 안에 들어 있었다. 파디가 아기 마리암의 손을 잡은 모습을 찍은 사진도 있었다.

"와아, 이걸 다 모았어?"

"응. 내 추억들이야."

"그렇다면 뭐, 찾아서 다행이다."

"이거 오빠 가방에 넣어 줄 거지?"

"당연하지."

파디는 기꺼이 허락하며 마리암을 번쩍 안아 올렸다. 온통 흙투성이가 되어 버린 남매는 얼른 집 안으로 들어갔다. 어머니가 보시기 전에 흙먼지를 씻어 내야 하니까.

*

　손에 쥔 숟가락이 차갑고 축축했다. 파디는 숟가락을 무릎에
떨어뜨리고 상체를 뒤로 기댔다.

　'정말 많은 사람들이 마리암을 찾고 있어. 그러니까 마리암은
금방 돌아올 거야. 하지만……'

　괴로운 생각이 파디의 마음을 사납게 할퀴었다.

　'마리암이 부탁했잖아. 내가 그 부탁을 들어 줬다면 굴미나를
떨어뜨릴 일은 없었을 거야. 결국 나 때문이야. 전부 내 탓이야.'

　파디는 멍하니 빵을 집어 뜯었다. 그 바람에 빵 부스러기가 누
르에게로 떨어졌다.

　"조심해라, 엉?"

　누르가 나지막이 윽박질렀다.

　파디는 사과의 표시로 자기 몫의 케이크 조각을 내밀었다. 누
르는 말없이 포크로 케이크를 꾹 찍었다.

　파키스탄에 머무는 동안 파디는 나르기스 이모 집에서 몰래
빠져나가려 한 적이 있었다. 억수같이 퍼붓는 비로 페샤와르의
거리는 온통 물바다가 되어 있었다. 사실 딱히 갈 곳을 정한 것
도 아니었다. 단지 어떡해서든 마리암을 찾아보고 싶었을 뿐. 하
지만 대문을 나서기도 전에 누르한테 딱 걸리고 말았다.

　"너 어디 가?"

"어, 저기…… 가게에. 그러니까 그게…… 어, 사탕 사러."

파디는 당황하여 마구 말을 더듬었다.

누르는 단호하게 다그쳤다.

"너 돈 없잖아."

"난 그냥, 어어……."

"냉큼 들어가라. 잃어버린 동생은 한 명으로 족하니까."

누나가 하도 매섭게 쏘아보는 통에 파디는 저도 모르게 몸이 움츠러들었다.

'누나도 아는구나……. 마리암을 잃어버린 게 내 탓이라는 거.'

## 망명

"샌프란시스코에 오신 걸 환영합니다."

국제선 입국장에 안내 방송이 울려 퍼졌다. 입국 심사 줄에 선 파디는 감탄 어린 눈으로 주변을 휘휘 둘러보았다. 입국장에 깔린, 진주빛 감도는 회색 카펫이 실로 엄청난 인파에 뒤덮여 있었다. 파디 가족이 탔던 버진 애틀랜틱 여객기를 비롯해 국제선 여객기 세 대가 거의 동시에 도착한 탓이다.

얼마나 기다렸을까, 드디어 그들 차례가 되었다. 누르가 파디를 쿡 찔렀다.

"가자."

파디 가족이 다가오자 입국 심사관은 "서류 주세요"라고 간단히 말했다. 오른쪽 소매 위쪽에 공무원 표장이 붙은 흰색 셔츠를 아주 빳빳하게 다려 입은 아저씨였다.

"여기요."

하비브가 큼지막한 서류 봉투를 건넸다. 입국 심사관이 봉투를 여는 동안 아버지는 아들을 돌아보며 한쪽 눈을 찡긋해 보였다.

심사관이 무관심한 말투로 물었다.

"망명을 원하신다고요?"

"예, 그렇습니다."

파디는 두툼한 종이 뭉치를 건너다보았다. 페샤와르에서 미국 영사관에게 받은 서류들이었다. 거기엔 파디 가족이 아프가니스탄에서 무슨 일을 겪었고 아버지가 어떤 위험에 처했는지도 낱낱이 적혀 있었다.

심사관이 심각한 표정으로 컴퓨터에 숫자들을 입력하기 시작했다. 초조하게 기다리는 이들에겐 한없이 길게만 느껴지는 몇 분이 지나고 나서야 그의 시선이 다시 서류로 향했다.

심사관이 미국 여권 묶음을 내밀며 물었다.

"이건 뭡니까? 여기 있는 사람은 네 명인데 여권은 다섯 개네요. 나머지 한 명은 누구죠? 마리암 누르자이?"

파디는 그만 얼어붙고 말았다. 낡고 닳은 가죽 가방을 움켜쥔 아버지의 손아귀에 힘이 들어가는 게 느껴졌다. 실수로 마리암의 여권까지 함께 넘긴 것이다.

누르는 찡그린 얼굴에 입술마저 일그러뜨렸다.

하비브가 목청을 가다듬으며 대답했다.

"마리암은…… 그 애는 우리 막내딸입니다."

"따님은 어디에 있죠?"

심사관이 그들 너머를 살피며 물었다.

"여기 없습니다. 그 애는…… 사고로 아프가니스탄에 남았어
요."

"사고라고요?"

심사관이 숱 많은 금발 눈썹을 위로 치켜세웠다. 심사관의 날
카로운 시선이 파디 가족을 한 명씩 훑었다. 푸른 눈동자가 하릴
없이 신발 끝만 내려다보는 파디에게 잠시 머물렀다가 다시 옮
겨 갔다.

하비브는 힘겹게 대답을 이어갔다.

"예…… 사고였습니다. 하지만 힘 있는 분들이 백방으로 알아
보고 계시니까…… 아이를 빨리 찾을 수 있을 거라고 믿습니다."

하비브는 마지막 말을 더욱 힘주어 덧붙였다.

입국 심사관의 눈빛이 한층 부드러워졌다.

"저는 딸아이만 셋입니다. 그렇게 아이와 헤어지다니…… 감
히 상상도 못 하겠네요."

그는 자푸나를 향해 고개를 끄덕였다. 자푸나는 항공사가 제
공한 휠체어에 앉아 연신 눈가를 찍어 내는 중이었다.

"신께서 함께하시니 곧 따님을 되찾으실 수 있을 겁니다, 부인."

위로를 건네며 심사관은 나머지 가족들의 여권에 도장을 쿵쿵 찍은 후 하비브에게 돌려주었다.

파디는 고개를 들 수 없었다. 시선은 심사대 통로 바닥을 향해 있었지만 실은 아무것도 보고 있지 않았다.

'5년 전 우리 가족은 모두 아프가니스탄으로 돌아갔어. 마리암이 채 두 살도 안 됐을 때였는데.'

순간 파디의 안에서 뜨거운 분노가 솟구쳤다.

'다 아버지 때문이야. 애초에 아프가니스탄으로 돌아가기로 결정하신 것부터가 잘못이라고. 그때 상황이 얼마나 안 좋았는데.'

"다들 따라와라."

아버지의 목소리가 파디의 생각을 밀어냈다. 파디 가족은 표지판을 따라 짐 찾는 곳으로 갔다. 얼마 안 되는 짐을 챙겨 들고 세관에서 짐 검사를 받은 뒤, 양쪽으로 열리는 커다란 유리문을 통과해 나왔다.

공항 대합실에도 사람들이 가득했다. 친구나 가족, 혹은 손님을 마중 나온 사람들이었다. 저마다 얼굴 가득 기대에 부푼 웃음을 머금고서 누군가의 이름을 부르거나 이름이 적힌 종이를 내보이며 흔들어 댔다.

"우리는 누가 마중 나오기로 했어요?"

누르가 조심스레 물었다. 까맣고 긴 머리칼이 누르의 얼굴을 커튼처럼 가리고 있었다.

어머니는 "아민* 이모부"라고 대답하며, 휠체어에 앉은 채 인파를 향해 고개를 쑥 내밀고 두리번거렸다.

파디도 어렴풋이 아민 이모부가 기억났다. 이모부를 마지막으로 본 것도 5년 전 온 가족이 카불로 돌아갈 때였다. 아민은 자푸나의 동생인 닐루페르의 남편이었다.

쾌활하고 웃음 많은 아민 이모부는 원래 카불에서 가장 큰 병원의 의사였다. 하지만 내전으로 온 나라가 전쟁터로 변한 시기에 병원이 폭탄을 맞았고 이모부는 나라를 뜨기로 결심했다. 닐루페르 이모는 매디슨에 사는 자푸나에게 수차례 전화를 걸어 자기네 가족도 이민 수속을 밟고 있으니 카불로 돌아오지 말라고 사정했다. 그러나 하비브의 결심은 워낙 확고했다. 하비브는 탈레반이 법과 질서를 잡고 나면 아민과 닐루페르 같은 난민들도 고국으로 돌아올 수 있을 거라며 아내를 달랬다.

파디 가족이 카불로 돌아온 지 한 달이 채 지나지 않았을 때 아민은 가족과 부모를 데리고 국경을 넘어 이란으로 갔다. 그곳에서 그는 국제 구호 단체를 도와 난민 수용소에서 일했다. 그리

---

* 아민(ameen) – 아랍어로 '아멘'과 같은 말

고 1년 후 런던으로, 그다음에는 미국으로 건너갔다. 같은 해에 자푸나의 오빠도 아내와 아이들을 데리고 독일로 떠나 버리고 결국 자푸나의 막내 여동생인 마스투라만 카불에 남았다. 마스투라의 남편은 소련과의 전쟁 때 죽었고 그 후 마스투라는 아이들과 함께 시댁에서 생활하고 있었다.

자푸나가 외쳤다.

"저기! 저기 있네!"

장미꽃 다발을 든 여인 뒤에 선, 큰 키에 배가 불룩 나온 대머리 아저씨가 보였다. 파디 가족을 발견한 그 아저씨가 쾌활하게 손을 흔들었다.

"저 사람이야."

자푸나의 창백한 입술에 희미한 미소가 스쳤다.

"살람 알라이쿰!"

아민이 반갑게 인사하며 하비브를 덥석 껴안았다. 아민의 뒤에 파디 또래로 보이는 소년이 수줍은 듯 숨어 있었다. 소년은 주춤주춤 상체를 숙여 자푸나의 뺨에 키스했다.

"마샤할라,* 잘마이."

자푸나가 웃으며 인사를 건넸다.

"그새 많이 컸구나. 얼굴도 잘생겨졌네."

---

* 마샤할라(mashahalla) - '알라(신)의 뜻이라면 기꺼이'라는 뜻. 누군가의 선행이나 성취에 기분 좋게 놀랐을 때 사용하는 표현이다.

"왈라이쿰 아살람. 음…… 지루하게 긴 여행이었죠?"

잘마이의 질문에 파디가 얼굴을 찡그리며 대답했다.

"맞아, 무진장 길었어."

"잘마이, 하비브 이모부 가방 좀 들어 드려라."

아민이 아들에게 이른 뒤 파디를 돌아보았다.

"네가 정말 파디냐? 세상에, 카불로 돌아갈 적에는 요만한 꼬맹이였는데."

그러고는 누르에게도 말을 붙였다.

"누르는 숙녀가 다 됐네. 이젠 땋은 머리를 휘날리며 돌아다니던 코흘리개가 아니야."

누르는 얼굴을 붉히며 우물우물 인사말을 뱉었다.

파디는 얼어붙었다.

'이모부가 마리암에 대해 물어보시면 어떡하지? 무슨 일이 생겼는지 알고 계실까?'

그 순간 기억이 났다. 부모님이 페샤와르에서 친척들에게 연락을 돌려 마리암 일을 얘기했던 것이. 물론 이모부도 파디 부모님의 전화를 받았다.

"그럼 이제 가 볼까."

아민이 공항 밖으로 이어지는 널찍한 유리문을 나서며 파디 가족을 차량 대기 구역 도로변으로 안내했다.

"여기서 기다려요. 차를 가져올 테니."

30분 후 파디는 닷지 캐러밴 뒷좌석에 뻣뻣이 앉아 있었다. 캐러밴이 공항을 빠져나가 101번 고속도로로 들어섰다. 파디는 등에 닿은 누르의 팔꿈치를 밀어내고 창가에 더 가까이 붙어서 코를 차창에 붙인 채 도로의 차량들을 바라보았다.

하비브가 입을 열었다.

"가족은 다들 안녕하신가?"

아민이 대답했다.

"모두 잘 지냅니다. 알함둘리야.* 처형 가족이 온다고 하니 집사람이 아주 신 났어요. 집사람하고 어머니 둘이서 하루 종일 음식 한답시고 어찌나 부산을 떨어 대던지."

뒷좌석에서 자푸나가 끼어들었다.

"그럼요, 서로 못 만난 지 너무 오래됐잖아요. 우리 세 자매 중에 요리 솜씨는 닐루페르가 단연 최고죠. 전 요리보다 공부에만 매달린 편이라서."

"하하, 그래서 처형은 늘 반에서 1등이었잖아요. 처형이 카불대학에 합격했을 때 장인 장모님이 얼마나 자랑스러워 하셨는지 아시죠? 특히 장인어른이 무척 기뻐하셨죠. 그분의 영혼에 알라의 축복이 깃들기를."

---

* 알함둘리야(Alhamdulillah) - '신을 칭송하라' 혹은 '모두 알라의 덕입니다'라는 뜻의 아랍어 표현. 일상적인 대화에선 단순히 '신이여, 감사합니다!'를 의미한다. 이슬람교도를 비롯하여 아랍어권 유태인과 기독교인도 사용하는 관용구다.

"휴우…… 정말 옛날 얘기 같네요."

자푸나가 깊은 한숨을 내쉬며 말했다. 아민이 말을 받았다.

"요즘 카불은 분위기가 어때요? 올해는 가뭄이 꽤 심하다는 얘기는 들었는데."

자푸나가 대답했다.

"심각해요. 가뭄 때문에 흉년이 들어서 기근이 더 심해졌어요. 풀뿌리를 뜯어 먹으며 연명하는 사람들도 많아요. 풀뿌리를요. 상상이 돼요?"

아민은 슬픈 표정으로 고개를 저었다.

하비브가 붉게 충혈된 눈을 비비며 말했다.

"탈레반이 처음 등장했을 때는 정말 밝은 미래가 보이는 것 같았는데. 요즘은 북부동맹하고 피 튀기며 싸우느라 정신이 없지. 탈레반도 결국 똑같아. 권력에 굶주리고 교만에 찌든 놈들."

운전대를 잡은 아민의 손에 힘이 들어갔다.

"사람이 어떻게 그럴 수 있지요? 상식과 품위는 다 어디로 갔답니까?"

"전쟁, 전쟁, 그놈의 전쟁이 문제지요."

자푸나가 나직이 중얼거렸다. 별로 유쾌하지 않은 대화를 이어 가느라 기운이 떨어진 것 같았다. 파디는 어머니의 팔을 가만히 잡았다. 숨이 차서 피 섞인 기침을 토해 내는 어머니의 모습을 또 보고 싶진 않았다.

자푸나가 미소 띤 얼굴로 아들을 돌아보며 손을 잡아 주고는 다시 앞좌석을 향해 고개를 돌렸다.

아민은 연신 머리를 흔들었다.

"어쩌면 민족성이 문제인지도 모르죠. 아프가니스탄이 외세에 침략당한 역사가 어디 한두 번입니까. 페르시아, 그리스, 아라비아, 투르크, 몽골, 영국, 최근에는 소련까지……."

파디는 건성으로 듣고 있었다. 다 아는 얘기였다.

하비브가 조용히 말했다.

"하지만 최악의 적은 우리 자신이잖나. 우린 늘 전쟁 중이야. 다른 나라와 싸우지 않을 때는 우리끼리 싸우지. 그렇게 많은 나라가 쳐들어왔어도 정작 아프가니스탄은 독립을 지켰어. 그런데도 몇 백 년이나 이어진 외세와의 전쟁 끝에 남은 건 우리끼리의 분쟁, 그리고 세계에서 가장 가난한 나라라는 오명뿐이야."

어른들은 이렇게 우울한 이야기를 이어 갔고 잘마이는 휴대용 게임기에 코를 박고 있었다. 파디는 어깨를 움츠리고 색 바랜 가죽 시트에 깊숙이 기댔다. 캐러밴은 샌마티오 다리를 건너는 중이었다. 샌프란시스코 만의 물결이 하얀 포말을 만들어 내며 다리 양옆에서 일렁거렸다. 파디는 코끝이 납작해지도록 얼굴을 차창 유리에 대고서 홀린 듯이 다리 너머 풍경을 구경했다. 손만 뻗으면 차가운 물을 만질 수 있을 것 같았다. 초록빛, 보랏빛 별을 흩뿌린 듯 영롱하게 반짝이는 푸른 물결 위로 갈매기 한 마리가 낮게 날고 있었다. 아니, 갈매기는 날개를 활짝 편 채 움직이지 않고 바람에 떠다니고 있었다. 문득 작년에 암시장에서 발견해 읽었던 소설 『해저 2만 리』가 떠올랐다. 저 변화무쌍한 바다 속엔 어떤 생물이 도사리고 있을지 궁금해졌다.

끊임없이 출렁거리는 물결을 한참 동안 쳐다봤더니 살짝 멀미가 났다. 바다가 너무 가까웠다. 아프가니스탄은 내륙 국가였다. 가장 가까운 바다는 남쪽으로 480킬로미터 거리에 있는 아라비아 해였다. 파디가 더 어릴 적에 살았던 미국의 위스콘신 주 역시 바다와 접하지 않은 지역이었다. 그러니까 파디는 난생처음으로 바다 구경을 하는 셈이었다. 그렇게 많은 물을 가까이서 본 건 정말이지 처음이었다. 양을 가늠할 수 없는 엄청난 물이 그들 아래로 흐르고 있었다. 또다시 마리암 생각이 났다.

'마리암이 봤다면 무척 좋아했을 텐데……'

## 재회

닷지 캐러밴이 배기구로 매연을 풍풍 내뿜으며 다리를 벗어나 880번 고속도로로 들어섰다. 남쪽으로 16킬로미터를 더 달리는 동안 차 안엔 아늑한 정적이 내려앉았다.

파디는 그들 곁을 쌩쌩 지나가는 자동차들을 보며 그 엄청난 속도에 감탄했다. 지난 몇 년간 쇼군드 가의 집에 거의 틀어박혀 지내다시피 했던 파디였다. 탈레반이 어느 정도 카불의 질서를 잡아 주긴 했지만 그렇다고 마음 놓고 외출해도 괜찮은 정도는 아니었다. 더구나 탈레반은 여학교를 모두 폐쇄해 버렸다. 결국 자푸나는 두 딸과 파디까지 학교에 보내지 않고 집에서 직접 가르치기로 했다.

파디는 고개를 돌려 아버지의 뒤통수를 바라보았다. 희끗희끗하게 센 머리를 보니 왠지 짠한 마음이 들었다. 아버지는 아프가니스탄으로 돌아가 조국의 재건에 보탬이 되고자 했을 뿐이다. 우선은 카불 대학교 농학과 학생들을 가르칠 생각이었다. 1931년에 문을 연 카불 대학은 한때 아시아 최고의 명문대로서 아프가니스탄 지성의 심장과 같은 역할을 했다. 그러나 오랜 세월 이어진 전쟁으로 카불 대학의 명성도 쇠락해 가다 결국 문을 닫는 지경에까지 이르고 말았다.

아프가니스탄의 아편 문제가 어느 정도 잠잠해진 뒤, 하비브는 가족을 부양하기 위해 조그만 가게를 차렸다. 가끔은 파디를 데려와 가게 일을 돕게 하기도 했다. 카불 시내는 언제나 자동차와 당나귀 수레, 걸어 다니는 사람들로 매우 북적였다.

파디는 매디슨의 작은 대학가 마을도 희미하게나마 기억하고 있었다. 하지만 카불과 매디슨은 이곳 샌프란시스코 만 부근에 비할 바가 못 되었다. 여긴 파디가 아는 그 어느 동네보다도 크고 굉장했다. 널찍한 도로변에 키 큰 가로수가 늘어서 있고, 반대편엔 튼튼한 건물, 으리으리한 상점, 공원이 있었다.

아민은 오른쪽 차선으로 빠져나가 다시 좌회전하여 손턴 애비뉴를 타고 프리몬트로 들어섰다.

캐러밴은 어느 초등학교를 지나 상점가를 따라 계속 달렸다. 숱한 상점과 찻집, 식당이 줄지어 있고 아담한 극장도 한 군데 보였다. 신선한 공기를 들이마시고 싶어 차창을 내렸더니 갓 구운 빵 냄새가 콧속으로 밀려들었다. 거리엔 친숙한 아랍 문자가 적힌 간판들이 꽤 많이 눈에 띄었다.

"리틀 카불에 오신 걸 환영합니다. 고국에서 멀리멀리 떠나 온 이들의 가짜 고향이지요."

아민이 자조 섞인 웃음을 지으며 농담처럼 말했다.

"정말?"

하비브가 창밖을 내다보며 중얼거렸다. 머리에 스카프를 뒤집어쓰고 긴 치마를 치렁치렁 늘어뜨린 여인들이 거리를 걷고 있었다.

"프리몬트는 미국에서 아랍계 인구가 가장 많은 동네랍니다. 아프가니스탄 식당, 카페, 상점이 수십 군데는 돼요. 아무 때나 들러서 차 한 잔 하면서 최근 소식을 들을 수도 있고요."

"그럼 정말 좋겠네요."

자푸나가 말했다.

"아무렴요. 우리 집사람 특기인 케밥*과 폴라오** 재료도 얼마든지 구할 수 있습지요."

케밥 얘기에 파디의 배 속이 꼬르륵 소리로 반응했다. 갑자기 배가 몹시 고팠다. 기내식에 거의 손도 대지 않은 탓이다.

"아, 다 왔네요."

---

* 케밥(kebob) - 꼬챙이에 꽂아 굽거나 삶은 고기를 얇게 썰어 내는 요리
** 폴라오(pulao) - 여러 가지 야채와 고기, 향신료를 넣고 지은 아랍식 볶음밥

오른쪽으로 꺾어 들자 주택지가 나왔다. 아민은 외벽을 갈색 판자로 두른 단층집 옆에 차를 세웠다. 집 앞에는 무성하게 자란 장미 덤불이 자리해 있었다.

파디 가족이 차에서 내리기 무섭게 현관문이 벌컥 열리며 사람들이 쏟아져 나왔다.

"왔구나!"

한 여인이 치맛자락을 펄럭이며 달려왔다. 자푸나와 똑 닮은 얼굴이었다. 다만 조금 더 젊어 보이고, 세련된 스타일로 자른 머리칼과 황록색 눈동자가 달랐다.

"닐루페르!"

자푸나도 외쳐 부르며 구를듯이 달려가 동생을 와락 껴안았다. 누가 먼저랄 것도 없이 자매가 동시에 눈물을 터뜨렸다.

"거 참."

잘마이가 당황스럽다는 표정으로 파디에게 눈짓했고 파디는 어정쩡한 미소로 답했다.

자푸나와 닐루페르 뒤편에 선 노부부는 아민의 부모님, 아바이 할머니와 다다 할아버지였다.

하비브가 다가가 할머니의 뺨에 키스하고 공손하게 인사를 건넸다.

"살람 알라이쿰. 이렇게 다시 뵈니 정말 좋네요."

"무사히 와서 다행이구먼. 다 알라의 은덕이지."

할머니의 목소리가 거미줄처럼 가냘프게 들렸다. 할머니는 하비브의 이마와 뺨에 입을 맞추었다.

파디 가족은 사람들에게 둘러싸여 집 안으로 떠밀려 들어갔다. 그 뒤로 약 30분 동안 파디는 수많은 얼굴들과 인사를 나누었다. 그중엔 아민 이모부의 두 남동생, 그리고 그들의 아내와 아이들도 있었다. 여자들은 주방으로 들어가 산더미 같은 음식을 준비했다. 자푸나도 거들겠다고 고집을 피웠지만 나머지 사람들이 침실로 떠밀어 쉬게 했다. 남자들은 그간의 소식을 주고받느라 바빴고 아이들은 접시와 식기를 꺼내 상 차리는 일을 도왔다.

"점심 식사를 시작하기 전에 제가 대표로 기도를 올리겠습니다."

한 시간 후 아민이 선언했다. 음식 접시가 잔뜩 놓인 다스타칸* 주위에 온 가족이 둘러앉았다.

"알라여, 하비브 형제와 그의 가족을 샌프란시스코까지 무사히 인도해 주셔서 감사합니다."

아민이 돌연 입을 다물자 파디의 등줄기에 식은땀이 흘렀다. 아민의 기도가 이어졌다.

---

* 다스타칸(dastarkhan) - 온 가족이 둘러앉아 식사할 수 있도록 바닥에 까는 천

"부디 어린 마리암을 굽어살피소서. 인샬라,* 그 어린 것이 곧 가족의 품으로 돌아올 것이라 믿습니다."

하비브가 조용히 답했다.

"그 애를 찾으려고 애써 주는 사람이 무척 많습니다. 금세 찾을 수 있을 거예요."

'아버지 말씀이 옳아. 금세 찾을 수 있을 거야. 그렇게 많은 사람들이 두 팔 걷고 나섰는데 못 찾을 리 없잖아.'

파디는 그렇게 생각했다. 어깨를 짓누르던 응어리가 아주 조금 풀리는 것도 같았다.

"아민."

여기저기서 나직이 중얼거리는 소리가 새어 나왔다.

파디는 어머니를 흘긋 쳐다보았다. 두 눈에 눈물이 그렁그렁 맺혀 있었다. 애써 밀어내려 했건만 또다시 죄책감이 몰려왔다. 무겁고 엄숙한 분위기가 좌중을 덮었다. 가장 어린 꼬맹이마저 입을 꾹 다문 채 어른들의 눈치만 살피고 있었다. 난데없이 홀로 남겨진다는 게 어떤 것일지 저마다 상상해 보고 있는 것이리라.

'마리암이 그렇게 된 게 내 탓이라는 걸 알면 다들 날 어떻게 생각하실까? 틀림없이 날 미워할 거야. 나라도 그럴 테니까.'

어른들이 웅성거리는 소리가 파디의 귀를 파고들었다. 다들

---

* 인샬라(insha'Allah) - 불확실한 미래의 어떤 상황을 제시할 때 사용하는 표현으로, 의미는 '신의 뜻이라면'이다.

파디 가족의 탈출 이야기에 열을 올렸다. 그들의 탈출과…… 마리암 이야기에.

"가여운 바차."*

누군가가 파디의 귀에 속삭였다.

파디는 흠칫 놀라 고개를 돌렸다. 바로 옆에 앉은 아바이 할머니가 한숨처럼 내뱉은 소리였다. 할머니는 파디의 어깨를 부드럽게 잡아서 끌어당겼다. 파디는 순간 긴장했지만 이내 할머니의 포근한 품 안으로 무너져 버렸다. 할머니에게서 알싸한 소두구와 계피 향이 났다. 파디는 자신의 표정에 담긴 죄책감을 할머니에게 들킬까 봐 겁이 났다. 마음속까지 훤히 들여다보는 듯한 할머니의 시선을 피해 파디는 고개를 돌렸다.

할머니는 파디의 볼을 토닥여 주며 오렌지 맛 탄산음료가 담긴 유리잔을 내밀었다. 파디는 잔을 받아 들고 마셨다. 차가운 음료가 까끌까끌한 목을 적셔 주었다. 김이 모락모락 피어오르는 음식 접시가 오가는 동안 하비브는 자세한 설명을 이어 갔다. 미국 영사관도 나르기스도 아직 아이의 소재를 파악하지 못했지만 마리암을 찾는 건 시간문제라는 것이었다. 유엔 난민 기구가 마리암에 관한 공문을 발행했고 하비브의 옛 지도 교수님과 그 자제들이 함께 잘랄라바드에서 아이의 행방을 수소문하는 중이라

---

* 바차(bacha) - 파슈토어와 파르시어로 '어린아이'를 뜻한다. '바차이(bachy)'는 복수형 표현이다.

는 얘기도 덧붙였다.

닐루페르 이모가 파디의 접시에 카불리 풀라오*를 잔뜩 덜어 주었다. 파디는 달콤하고 끈적한 당근과 건포도를 허겁지겁 퍼 먹었다. 시금치 볶음, 가지 튀김과 요구르트, 닭고기 스튜도 있었다. 아바이 할머니가 파디의 접시에 만두 두 개를 얹어 주었다. 파디는 미트 소스를 끼얹은 만두를 물끄러미 내려다보았다. 순식간에 허기가 싹 가셨다. 만두는 마리암이 가장 좋아하는 음식이었다.

*

식사를 마친 후 파디는 슬금슬금 집 뒤편으로 향했다. 북적이는 사람들 틈에서 벗어나 한숨 돌리고 싶었다. 잘마이가 그동안 모은 비디오 게임들을 구경시켜 주겠다고 했지만 파디는 별로 내키지 않았다. 파디는 아무도 몰래 빈 주방으로 들어갔다. 식품 저장고 문이 열린 게 눈에 띄기에 그리로 숨어들었다. 통조림과 양념 통이 가득 쌓인 선반들과 큼지막한 쌀자루 사이에 자리를 잡고 웅크려 앉았다. 한동안 그렇게 혼자 고독을 씹으며 앉아 있는데 주방 문 쪽에서 발소리가 들려왔다.

---

* 카불리 풀라오(qabuli pulao) - 설탕에 조린 당근과 건포도를 얹은 양고기 풀라오

그리고 걱정 가득한 목소리가 뒤이었다.

"어떻게 된 거야, 언니?"

식품 저장고 문과 경첩 틈새로 닐루페르 이모의 모습이 보였다. 주방 창가에 놓인 작은 탁자 옆 의자가 뒤로 끌리는 소리에 파디는 몸을 더 웅크려 그늘 속으로 꽁꽁 숨었다.

이번엔 어머니의 목소리가 들렸다

"아직도 꿈만 같아. 약속 장소에 트럭이 도착했어. 자정이 훨씬 지났으니까…… 꽤 늦은 시각이었지. 나야 몸이 이 모양이니까 누르가 거의 끌고 가다시피 했고. 하비브는 짐을 들었고 파디랑 마리암이 아버지 뒤를 따라갔어. 그런데 몇 초 만에 주변이 온통 아수라장으로 변했어……. 다들 어디에 있었는지 갑자기 수십 명의 사람들이 튀어나왔어. 다들 트럭에 올라타려고 미친 듯이 달렸어."

"원, 세상에."

닐루페르 이모가 나직이 탄식했다.

"……다 내 잘못이야."

어머니가 속삭이듯 말했다.

파디는 자신의 귀를 의심했다.

'어머니 잘못이라고?'

파디는 문틈으로 어머니가 있는 쪽을 살폈다. 식품 저장고를 등지고 앉은 어머니의 어깨가 축 늘어져 있었다.

"언니 잘못이 아니야. 그렇게 자책할 필요 없어."

닐루페르 이모가 힘주어 말했다. 그러나 어머니는 기어이 울음을 터뜨리고 말았다.

"내 아이잖아. 난 그 애 엄마라고. 다 내 탓이야."

어머니의 어깨가 들썩였다. 닐루페르 이모가 휴지를 뽑아 건넸다. 파디는 두 눈을 질끈 감았다. 차마 어머니의 눈물을 볼 수가 없었기 때문이다. 하지만 애통하게 흐느끼는 소리까지 막을 순 없었다.

이모는 진심을 다해 어머니를 다독였다.

"언니, 이러다 언니 몸만 더 상해. 괜한 생각 하지 마."

"아냐, 넌 이해 못 해. 내가 아프지만 않았어도…… 내가 그 애를 잘 돌볼 수 있었을 거야. 하지만 오히려 다른 가족들이 날 돌보고 있잖아. 누르랑 그이는 날 트럭에 태우느라 파디와 마리암을 돌볼 수 없었어. 그러니까 이건 다 나 때문이야."

파디는 손톱으로 쌀자루를 콕콕 찔렀다.

'어머니 잘못이 아니야. 마리암을 잃어버린 책임을 질 사람은 어머니가 아니야.'

이모의 목소리가 들렸다.

"아냐, 아니야. 그런 생각은 하지도 마, 언니. 언니는 아팠잖아. 어쩔 수 없는 일이었어."

"……."

어머니는 한동안 말을 잇지 못했다.

"……너도 알지? 난 언제나 좋은 엄마가 되려고 노력했어. 하지만 아이들한테 엄격할 수밖에 없었어. 특히 탈레반이 카불을 접수한 뒤 애들을 집에서 가르치기로 한 다음부턴……. 그이가 항상 더 너그럽고 다정한 쪽이었어. 아이들이 무릎이 까지거나 비밀을 털어놓고 싶을 때 찾는 건 아버지였지. 난 마리암이 오해를 할까 봐 겁이 나. 내가 그 애를 사랑하지 않는다거나 신경 쓰지 않는다고 생각할까 봐."

닐루페르 이모는 단호히 말했다.

"그런 문제라면 걱정할 것 없어. 마리암도 알 거야. 언니가 그애를 얼마나 사랑하는지 아주 잘 안다고. 마리암이 돌아오면 언니가 직접 얘기해 줘. 형부도 그랬잖아, 정말 많은 사람들이 애쓰고 있으니 금방 찾을 수 있을 거야."

"인샬라."

어머니는 간절하게 기도하듯 말했다.

"언니, 나가자. 뒷마당에 앉아서 좀 쉬어. 신선한 공기를 마시면 기분이 한결 나아질 거야. 녹차 끓여서 가져갈게."

어머니와 이모가 녹차를 들고 뒷마당으로 나간 후에도 파디는 어둠 속에 홀로 앉아 있었다.

'나 같은 건 이런 자리가 어울려.'

# 파라다이스

파디는 침대 가장자리에 걸터앉아 몸을 앞뒤로 흔들며 좁은 방 안을 둘러보았다. 아민과 닐루페르의 집 뒷면에 자리한 손님용 침실. 파디 가족이 함께 지내는 방이었다. 춤추는 고양이 사진이 있는 달력에 파디의 시선이 머물렀다. 2001년 8월의 마지막 날. 이곳에 온 지도 6주가 지났다. 지긋지긋한 무력감이 도져 파디는 보드라운 침대보를 애꿎게 움켜쥐고 비틀었다.

아버지와 아민 이모부가 아프가니스탄과 파키스탄에 있는 친척이나 친구들에게 전화를 걸 때마다 파디도 거실 소파 옆에 숨어서 엿들었다. 지난 6주 동안 내내 그랬다. 숱한 사람들이 국경 근처를 샅샅이 뒤지고 있었지만 별다른 소식은 들려오지 않았다. 나르기스 이모의 지인들조차 마리암이라는 이름을 가진 어린 여자아이의 행방은 찾을 수 없었다고 했다.

'하지만 설마 마리암이 모르는 사람한테 진짜 이름을 알려 줬을까?'

파디의 가슴이 뻐근해졌다. 아프가니스탄을 떠나기 전, 아버지는 아이들에게 누구한테든 신분을 숨겨야 한다고 신신당부했었다.

'다들 마리암이라는 아이를 찾고 있기 때문에 못 찾는 거야. 어쩌면 마리암은 페샤와르의 난민 수용소에 있을지도 몰라. 다만 다른 이름을 댔겠지. 그렇다면 그 애를 무슨 수로 찾아?'

\*

금요일 밤 9시. 매주 그랬듯 오늘도 어김없이 하비브는 페샤와르의 미국 영사관에 전화를 걸고 스피커폰으로 돌렸다. 시차가 정확히 열두 시간이니 지금 그곳 시각은 오전 9시일 것이다. 지난주 통화에서 영사 보좌관은 여전히 공문을 뿌리는 중이지만 아프가니스탄의 상황이 한층 더 악화되었다고 전했다. 유엔 안전 보장 이사회가 탈레반에 대한 감시와 제재를 강화한다는 새 결의안을 통과시켰다. 그래서 국경 지대의 분위기가 아주 살벌하다는 것이었다. 마리암의 작은 손가락이 자신의 손에서 미끄러져 나가던 순간을 떠올리며 파디는 절망했다.

'아버지가 그토록 확신하셨는데. 아무리 오래 걸려도 몇 주면 될 거라 믿으셨는데.'

그러나 일주일, 또 일주일, 딱히 좋은 소식도 나쁜 소식도 없이 그렇게 몇 주가 흘러가 버렸고 파디의 초조함은 극으로 치달았다. 파디는 혼자 있고 싶었다. 잘마이는 파디의 기운을 북돋워 주려고 몹시 애를 썼다. 자기 친구를 소개해 주고, 엘리자베스 호수공원으로 데려가 함께 오리들에게 먹이를 주기도 했다. 자신이 가장 아끼는 비디오 게임도 마음껏 할 수 있게 해 주었다. 파디가 사진 찍기를 좋아한다는 걸 안 후에는 심지어 잘마이 자신이 직접 슈퍼맨 복장을 하고서 포즈를 취해 주겠다고 제안하기까지 했다. 하지만 파디는 그 무엇에도 흥미를 느낄 수 없었다. 마치 딴 세상에 사는 사람처럼.

하루는 온 가족이 자동차 두 대에 나눠 타고 '그레이트몰'에 다녀왔다. 그레이트몰은 샌프란시스코 베이 에어리어(San Francisco Bay Area, 샌프란시스코 시를 중심으로 한 광역 도시권. 첨단 기술이 집약된 기업들이 밀집해 있다. — 옮긴이)에서 가장 큰 쇼핑몰로, 포드 자동차 조립 공장을 개조해 만든 곳이었다. 카불의 소박한 시장과는 너무나 다른 풍경에 파디도 넋을 잃고 구경할 수밖에 없었다. 별의별 상점들이 끝도 없이 펼쳐졌고 특히 전자기기를 파는 상점은 거의 신세계였다. 하지만 어린 소녀들이 좋아하는 분홍색 파티 드레스가 가득 걸린 진열대 앞에서 서성이는 어머니의 황망한 표정이 파디의 들뜬 기분에 찬물을 끼얹었다. 파디는 그만 다 집어치우고 집으로 돌아가고 싶어졌다. 주방의 식품 저장고에 기어들어 숨고 싶었다. 혹은 아바이 할머니와 나란히 앉아 텔레비전이나 보고 싶었다. 파디는 할머니에게 텔레비전 프로그램 내용을 통역해 드렸는데 덕분에 영어 공부가 되기도 했다. 파디가 읊어 주는 「ER」(종합병원 응급실에서 벌어지는 이야기를 소재로 한 미국의 인기 드라마 — 옮긴이), 「이건 얼마일까요?」(원제는 'The Price Is Right', 제품의 가격을 맞히는 게임으로 구성된 미국의 TV 프로그램 — 옮긴이), 「오프라 윈프리 쇼」 등의 내용에 따라 할머니의 주름진 얼굴은 갖가지 감정을 드러내곤 했다.

낮에 어른들은 모두 일터로 나가고 누르도 맥도날드에서 아르바이트를 했다. 집에 남은 유일한 어른인 어머니가 낮잠을 주무시는 시간에 파디는 주로 컴퓨터 앞에 앉아 있었다. 파디는 온라인에 접속해 아프가니스탄과 국경을 넘는 난민들에 관한 기사를 찾아 읽었다. 검색창에 꾸준히 '마리암 누르자이'를 입력하기도 했다. 혹여 그렇게라도 동생의 행방을 알 수 있지 않을까 기대했지만 번번이 허탕이었다.

파디는 한숨을 푹 내쉬며 침대 밑에 놓인 두 개의 여행 가방을 물끄러미 응시했다. 언제라도 떠날 수 있도록 모든 짐이 저 안에 쟁여져 있었다. 심지어 『클로디아의 비밀』도 저 가방 안에 있었다. 이미 다 읽었지만 파디는 도저히 그 책을 버릴 수 없었다. 그 책은 카불을 생각나게 했고 어쩐지 클로디아가 친구처럼 느껴지기도 했기 때문이다. 클로디아와 클로디아의 남동생은 뉴욕 메트로폴리탄 미술관에 숨어 지내는 동안 르네상스 시대의 조각상에 얽힌 놀라운 수수께끼를 풀어 냈다. 책을 읽는 내내 파디는 클로디아의 용기와 배짱에 홀딱 반했다. 그래서 다 읽은 책을 배낭 속 낡은 꿀 깡통 옆에 고이 끼워 넣었다. 그러나 그 후로 다시 책을 꺼내진 않았고 책은 그 자리에 계속 남아 있었다.

'이제 여기서 나가는 건가……'

파디는 아침의 일을 떠올렸다.

\*

"계속 이렇게 폐만 끼칠 순 없어."

하비브가 딱 잘라 말했다. 주방 식탁, 하비브의 옆에는 자푸나가 얌전히 앉아 있었다.

파디는 복도에 서서 잘마이와 함께 어른들의 대화를 엿들었다.

"폐라니요! 도대체 그게 무슨 소립니까? 제 집이 곧 형님 집이고 제 밥이 곧 형님 밥인데요."

아민은 몹시 서운한 표정이었지만 하비브는 온화한 미소를 잃지 않았다.

"그렇게 말해 주다니 참 고맙네만 아무래도 우린 나가는 게 좋겠어."

"이건 파슈툰왈리에 어긋나는 일입니다. 형님네가 저희 집에서 나가 버리면 제가 뭐가 됩니까."

자푸나가 조용히 끼어들었다.

"하비브, 제부, 그만들 싸우세요. 제부 가족이 지내기도 빠듯한 공간에 우리까지 끼어들었으니 그동안 얼마나 불편했겠어요. 더는 이런 폐를 끼칠 수 없네요."

"우린 전혀 불편하지 않아."

닐루페르가 언니의 어깨를 두 손으로 짚었다. 마치 떠나려는 사람을 붙잡는 듯한 모습이었다.

파디는 사정을 알고 있었다. 3년 전 미국으로 이민을 온 후 지금까지 아민 이모부는 의사 일을 할 수 있는 의사 면허 시험에 통과하지 못했다. 현재는 가족을 부양하기 위해 시신 안치소에서 임상 병리사로 일하면서 틈틈이 시험공부를 했다. 그런데 2주전 아민 이모부의 동생이 직장을 잃은 뒤 아내와 세 아이를 데리고 이 집에 들어와 살기 시작했다. 그 후로는 화장실을 이용하려고 기다리는 사람들이 복도까지 줄지어 서는 상황이 연출될 때도 있었다. 요즘 들어 어른들이 불경기에 관한 대화를 나누는 일도 부쩍 잦아졌다.

아민이 단호하게 말했다.

"형님네도 우리 가족입니다. 형님이 다시 자립하실 형편이 되면 그때 나가셔도 되잖습니까."

"난 자립할 준비가 됐네. 택시 운전으로도 가족을 먹여 살리기엔 충분해."

파디는 움찔했다. 아버지는 이 지역 단과 대학에서 학생들을 가르치고 싶어 했지만 남는 농학과 교수 자리가 없었다.

닐루페르가 다시 나섰다.

"하지만 언니는 어떡하고요? 의사들은 아직 언니 병명도 제대로 밝히지 못했어요. 언니한텐 세심한 간호가 필요하다고요."

자푸나가 얼른 대답했다.

"난 괜찮아, 닐루페르. 몸도 많이 나아졌고. 누르랑 파디가 많이 도와줄 거야. 겨우 몇 블록 떨어진 곳으로 이사하는 것뿐이야. 언제든 찾아오렴."

"다음 주에도 병원 예약이 돼 있잖아. 내가 언니 데려갈 거야. 혼자 갈 생각일랑 하지도 마."

"그럼, 당연하지."

두 부부 간의 실랑이는 한참이나 더 이어졌지만 어쨌든 결론은 났다.

*

파디의 가족은 '파라다이스 아파트'로 이사했다. 이름만 그렇지, 실상 파라다이스와는 거리가 멀어도 한참 먼 곳이었다. 색 바랜 리놀륨 바닥에 거칠거칠한 갈색 카펫이 깔린, 방 두 개짜리 비좁은 아파트. 허름한 주방 싱크대는 군데군데 깨져 있었다. 파디는 현관에 우뚝 서서 한숨을 푹 내쉬었다. 푹푹 찌는 8월의 날씨, 쇼군드 가에 있는 집 크기의 10분의 1밖에 안 되는 공간. 가만히 있어도 지치고 더웠다. 좁아터진 집 안을 둘러보면서 파디는 폐소 공포증이 어떤 느낌인지 알 것 같다고 생각했다. 도무지 마음에 드는 구석이 하나도 없었다. 전에 살았던 사람들의 너저분한 흔적들뿐. 아마 그 사람들은 더 좋은 곳으로 갔겠지. 누르는 남동생과 한 방을 쓰라는 부모님의 말씀에 대놓고 싫은 티를 냈다. 누나와 한 방을 쓰기 싫은 건 파디도 마찬가지였다. 파디는 기꺼이 방을 포기하고 거실 바닥에서 자겠다고 했다.

이사 온 첫날 밤, 파디는 낡은 구세군 담요를 몸에 둘둘 말고서 거실 바닥에 누웠다. 어머니는 일찌감치 잠자리에 들었고 아버지와 누나는 일하러 나갔다. 파디는 배트맨 그림이 찍힌 담요를 눈 밑까지 끌어올린 채 말똥말똥 깨어 있었다. 눈은 뜨지 않았다. 온통 갈라지고 금이 간 천장을 굳이 올려다보고 싶진 않았다. 갈라진 틈에서 커다란 독거미가 내려와 덮칠 것만 같았다. 울퉁불퉁한 베개를 한 대 퍽 치고 반대쪽으로 돌아누웠다. 도무지 잠이 오지 않았다. 결국 벌떡 일어나 배낭에서 『클로디아의 비밀』을 꺼내 들고 창가로 엉금엉금 기어가 벽에 기대어 앉았다. 열린 창틈으로 시원한 미풍이 들어왔다. 부드러운 보름달 빛을 조명 삼아 모서리가 너덜너덜한 책장을 펼치고 가장 좋아하는 부분을 읽기 시작했다.

다시 봐도 클로디아는 정말 똑똑했다. 만약 도망치는 도중에 붙잡혔다면 클로디아가 또 어떤 작전을 펼쳤을까 궁금해하던 차에, 현관문에 열쇠 꽂는 소리가 들려왔다. 파디는 소파 밑에 책을 밀어 넣고는 잽싸게 다시 담요를 말고 잠든 척했다.

누르의 피곤한 목소리가 들렸다.

"데리러 와 줘서 고마워요, 아버지."

"안 그럼 쓰나. 이렇게 늦은 밤에 우리 딸이 혼자 집까지 걸어오는 건 싫어요."

"그건 그래요."

지퍼 열리는 소리가 뒤이었다.

"아버지, 받으세요."

누르가 속삭였다. 아버지는 아무런 말도 하지 않았다.

'누나가 아버지한테 뭘 드린 거지?'

파디는 담요 속에서 두 귀를 쫑긋 세웠다.

"아버지, 괜찮으세요?"

짧은 정적이 흐르고 아버지가 대답했다.

"이건 네 거야, 누르. 네가 일해서 번 돈이다. 아버진 무척 자랑스럽구나."

"아버지, 저도 돕고 싶어요. ……우리 집 살림이 빠듯한 거 알아요."

"누르 넌 정말 장한 딸이다. 그리고…… 이 돈은 우리 가족한테 큰 도움이 될 게야."

속삭이는 아버지의 목소리가 감정에 북받친 듯 떨려 나왔다.

파디는 믿을 수가 없었다. 누나가 맥도날드에서 번 돈을 아버지에게 드렸다고?

"자, 이리 오렴. 아까 닐루페르 이모가 가져다준 비프스튜가 남았단다. 운전을 하도 많이 했더니 배고파 죽겠구나. 어떤 정신 나간 여자가 있지도 않은 모자 가게를 찾는답시고 시내를 골목골목 돌아다니지 뭐냐. 덕분에 요금이 쏠쏠히 나오긴 했다만."

"아버지."

누르의 목소리가 한 옥타브쯤 뚝 떨어졌다.

"드릴 말씀이 있어요. 전부터 계속 말씀드리려고 했는데……어머니 앞에선 꺼낼 수가 없었어요."

파디는 흠칫 놀랐다. 머릿속엔 온갖 끔찍한 생각들이 소용돌이쳤다.

'누나가 알아. 누나가 아는 거야!'

"무슨 말인데 그러냐?"

"그날 밤…… 아프가니스탄을 떠나던 날 말이에요…….."

누르의 목소리에 긴장이 섞여 들었다.

"그래, 그날 뭐?"

파디는 담요 속에 꼼짝 않고 누워 있었다. 양쪽 겨드랑이가 진 땀으로 축축해졌다.

'누나가 다 일러바칠 거야……. 내가 마리암을 놓쳤다고 말할 거야…….'

"제가 아버지를 실망시켰어요."

"실망시켜? 무슨 소릴 하는 거냐?"

"제가 파디와 마리암을 챙겼어야 해요. 하지만 그땐 너무 정신이 없어서 그만…… 동생들이 뒤처진 걸 몰랐어요."

"아니다, 아가. 너한텐 잘못이 없어."

아버지가 누르를 달랬다.

"아니에요, 제가 만이잖아요. 제가 동생들을 돌봤어야 하는데……. 마리암을 잃어버린 건 제 잘못이에요!"

충격이었다. 누나가 그렇게 생각한다니, 마리암을 놓친 게 자기 탓이라고 여긴다니. 말도 안 된다.

'다들 자기 탓이라고 생각하고 있어. 하지만 아니야. 다른 누구도 아닌 내 잘못이라고. 가족으로서 자격이 없는 건 바로 나야. 나 때문에 우리 가족이 흩어졌어.'

# 브루크헤이븐 중학교

새 학교에 들어가기 전, 주말 내내 파디는 누르의 눈치를 살폈다. 누르가 닳아 빠진 주황색 소파에 누워 손톱에 까만 매니큐어를 칠한 손가락으로 책장을 팔랑팔랑 넘기는 걸 지켜보았다. 누르가 주방에서 크래커에 땅콩버터를 바를 때 파디는 일부러 싱크대로 가서 설거지를 했다. 누르가 어머니에게 따끈한 수프를 가져다줄 때도 파디는 벽 모서리에 숨어 엿보았다. 지켜보면 볼수록 확신도 커져 갔다. 누르는 화가 나거나 신경이 곤두선 게 아니었다. 어딘가에 정신이 팔린 것 같았고 또…… 슬퍼 보였다. 파디는 자기 걱정에만 빠진 나머지 지난 몇 달간 누나가 어떻게 지내 왔는지 신경도 쓰지 않았다는 사실을 깨달았다.

얼마 전 누르는 긴 머리칼을 싹둑 잘라 섬세한 목덜미를 드러냈다. 깊은 눈에 박힌 까만 눈동자도 한층 도드라져 보였다. 어머니는 그런 맏딸을 보고는 실망했다고 말씀하셨지만, 누르는 하루 종일 맥도날드 감자튀김 기계 옆에 서 있다가 쩌 죽을 뻔했다면서 짧은 머리를 하니 훨씬 시원해졌다고 대꾸했다. 파디는 바뀐 헤어스타일이 누나에게 잘 어울린다고 생각했지만 왠지 수줍어서 그 말을 할 순 없었다.

파디는 누나와 얘기하고 싶었다. 마리암을 놓친 건 누나 잘못이 아니라고 말해 주고 싶었다. 순전히 자신의 잘못으로 그렇게 된 것이니까. 말할 거야, 말해야 해. 그렇게 몇 번이고 다짐만 거듭하며 시간을 보내다 결국 일요일 저녁이 되고 말았다. 파디는 또 한 번 굳게 결심하고 마른 빨래를 한 아름 들고서 누나의 방으로 향했다. 하지만 역시 혀가 굳어 버렸다. 방에서 다림질을 하던 누르는 파디를 흘낏 쳐다보고는 심드렁하게 침대 쪽을 눈짓한 뒤 계속 다림질을 했다. 파디는 문가에 서서 누나의 옆모습을 바라보았다. 차마 입이 떨어지지 않았다. 누르가 뭔가 말하려는 듯 입을 여는 순간, 파디는 침대에 옷가지를 툭 떨어뜨리고 도망치듯 돌아 나왔다. 안 되겠어, 난 말 못 해. 누나 잘못이 아니라고 말하면 결국 자기 잘못임을 인정하는 셈이다. 파디는 도저히 그 사실을 입 밖에 내어 말할 자신이 없었다.

\*

화요일 아침. 하비브가 집에서 가까운 브루크헤이븐 중학교로 차를 몰았다. 그날은 자푸나도 일찌감치 일어나 아침 식사를 준비하여 모두를 놀라게 했다. 아침 메뉴는 파디가 좋아하는, 난(화덕에 납작하게 구운 아프가니스탄 전통 빵 ― 옮긴이)에 땅콩버터를 바른 토스트와 달걀 프라이였다. 파디는 조수석을 차지해 누르의 부러움을 샀다. 누르가 다닐 고등학교는 며칠 후에나 개학할 예정이었다. 아버지가 학교 행정실에서 전학 서류를 작성하는 동안, 파디는 창밖을 내다보며 바로 옆 초등학교 건물로 우르르 몰려 들어가는 아이들을 구경했다. 길게 땋은 머리칼을 등까지 늘어뜨린 여자애 하나가 파디의 시선을 사로잡았다. 깡충깡충 뛰듯이 쾌활하게 걷는 모습이 어쩐지 마리암과 닮아 보였다.

'마리암도 이번에 초등학교에 들어가야 되는데.'

동생을 생각하자 기분이 팍 가라앉았다. 어머니가 건강하셔서 예전처럼 집에서 공부할 수 있다면 얼마나 좋을까. 하지만 불가능한 희망이라는 건 파디도 알고 있었다.

행정실 간사의 활기찬 목소리가 파디의 우울한 생각을 몰아냈다.

"브루크헤이븐에 온 걸 환영해요, 학생."

간사는 이중 초점 안경 너머로 파디를 내려다보며 플라스틱 직불 카드를 내밀었다.

"점심 식사를 무료로 먹을 수 있는 카드란다. 음식을 받은 다음에 학교 식당 계산대 직원한테 이걸 내밀면 돼."

"고맙습니다."

파디는 카드를 받아 배낭에 넣었다. 그때 아버지의 표정이 굳어지는 걸 발견했다.

하비브가 간사에게 끄덕 목례를 했다.

"고맙습니다. 오늘 이 녀석 점심 도시락 싸 주는 걸 깜빡했는데 마침 다행이네요."

그제야 파디도 아버지가 왜 불편한 기색이었는지 이해했다.

'우리 집이 가난해서…… 그래서 내가 공짜 점심을 먹는 거구나.'

하비브가 작별 인사를 건넸다.

"파디, 좋은 하루 보내라. 학교 끝나고 집으로 돌아오면 자세히 얘기하자꾸나."

아들을 짧게 안아 주고 나서 하비브는 서둘러 나갔다. 공항에 늦지 않게 가야 했다. 그렇지 않아도 아직 베이 에어리어 지리에 빠삭하지 못한 탓에 배차 관리원에게 미운털이 박힌 터였다. 손님을 목적지까지 신속 정확하게 모셔다 드리지 못하는 택시 운전사는 돈을 많이 벌 수 없으니까.

수업 시간표를 움켜쥐고서 파디는 행정실 문 앞에서 머뭇거렸다. 긴 복도를 가득 채운 아이들을 바라보며 용기를 내려고 노력해 보았다. 학생들이 지나가며 친구들에게 인사를 건네고 서로 손바닥을 마주 들어 하이파이브를 했다.

'우와, 진짜 많다.'

방 안에서 누나, 동생과 함께 어머니의 지도 아래 조용히 공부하는 데 익숙한 파디에겐 참으로 낯선 풍경이었다. 아직 소화가 덜 된 달걀과 땅콩버터가 배 속에서 거북하게 꿀렁거렸다.

책상 앞에 앉은 간사가 물었다.

"뭐가 잘못됐니?"

"아, 아니에요."

파디는 기어드는 목소리로 대답했다. 다시 한 번 용기를 끌어모으고서 파디는 복도로 나섰다. 각기 제 갈 길을 가는 학생들에게 이리저리 치이면서도 지도를 확인하며 교실을 찾아보려 했다. 남자끼리 여자끼리 혹은 남녀가 섞여서 삼삼오오 무리를 지은 학생들이 왁자지껄 웃고 장난치며 복도를 걸어갔다. 하나같이 이곳에 익숙한 듯 편안한 모습. 파디는 아무도 눈길을 주지 않는 그림자가 된 기분이었다. 파디보다 한 학년 아래인 잘마이는 옆 건물인 초등학교에 다녔다. 수업을 모두 마친 후에 만나기로 약속했지만 지금으로선 전혀 위안이 되지 않았다.

복도가 갈리는 지점에서 운동복 차림의 남자아이들 무리가 다가왔다. 파디는 벽 쪽에 붙어서 그 애들이 지나가기를 기다렸다. 그곳엔 한 여자애가 작은 책상을 놓고 앉아 지나가는 학생들에게 전단지를 나눠 주고 있었다. 책상 앞엔 '안 홍을 반장으로!' 라고 적힌 종이가 붙어 있었다. 대부분은 본 체 만 체 지나쳐 버렸고, 나머지 애들은 전단지를 받아서 복도 끝에 있는 휴지통에 획 던져 버렸다. 그래도 여자애는 꿋꿋했다. 표정도 결의에 차 있었다.

파디는 화장실을 지나 마침내 145호 문 앞에 도착했다. 크게 심호흡을 하고 손잡이를 돌려 교실 안으로 들어섰다. 엄청난 웃음소리와 고함 소리가 파디를 맞이했다. 아이들은 큰 소리로 떠들어 대고 서로 종이 뭉치를 던져 대느라 바빴다. 전혀 설레지도 신 나지도 않는 마음으로 파디는 교실 안을 둘러보았다. 자리가 거의 다 차 있었다. 그나마 발견한 빈자리는 하필 맨 앞줄이었다.

'저기 앉기는 정말 싫은데.'

아이들의 호기심 어린 시선이 하나둘 파디에게로 향하기 시작했다. 마침 교실 반대편 중간쯤에 있는 빈자리가 눈에 들어왔다. 파디는 고개를 푹 숙인 채 종종걸음으로 통로를 따라 걸어가 자리에 미끄러지듯 앉았다. 그제야 조금이나마 안도감이 느껴졌다. 파디는 책상 밑에 가방을 내려놓고는 상처투성이인 상판에 수업 시간표를 대고 판판하게 폈다. 주위에서 웅성거리는 소리를 애써 무시하며 시간표를 확인했다. 다음 시간은 수학 수업이었다.

'다행이다. 수학은 쉬운 편이니까.'

수학 수업 다음은 과학, 그다음이 점심시간이었다. 오후에는 어학과 체육 수업이 예정돼 있었다. 시간표를 훑어보던 파디의 가슴이 갑자기 쿵쾅쿵쾅 빠르게 뛰었다. 목요일, 미술 수업. 파디는 목요일이 기다려졌다.

파디가 시간표를 접어 가방에 챙겨 넣었을 때, 교실 뒷자리의 남자애 둘이 종이 비행기를 접어서 두 번째 줄에 앉은 여자애들에게 휙휙 날리기 시작했다. 그중 하나가 어떤 금발 여자애의 분홍색 머리핀을 맞혔다. 여자애는 발갛게 달아오른 볼을 부풀리고서 자리에 앉은 채 상체를 뒤로 획 틀었다.

"그만해, 아이크!"

여자애는 종이 비행기를 거칠게 구겨 깡마른 빨강머리 남자애에게 도로 던졌다.

아이크라 불린 남자애는 코웃음을 치며 거들먹거렸다.

"싫다면 어쩔 건데, 뚱띠 패티?"

"그래, 뚱띠."

아이크의 친구인 듯한, 피부가 까무잡잡한 녀석이 짓궂게 입술을 삐죽거리며 거들었다.

"어쩔 건데? 우리도 먹어 치우게?"

"잘했어, 펠릭스."

아이크가 낄낄거리며 녀석과 하이파이브를 했다.

펠릭스는 뻣뻣하게 젤 바른 머리칼을 쓸어 넘기는 시늉을 하며 거만한 표정으로 의자 등받이에 몸을 기댔다.

얼굴이 홍당무가 된 패티는 금방이라도 울 듯한 표정으로 다시 돌아앉았다.

"저런 놈들은 무시해, 패티."

패티 옆자리에 앉은 여자애가 뒷자리 남자애들을 째려보며 친구를 다독였다.

"재수 없는 머저리들이야. 쟤네는 유치원 때부터 저 모양이었어."

'와, 이 반 애들은 태어날 때부터 아는 사이였나 봐.'

파디는 속으로 혀를 내둘렀다.

아이크가 뭐라 대꾸하려고 입을 벌리는데 교실 문이 벌컥 열렸다. 연노랑, 보라색 줄무늬 셔츠를 입은 남자가 분주히 들어와 등 뒤로 문을 닫았다. 어깨를 약간 덮는 길이의 머리칼은 퍽 오랫동안 빗질을 하지 않은 것처럼 덥수룩했다.

"늦어서 미안해요, 여러분. 오늘따라 길이 어찌나 막히던지. 지각은 오늘이 마지막입니다, 약속해요. 그러니까 교장 선생님한테 이르면 안 돼요."

남자의 마지막 농담에 여기저기서 쿡쿡 웃는 소리가 새어 나왔다. 그는 분필을 집어 들고 칠판에 커다랗게 자기 이름을 적었다.

"난 토레스 선생님입니다. 6B반 여러분의 담임이자 역사 선생님이기도 하죠. 여러분은 나한테 세계 역사와 문명을 배우게 될 겁니다. 그러니까 여기서 6B반 학생이 아닌 사람은 교실을 잘못 찾은 겁니다."

아이들이 일제히 두리번거리기 시작했다. 누가 몰래 교실을 빠져나가나 보려는 것이었다.

파디는 수업 시간표를 다시 한 번 확인했다.

'그래, 틀림없어. 교실을 잘못 찾은 게 아니야.'

모두가 지켜보는 가운데 교실에서 나가는 창피를 무릅쓸 필요가 없어 다행이었다.

토레스 선생님이 벙긋 미소를 지으며 이어 말했다.

"흠, 올해는 내가 아주 똑똑한 학생들을 제자로 맞이한 것 같군요."

선생님이 가방에서 종이 뭉치를 꺼냈다.

"이번 주 공고 사항과 점심 메뉴가 적힌 통지서예요."

선생님의 말씀이 계속 이어졌지만 파디의 마음은 붕붕 떠다니고 있었다. 파디의 시선이 창밖에 머물렀다. 다람쥐 몇 마리가 나무 기둥을 타고 쪼르르 내려가는 중이었다. 잔디밭 어딘가에 열매를 숨기려는 것이겠지. 파디는 왼쪽 눈을 감고 복슬복슬한 꼬리를 지닌 귀염둥이들을 한 프레임에 담아 보았다.

'괜찮은 작품이 나오겠는데.'

나가고 싶었다. 저 다람쥐들처럼 밖에서 자유롭게 놀고 싶었다.

*

파디는 아메바를 비롯한 단세포 미생물 그림에 마지막 손질을 더했다. 과학 수업 시간이 막 끝났다. 파디는 천천히 과학 공책을 넘기며 나머지 아이들이 점심 먹으러 나가기를 기다렸다. 아침부터 지금까지 파디는 한마디도 하지 않았고, 굳이 말을 붙이는 아이도 없었다. 수학 시간에 아랍계 아이 둘이서 파르시어로 속닥거리는 걸 봤지만 파디가 먼저 그 애들에게 다가갈 용기는 없었다.

'난 여기 없는 것 같아.'

그래도 수업은 별로 어렵지 않은 것 같았다. 수학 시간에 인수분해를 배웠는데 작년에 어머니에게 다 배운 내용이었다.

파디는 가방을 집어 들고 수업 시간표 뒷면에 있는 학교 지도를 훑어본 다음 식당으로 향했다. 한 번 방향을 착각하는 바람에 돌아온 것만 빼고는 무리 없이 식당을 찾을 수 있었다. 양쪽으로 여는 베이지색 문 앞에서 가방 옆주머니에 넣어 둔 카드를 꺼냈다. 네모난 플라스틱 카드를 손바닥 안에 숨기고서 파디는 시끄럽고 어지러운 식당 안으로 들어갔다. 수학 시간에 봤던 아랍계 아이 둘이 저 앞에 보였다. 파디는 멀찍이 거리를 두고 그 아이들을 따라갔다. 쟁반을 집어 들고 줄을 섰다. 주위 아이들은 모두 여름 방학 때의 일들에 관해 떠들어 댔다. 디즈니랜드에 놀러 갔다는 둥, 요세미티 국립 공원에서 캠핑했다는 둥, 바닷가로 놀러가 수영을 했다는 둥…….

파디는 심사가 뒤틀리는 것을 느끼며 그 아이들을 쳐다보았다.

'쳇, 너희들 중 야밤에 탈출하다가 동생을 잃어버린 애는 없겠지?'

"넌 뭘 먹을 거니?"

주문대 너머에 있는 아줌마가 피곤한 표정으로 물었다.

파디는 자신이 먹을 수 있는 메뉴를 찾아보았다. 작은 사이즈의 치즈버거와 감자튀김, 혹은 '치즈 부리토(burrito, 고기나 강낭콩, 치즈 등을 소로 넣고 둥글게 만 밀가루 부침개 — 옮긴이)와 콩'이라 적힌 정체불명의 메뉴. 치즈버거는 파디가 아는 음식이었다. 부리토라는 것은 모양이 영 이상했다. 파디는 미국 음식에 점차 적응해 가는 중이었지만 여전히 입맛에는 맞지 않았다. 참, 땅콩 버터는 맛있었다. 자두 잼이랑 같이 난에 발라서 매일이라도 먹을 수 있을 것 같았다.

"빨리 좀 고르지."

뒤에 선 아이가 투덜거렸다.

파디는 흘깃 뒤돌아보다 그대로 굳어 버렸다. 같은 반 아이였다. 아몬드 모양으로 쪽 째진 눈을 한, 키 큰 녀석.

'앗, 아이크 친구다. 얘 이름이 뭐더라? 아, 그래, 펠릭스.'

펠릭스는 째진 눈을 더 가늘게 떴다.

"뭘 봐?"

"아냐, 아무것도."

파디는 웅얼거리며 시선을 내리깔았다. 녀석의 신발은 발목까지 올라오는 멋들어진 스니커즈였다. 파디는 녀석의 신발에서도 시선을 거뒀다.

"종일 거기 서 있을 거냐?"

다시 주문대 아줌마였다. 아줌마는 위생캡을 고쳐 쓰고는 숟가락으로 유리 진열대를 톡톡 쳤다.

"저거 주세요."

파디는 치즈버거를 가리켰다. 그러고는 종이 팩에 담긴 사과 주스를 추가 주문하고 얼른 계산대로 움직였다.

계산대 아저씨가 입을 떼기도 전에 파디는 펠릭스 쪽을 곁눈질하며 잽싸게 플라스틱 카드를 내밀었다. 다행히 녀석은 뭘 먹을지 고르느라 여념이 없었다. 계산대 아저씨가 카드를 기계에 대고 긋자 커다랗게 '삑' 소리가 났다.

아저씨는 카드를 높이 쳐들고서 안경테 위로 자세히 들여다보며 물었다.

"이거 언제 받은 거냐?"

"어, 오늘 아침에요."

아저씨는 다시 한 번 카드를 그었고 기계는 또 한 번 우렁차게 삑 소리를 냈다.

"잠깐, 행정실에 연락 좀 해 보고……."

"한 번만 더 해 보시면 안 돼요?"

파디는 간곡히 애원했다.

'돼라, 돼라, 제발 돼라!'

파디는 연신 펠릭스를 흘깃거리며 간절히 기도했다. 녀석은 피자 조각이 담긴 쟁반을 들고 구내 매점으로 가서 커다란 콜라 잔을 받아 드는 중이었다.

계산대 아저씨가 다시 한 번 숫자를 입력하는 동안 파디는 숨 죽이고 기다렸다. 이번엔 기계가 삑 소리 대신 영수증을 토해 냈다.

"뭐야, 이거?"

아저씨가 어이없다는 듯 중얼거렸다.

파디가 카드를 돌려받는 찰나, 펠릭스가 다가와 파디의 옆에 쟁반을 턱 내려놓았다.

파디는 재빨리 카드를 주머니에 넣고는 쟁반을 들고 돌아섰다. 하지만 보고야 말았다. 펠릭스가 거들먹거리며 빈둥대는 동안 다른 남자애가 그 애의 점심 값을 대신 내는 장면. 파디는 가슴이 철렁 내려앉았다.

'저건 나쁜 짓이잖아. 역시 불길해…….'

학생 식당은 완전히 미어터졌다. 빈자리 하나 없이 아이들이 꽉꽉 들어차서는 와글와글 떠들어 대며 함께 점심을 먹었다. 파디는 구석에 선 채 낯선 얼굴들로 이루어진 바다를 둘러보았다. 아무리 찾아봐도 앉을 자리가 없었다. 절로 욕이 나왔다. 잘마이도 같은 시간대에 점심을 먹으면 얼마나 좋을까. 파디는 자리 찾기를 포기하고 비상구 옆 바닥에 주저앉았다. 일단 사과 주스를 집어 들고 입구를 뜯는데, 어떤 여자애가 까맣고 긴 머리를 나풀거리며 파디의 곁을 지나쳐 갔다. 그 애는 앙증맞은 분홍색 지갑을 떨어뜨린 것도 모르고 친구랑 수다를 떠느라 바빴다. 파디는 얼른 지갑을 주워 그 애를 뒤쫓아 갔다.

"저기, 이거 떨어뜨렸는데……."

놀란 여자애가 작은 눈을 동그랗게 떴다.

"어머, 고마워. 친절하기도 해라."

파디는 그 애를 알아보았다. 자길 반장으로 뽑아 달라고 선거 운동을 하던 애였다. 파디는 어깨를 으쓱하며 대답했다.

"별것도 아닌데, 뭘."

"내 이름은 안이야. 안 홍."

그 애가 정중하게 손을 내밀었다.

파디는 주춤주춤 그 손을 맞잡고 살짝 흔들었다.

"난 파디. 파디 누르자이."

"음, 다시 한 번 고마워, 파디."

그 말을 끝으로 그 애는 친구와 함께 가 버렸다.

파디는 다시 혼자 앉아서 치즈버거를 한 조각 베어 물었다. 돌풍에 휘날리는 눈발처럼 아이들이 파디의 주위를 휘몰아쳐 지나갔다. 파디는 마치 카메라 렌즈 뒤에 숨은 것 같은 기분이었다. 렌즈 너머의 세상이 무수히 잘게 쪼개져 소용돌이치고 있었다.

# 뜻밖의 소식

아파트 계단을 오르는 파디의 귀에 복도로 새어 나오는 여러 사람의 목소리가 들려왔다.

'손님이 오기로 돼 있었나?'

파디는 의아해하며 현관문에 귀를 바짝 댔다. 아민 이모부의 굵직한 목소리가 집 안을 쩌렁쩌렁 울렸다. 파디는 열쇠를 돌려 문을 열었다. 부모님과 아민 이모부, 닐루페르 이모가 거실에 찻주전자와 설탕 입힌 아몬드를 놓고 둘러앉아 있었다.

하비브의 설명이 한창이었다.

"사히브 교수님이 그날 밤 트럭에 타려고 했던 여자들을 찾아 내셨어요. 그분들이 길가에 서서 울고 있는 어린 여자애를 봤다고 하셨대요."

파디가 들어오는 걸 본 하비브의 얼굴이 살짝 상기되었다.

파디는 두근거리는 가슴을 안고 거실 모서리를 돌아 들어 갔다. 부모님이 나가 놀라고 하시지 않으면 좋겠는데. 파디는 이 야기를 더 듣고 싶었다.

하비브가 이어 말했다.

"아버님을 페샤와르로 모셔 가려던 참이었대요. 노환이 워낙 심해서 무척 힘들었다나 봐요."

'그 할아버지…… 기억나. 트럭에 타려고 그 불쌍한 할아버지 를 앞질러 갔지.'

파디의 심장이 마구 뛰었다.

"그래서…… 그분들 말씀이, 탈레반이 도로에 나타나자마자 트럭에 못 탄 사람들이 뿔뿔이 흩어졌대요. 그분들은 아버님을 모시고 근처 창고 안에 숨었고."

닐루페르 이모가 물었다.

"그분들이 봤다는 아이가 마리암이 확실하대요?"

"그분들이 묘사한 인상착의가 마리암하고 일치해요."

자푸나가 조급하게 끼어들었다.

"그 애가 어떻게 됐는지도 보셨대요?"

"사히브 교수님이 직접 만난 분 성함이 아이샤인데 그분이 그 여자애를 찾아보려고 다시 나오셨대요. 아이 혼자 거기 남은 것 같아서."

"알라여, 자비로우신 분이여."

아민 이모부가 나직이 신을 찬미했다.

"그런데 아이가 어떤 가족이랑 얘기를 나누고 있더래요. 그래서 부모님을 찾은 것으로 생각하곤…… 다시 창고로 돌아갔대요."

"가족? 무슨 가족?"

자푸나가 속삭였다.

"남자, 아내, 그리고 아들 둘. 아이샤가 창고로 도로 들어가기 전에 본 바로는 그랬대요. 사히브 교수님이 그날 밤에 트럭에 오르지 못한 남자 한 명을 더 찾아서 만나 봤는데 그분은 마리암은 물론이고 아이랑 대화를 나누던 가족도 전혀 기억나지 않는다고 했다더라고요."

"진짜 가족인지 아닌지 어떻게 알아. 어떤 사람들인지도 모르는데……."

걱정 가득한 목소리로 중얼거리는 자푸나를 닐루페르가 달랬다.

"좋은 사람들일 거야, 언니. 의지할 곳 없는 어린애를 챙겼잖아."

"하지만 그 어린 것을 챙겨서 어디로 갔냐고! 그걸 모르잖아!"

자푸나가 울먹이기 시작했다.

아민이 합리적인 의견을 제시했다.

"뭐, 적어도 그 사람들이 페샤와르로 가려고 했다는 건 알잖습니까. 이미 브로커에게 돈을 지불한 후일 테니 아마 어떻게든 국경을 넘을 겁니다. 일단 마리암이 페샤와르에 도착하기만 하면 그 애를 찾는 것도 훨씬 쉬워지겠죠."

하지만 자푸나는 회의적이었다.

"이이가 마리암한테 아무에게도 진짜 이름을 대지 말라고 일렀대요. 그 애가 그 가족인지 뭔지 하는 사람들한테 진짜 이름을 말하지 않았으면 어떡해요? 그냥 어떤 농부나 양치기의 딸이라고 둘러댔으면요?"

파디도 어머니 말씀이 옳다고 생각했다. 이마에 땀이 송골송골 맺혔다.

'맞아, 아버지가 아무에게도 진짜 이름을 대지 말라고 하셨어. 마리암한테도 신신당부하셨어.'

자푸나의 목소리가 점점 더 격해졌다.

"우리가 페샤와르로 돌아가야 해. 애초에 그 애 없이 여기로 오는 게 아니었어."

"어쩔 수 없었소."

하비브가 부드럽지만 단호하게 말했다.

"페샤와르에서 더 머물렀다면 망명의 기회도 얻지 못하고 파키스탄에 영원히 묶이고 말았겠지. 나라 없는 가족이 되는 건 있을 수 없는 일이오. 그렇다고 아프가니스탄으로 돌아갈 수도 없는 노릇이고."

자푸나는 날카롭게 항변했다.

"망명 자격을 얻는 게 그렇게 중요해요? 우리 딸을 찾는 것
보다 더? 5년 전에 당신이 아프가니스탄으로 돌아가자고 고집을
피우지만 않았어도 지금 같은 난리를 겪을 일도 없잖아요!"

파디는 다리가 후들거려 벽에 기대어 섰다. 어머니가 아버지
에게 저런 식으로 대드는 모습은 처음 보았다. 급기야 자푸나는
남편에게 신랄한 일격을 가했다.

"당신의 '가이라트'*는 도대체 어디로 간 거죠?"

무거운 정적이 온 집 안을 덮었다. 파디는 너무 놀란 나머지
꼼짝도 할 수 없었다. '가이라트'는 가족의 명예를 지키는 가장
의 능력이다. 그 능력을 의심받는 것, 그것은 파슈툰족 남자에게
더할 수 없는 수치였다. 그런데 지금 어머니가 동생 부부 앞에서
남편에게 그토록 심한 모욕을 안긴 것이다. 아버지가 얼마나 화
가 나셨을지, 또 얼마나 당황하고 창피하실지 파디는 충분히 짐
작할 수 있었다.

닐루페르가 급히 수습에 나섰다.

"언니, 형부를 나무랄 일이 아니잖아. 이런 일이 생길 줄 누가
알았겠어? 그냥 사고였을 뿐이야. 누구의 잘못도 아니라고."

---

* 가이라트(ghayrat) - 명예와 자부심에 관한 파슈툰왈리 규범

"아아, 여보……."

자푸나가 갑자기 어깨를 들썩이며 흐느끼기 시작했다.

"미안해요. 그런 말을 내뱉다니……. 너무 지쳐서, 그리고 약기운에 머리가 어떻게 됐나 봐……. 요즘은 내가 나 아닌 것 같아."

그러나 하비브는 의외로 차분했다.

"아니, 당신 말이 맞아요. 내 잘못이오. 내가 이 집안의 가장이니까. 내가 책임질 일이지."

또 한 번의 정적이 무겁게 내려앉았다. 파디는 죄책감에 겨워 털썩 무릎을 꿇고 말았다. 마리암을 놓친 건 내 잘못인데. 아버지나 누나, 어머니의 잘못이 아니라. 파디는 거실로 돌아가 쭈뼛거리며 어른들 앞에 섰다. 마른 침을 꿀꺽 삼키고 입을 열었다. 자기 잘못을 실토할 작정이었지만 머릿속 생각과는 전혀 다른 말이 튀어나왔다.

"우리가 어디로 가는지 마리암도 알고 있었어요. 제가 얘기했거든요. 페샤와르에 어머니 사촌이 계시고 국경에서 그분과 만나기로 돼 있다고요."

"네가 얘기했다고?"

자푸나가 눈물을 찍어 내며 물었다.

"네. 그런데 나르기스 이모님 성함은 기억이 안 나서 말 못 했어요. 그냥 어머니 사촌이 거기 계신다고, 부부가 난민 진료소를 운영하신다고만 얘기했어요."

닐루페르의 얼굴이 밝아졌다.

"그러니까 페샤와르에 우리 친척이 있다는 걸 그 애도 안다는 얘기네. 참말 다행이다. 어쩌면 걔가 그 가족한테 진료소로 데려다 달라고 했을지도 몰라."

"알라께서 인도해 주실 거야. 그 애가 우릴 찾아올 거야!"

드디어 자푸나의 두 눈에도 반짝이는 희망이 깃들었다.

아민 이모부가 파디를 칭찬했다.

"잘했다, 파디. 진작 우리한테 알려 줬으면 더 좋았잖니."

하비브가 손을 들었다.

"가능성이 높아. 하지만 너무 큰 기대는 하지 말고."

자푸나는 원망스러운 눈길로 남편을 쏘아보았다.

"그러니까 페샤와르로 돌아갈 돈을 마련하자고요, 하비브. 국경 부근을 뒤져서 그 애를 찾아내야 해요."

하비브는 눈을 감고 고개를 돌리며 조용히 말했다.

"할 수만 있다면 나도 그러고 싶소, 여보. 하지만 당신도 잘 알잖소. 그러기엔 시간이 좀 걸려요."

아버지의 얼굴에 슬픈 표정이 가득했다. 한없는 죄책감이 파디의 가슴을 짓눌렀다.

'가족의 명예를 저버린 건 나야. 다 내 잘못이라고. 내가 해결해야 해. 하지만 어떻게? 무슨 수로?'

크래커에 땅콩버터를 발라 간단히 먹어치우고 나서 파디는 카메라를 집어 들고 집을 나섰다. 부모님은 아르바이트를 마치고 돌아온 누르에게 사히브 교수님이 알려 준 소식을 전하는 중이었다. 현관문을 닫기 직전, 파디는 누나의 얼굴에 떠오른 기쁨과 희망을 엿보았다. 파디는 계단을 내려가 아파트 건물 밖으로 나갔다. 늦여름의 더위가 채 가시지 않은 9월, 따뜻한 햇살이 파디의 등을 어루만져 주었다. 파디는 생각에 잠긴 채 파세오 파드레 파크웨이를 따라 엘리자베스 호수공원으로 향했다.

'한 가지는 어머니 말씀이 옳아. 돈만 있다면 마리암을 찾으러 돌아갈 수 있을 텐데. 마리암은 틀림없이 국경을 건넜을 거야. 지금도 우릴 찾고 있을걸? 난 알아, 확실해.'

하지만 그 돈을 어디서 구한담? 적어도 수천 달러는 필요할 텐데 지금 아버지 벌이로는 아파트 임대료와 식대를 충당하기에도 버거운 형편이다. 누르가 아르바이트로 번 돈까지 보태도 페샤와르로 돌아갈 돈을 마련하는 건 어림도 없다.

'나도 일자리를 구해 볼까? 그런데 어디서 구하지?'

정당하게 일을 하려면 최소한 열다섯 살은 되어야 한다. 잘마이의 친구처럼 신문 배달을 해 볼까? 하지만 신문 배달로 돈을 모으려면 몇 년은 걸릴 것이다.

클로디아처럼 굉장한 행운이 굴러와 준다면 얼마나 좋을까. 클로디아 남매는 메트로폴리탄 미술관에 숨어 지내는 동안 이른바 '대박'을 맞이했다. 깔끔쟁이인 클로디아가 한밤중에 미술관 분수대에서 몸을 씻자고 고집을 피웠다. 그리고 분수대 안에서 타일 바닥에 쌓인 동전 더미를 발견했다. 오랜 세월 미술관을 찾아온 사람들이 행운을 빌며 던져 넣은 동전들이었다. 결국 그 분수대는 클로디아와 동생의 든든한 비밀 저금통이 되었다. 하지만 파디에겐 아무것도 없었다.

'돈을 좀 빌려 볼까? 하지만 누구한테 빌리지?'

아민 이모부에게 손을 벌릴 순 없다. 이모부도 벌이가 신통치 않은 데다, 얼마 전에 실직한 동생 가족까지 먹여 살려야 했기 때문이다. 하긴, 누군가에게 돈을 빌리는 게 가능했다면 아버지가 진작 빌렸을 것이다. 그렇게 돈을 마련해서 마리암을 찾으러 파키스탄으로 돌아가셨겠지.

사히브 교수님이 전한 소식과 이런저런 생각들이 얽혀서 머리가 다 지끈거렸다. 파디는 횡단보도에 서서 이마를 손가락으로 문질렀다. 신호등에 박힌 작은 남자 기호가 흰색으로 바뀌자 파디는 유모차를 미는 한 여인을 따라 길을 건넜다. 경쾌한 음악이 흘러나오며 길모퉁이에서 아이스크림 트럭이 돌아 나왔다.

파디는 그 트럭을 기억했다.

'싱 아저씨다. 아민 이모부네 집 건너편에 사시는.'

샌프란시스코에 도착한 첫 주에 처음 싱 아저씨를 만났을 때, 파디는 명랑 쾌활한 아이스크림 트럭 주인이 아프가니스탄 남자들처럼 턱수염을 기르고 터번을 둘렀다는 사실에 적잖이 놀랐다. 하지만 아저씨는 아프가니스탄 사람이 아니었고 심지어 이슬람교도도 아니었다. 아저씨는 인도 출신이었고, 턱수염과 터번은 시크교(세계 5대 종교의 하나로, 15세기에 인도에서 등장했으며 힌두교와 이슬람교를 결합한 종교색을 띤다. — 옮긴이)의 상징이었다.

닐루페르 이모가 파디와 잘마이에게 아이스바를 사 주곤 했는데 그때마다 싱 아저씨는 값을 깎아 주었다. 그리고 아이스바는 정말이지…… 미국의 위대한 발명품이다. 아이스바뿐 아니라 트윙키(크림이 들어간 카스테라 모양의 달달한 불량 식품 — 옮긴이), 라임 맛 젤로(가루 형태로 된 불량 식품으로, 물과 섞으면 젤리가 된다. — 옮긴이), 스니커즈도……. 어느새 하얀 소형 트럭 주위로 벌 떼처럼 몰려든 아이들을 파디는 시무룩한 얼굴로 바라보았다.

'나도 먹고 싶은데. 하지만 나한텐 땡전 한 푼 없잖아…….'

터덜터덜 발길을 돌리려는 순간, 왠지 익숙한 빨강머리가 파디의 시선에 언뜻 잡혔다. 어라, 아이크와 그 친구 녀석이잖아!

펠릭스가 커다란 아이스크림 콘 두 개를 들고 달려오는 걸 본 파디는 얼른 나무 뒤에 숨었다. 파디는 녀석들이 공원에서 얼쩡

거리지 않길 바라며 그 애들을 지켜보았다. 녀석들은 모퉁이에서서 아이스크림을 핥으며 낄낄댔다. 그때 미끈한 회색 메르세데스 벤츠가 그 애들 곁으로 다가왔다. 주정차 구역이 아닌데도 벤츠는 아무렇지도 않게 멈춰 섰다. 그리고 그 안에서 검은색 맞춤 정장을 입은 까만 머리의 아줌마가 나왔다. 펠릭스가 순간 긴장한 듯하더니 아이스크림을 덤불 안으로 던져 버렸다. 아줌마는 펠릭스를 향해 손가락을 까딱까딱하고는 손목시계를 톡톡 쳤다. 아줌마는 화난 표정으로 고개를 절레절레 흔들며 차 쪽을 가리킨 후 다시 벤츠에 올라탔다. 펠릭스는 턱을 앙다문 채 아이크에게 인사 비슷하게 고갯짓을 하고는 조수석으로 기어 들어갔다. 벤츠가 끼이익 타이어 끄는 소리를 내며 출발하고 아이크는 버스 정류장으로 향했다.

파디는 안도의 한숨을 내쉬었다.

'휴우, 잘됐다. 둘 다 가 버렸네.'

저녁 해가 수평선에 낮게 깔린 구름 속으로 저물어 갈 무렵, 파디는 호숫가에 도착했다. 나무숲 꼭대기가 분홍색, 라벤더색, 회색으로 물들었다. 파디는 배낭에서 카메라를 꺼내어 렌즈 뚜껑을 벗겼다. 몇 달 만에 만져 보는 카메라였다. 뷰파인더를 눈에 갖다 대고 멀찍이 금빛으로 물든 언덕배기를 바라보았다. 익숙한 동작으로 여러 각도의 프레임을 잡는 동안, 평온한 기운이 몸 안으로 스며들었다.

파디는 렌즈 조리개를 돌려 반짝이는 수면 위를 유유히 떠다니는 오리 가족에게 초점을 맞추었다. 특히 맨 뒤꽁무니에 붙은 가장 작은 오리를 뷰파인더에 담고 셔터를 눌렀다. 호숫가에서 자신에게 관심을 보이지 않는 엄마의 옷자락을 잡아끄는 꼬마도 찍었다. 녀석의 표정, 분한 동시에 안심하는 그 표정이 정말 압권이었다. 그다음 파디의 시선은 원반을 뒤쫓아 잔디밭을 내달리는 개 한 마리에게 머물렀다. 노란빛이 감도는 연두색 점프 수트 차림의 깡마른 여자가 녀석의 뒤를 쫓아 달리고 있었다. 파디는 역동적으로 움직이는 여자의 테니스 신발을 카메라에 담았다.

"안녕!"

여자가 환한 미소를 지으며 큰 소리로 인사를 건넸다.

파디는 얼굴이 화끈 달아오르는 것을 느끼며 허둥지둥 카메라를 다른 데로 돌렸다.

곧 파디는 천진한 얼굴로 정글짐 안을 기어 다니거나 그네에 앉아 발을 구르는 아이들의 모습을 찍는 데 푹 빠져들었다. 사실 카메라 안엔 필름이 없었지만 그래도 상관없었다.

아버지는 파디에게 카메라를 선물한 후 사용법도 열성적으로 가르쳐 주셨다. 하비브 자신도 사진을 무척 좋아해서 아들과 취미를 공유하고자 했던 것이다. 카불에서도 아들과 아버지가 함께 가까운 산에 올라 아래로 쫙 펼쳐진 도시 풍경을 카메라로 찍곤 했다. 쇼군드 가의 집에는 작은 암실도 마련돼 있었다. 하비브가 보급품을 구해 올 때면 파디와 함께 필름을 현상했다. 그러나 권력을 잡은 탈레반이 사진 찍는 행위마저 금지해 버린 탓에 파디 부자는 더 이상 함께 야외 촬영을 즐길 수 없게 되었다. 처음 사진 금지령 소식을 듣고 집으로 돌아온 아버지는 얼굴이 시뻘게진 채 분개했다.

"이건 진정한 이슬람 교리에 어긋나잖아. 이슬람 교리에 강요란 건 없다고. 인간이 다른 사람의 신념이나 생활 방식에 대해 이래라 저래라 명령할 권리는 없어!"

파디는 한숨을 쉬었다. 아버지도 같이 나왔으면 좋았을 텐데. 하지만 요즘 아버지는 너무 바빠서, 혹은 너무 피곤해서 카메라를 들고 나올 여력이 없었다. 어느새 두통은 사라졌고 파디는 파키스탄으로 돌아갈 돈을 마련할 방법을 다시 궁리하기 시작했다.

'나 때문에 이렇게 된 거야. 그러니까 해결 방법도 내가 찾아야 해.'

# 미술 수업

목요일 3교시. 실로 오랜만에 파디는 온몸이 근질거리는 기대감을 만끽하고 있었다. 종이 울리자마자 토레스 선생님의 역사 교실을 빠져나와 여지없이 학생들로 붐비는 복도를 부지런히 걸었다. 건물 안쪽의 커다란 미술실에 도착한 파디는 문가에 서서 숨을 골랐다. 물감, 석고, 풀 냄새가 솔솔 풍겼다. 알록달록한 그림과 스케치가 벽면을 장식했고, 점토로 만든 조소 작품이 뒤편에 늘어서 있었다. 높다란 선반엔 미술 용품이 가지런히 정리돼 있었다. 물감, 색연필, 색종이, 풀, 그 밖에 용도를 알 수 없는 별의별 물건들이 잔뜩 있었다. 그 물건들로 뭘 만들 수 있는지 빨리 알고 싶었다. 기분 좋은 냄새들을 콧속 깊이 들이마시고서 파디는 미술실 안으로 성큼성큼 걸어 들어갔다. 교실 한가운데 놓인, 물감이 마구 튄 원탁 가장자리를 손가락으로 쓱 쓸면서 적당한 자리를 찾아보았다.

파디는 교실 앞을 마주보는 자리를 골랐다. 그때 아는 얼굴이 문으로 들어오는 게 보였다. 그 애는 검은 머리칼을 어깨 너머로 휙 넘기더니 파디를 보곤 반갑게 손을 흔들었다. 학생 식당에서 만났던 아이, 안 홍이었다. 파디는 보일 듯 말 듯 고개를 끄덕하고는 시선을 돌렸다.

'내가 지갑을 찾아 줬기 때문에 그냥 아는 척해 주는 걸 거야.'

파디는 찜한 자리에 앉아 코르크보드에 붙은 흑백 사진들을 둘러보았다.

'와, 멋있다.'

반짝이는 은색 상의를 입은 키 큰 흑인 선생님이 자재 창고 문을 열고 들어오며 외쳤다.

"여러분, 주목!"

선생님은 미술실 한가운데로 걸어 들어오며 학생들에게 자리에 앉으라고 손짓했다. 손목에 주렁주렁 찬 팔찌들이 부딪쳐 짤랑거렸다. 아이들은 잡담을 멈추고 각자 자리를 찾아 앉았다.

왠지 선생님 얼굴이 낯설지 않았다.

'어디서 봤더라…….'

언뜻 기억이 날 것도 같았는데 하필 그때 누군가가 옆자리에 앉는 바람에 생각의 고리가 끊기고 말았다.

안 홍이었다. 그 애는 공책과 연필을 꺼내며 인사를 건넸다.

"안녕, 파디. 학교는 어때? 지내기 괜찮아?"

파디는 놀라서 두 눈을 끔뻑였다.

"어, 괜찮아."

"미술 좋아하니?"

안 홍은 파디의 대답도 듣지 않고 냉큼 이어 말했다.

"이 수업 진짜 재밌어. 난 선택 과목으로 항상 이 수업을 골라."

"모두 조용."

선생님이 말했다.

"여러분 중 대다수는 지난 몇 년간 나에게 미술을 배웠지요. 하지만 새로 온 학생들을 위해 내 소개를 할게요. 난 베순 선생입니다. 여러분 모두 환영해요. 다들 즐거운 여름 방학 보냈길 바랍니다. 이번 학기에는 색채와 명암을 중점적으로 다룰 텐데 그중 첫 번째 프로젝트는 조를 짜서 진행할 예정이에요. 자, 그럼 세 명씩 조를 나눠 볼까요?"

아이들이 친구들 이름을 부르며 짝을 짓기 시작했지만 파디는 가슴이 쿵 내려앉았다. 아무래도 혼자만 남게 될 것 같았다. 파디에겐 친구가 없으니까.

그때였다.

"음, 나랑 같은 조 할래?"

안 홍의 제안에 파디는 눈을 깜빡깜빡하며 되물었다.

"정말? 그래도 돼?"

"물론이지. 난 그때그때 다른 친구들이랑 조를 이루는 게 좋아. 그 편이 더 흥미진진하잖아."

세 명씩 조 짜기가 끝났는데 남자애 하나가 혼자 남아 어쩔 줄 모르고 서 있었다. 파디는 수학 시간에 그 애를 본 기억이 났다. 밝은 갈색 머리칼에 커다란 돋보기 안경. 눈물 글썽한 푸른 눈동자가 두툼한 안경알에 확대돼 보여서 마치 길 잃은 새끼 부엉이 같았다. 그 모습을 보니 파디는 마음이 짠해졌다.

"저 애도 끼워 주자."

파디의 말에 안도 흔쾌히 응하며 남자애에게 손짓했다.

그 애는 자신을 가리키며 입 모양으로 말했다.

"누구? 나?"

파디가 끄덕였다.

그제야 안심했다는 듯 남자애가 활짝 미소를 지으며 곁으로 다가왔다. 그 애는 자신을 조너선 그린리라고 소개했다. 짧게 줄여서 '존'이라 부른다고.

그렇게 세 명씩 조 짜기가 끝났다. 베순 선생님은 조별로 모인 아이들에게 프로젝트에 관해 설명해 준 다음, 아이디어 회의를 하라고 지시하고는 미술실에서 나갔다.

"저기…… 그런데 말이야, 나 미술은 잘 몰라."

존이 코끝에 걸쳐진 안경을 밀어 올리며 말했다.

"선 긋고 점 찍는 것밖에 못 해. 아무리 열심히 그려도 그림 같지가 않아."

"뭐, 일단 주제를 정해 보자."

안은 상관없다는 듯 대꾸하고는 가방에서 큼지막한 노란색 수첩을 꺼냈다. 파디와 존은 알았다는 표시로 열렬히 고개를 끄덕였다.

안이 먼저 의견을 냈다.

"숲은 어떨까?"

존이 팔에 난 뾰루지를 긁으며 툴툴거렸다.

"으으윽, 지난주에 캠핑 갔다가 풀독 올랐어."

파디가 인상을 썼다.

"윽, 되게 아파 보인다. 아파?"

"아니, 아픈 게 아니고 무지 간지러워."

존은 연신 팔을 벅벅 긁어 댔다.

안은 미간을 모은 채 생각에 잠겼다가 다른 의견을 제시했다.

"하늘은 어떨까?"

존은 딱히 끌리지 않는 표정이었다.

안은 좋은 아이디어가 떠오르길 기대하며 계속 의견을 냈다.

"음…… 그럼 영화나 책에 나오는 걸로 할까?"

존이 고개를 홱 젖혔다.

"에, 웬 영화?"

"그래, 영화. 고전 영화.「바람과 함께 사라지다」나「카사블랑카」같은 거."

존이 콧잔등을 찡그렸다.

"그거 흑백 영화 아니야? 난 본 적도 없는데."

파디는 보기는커녕 들어본 적도 없었지만 그냥 입을 꾹 다물고 듣기만 했다.

안이 샐쭉한 표정으로 존에게 물었다.

"그럼 넌 어떤 영화를 보는데?"

"음, 난 공포 영화 좋아해.「13일의 금요일」같은 거. 아니면 아놀드 슈워제네거 나오는 영화.「터미네이터」나「프레데터」같은 거."

안은 눈동자를 굴리고는 수첩에 '공포 영화'라고 적었다.

"바다."

파디가 입속말로 중얼거렸다.

"뭐라고?"

존이 물었다.

"바다. 소설책『해저 2만 리』에 나오는 것 같은."

"아, 그거? 나 그 영화 봤어."

존의 대답에 안이 씩 웃으며 아는 체를 했다.

"원래는 책이었어. 야, 그거 진짜 괜찮은 아이디어인데! 바다랑 그 속에서 사는 온갖 생물들을 색으로 표현할 수 있잖아!"

안의 펜이 수첩 위를 날아다니는 동안 파디의 얼굴은 뿌듯한 미소를 머금고 있었다.

수업이 거의 끝날 무렵, 베순 선생님이 손을 번쩍 치켜들고 학생들의 아이디어 회의를 중단시켰다.

"여러분, 수업 마치기 전에 하나만 공지할게요. 다음 주 화요일에 여기 미술실에서 사진부 첫 공식 모임이 예정돼 있어요. 사진부에 가입하려면 35밀리 수동 필름 카메라를 사용할 줄 알아야 해요. 관심 있는 학생은 내 책상에 있는 신청서에 서명하도록 해요. 오늘 방과 후엔 이번 학기 사진부 활동 계획을 논의하는 설명회가 열리니까 참고하도록 하고."

파디는 가슴이 두근거렸다.

'사진부!'

그러나 베순 선생님의 다음 말이 파디의 기대감에 찬물을 끼얹었다.

"재료비와 암실 사용료는 50달러입니다. 여러분이 현금을 가져와도 좋고 부모님께 말씀드려서 수표로 내도 돼요."

50달러라니. 그만한 돈을 어디서 구한단 말인가.

"가입할 거야?"

안의 물음에 존은 고개를 저었고 파디는 말없이 어깨만 으쓱했다. 안이 눈을 반짝이며 말했다.

"꼭 가입해. 난 작년에 가입했는데, 엄청 재밌었어. 훌륭한 사진 작가 선생님들한테 특별 수업도 받고 다 같이 여기저기 돌아다니면서 사진도 찍고."

수업의 끝을 알리는 종이 울렸다. 미술실을 나서는 파디에게 베순 선생님이 말을 걸었다.

"주제가 좋구나, 파디. 바다가 굉장히 창의적인 시각을 갖게 해 줄 거야."

"감사합니다."

파디는 공손히 대답하며 선생님 책상에 놓인 사진부 가입 신청서에 눈길을 던졌다.

"가입할 생각이 있니?"

파디는 망설였다. 가입하고 싶은 마음이야 굴뚝같았지만 어디까지나 희망 사항일 뿐이었다.

"카메라를 다룰 줄 아는 것 같은데."

베순 선생님의 말씀에 파디는 흠칫 놀랐다. 선생님은 파디의 표정을 자세히 살피며 말을 이었다.

"엘리자베스 호수에 갔지? 우리 거기서 만났는데, 맞지?"

그제야 확실히 기억이 났다. 멋들어진 빨간 테니스 신발. 파디에게 인사를 건넸던 여자가 바로 베순 선생님이었다. 파디는 수줍게 대답했다.

"사진 찍는 걸 좋아하긴 해요."

"뭐, 그렇다면 당연히 가입해야겠네."

선생님은 미소 띤 얼굴로 파디를 부추겼다. 파디는 펜을 움켜쥐고서 신청서에 이름을 적었다. 그러고는 무거운 마음을 안고 미술실을 나섰다.

*

학교에서 집으로 가는 길 중간에 누르가 일하는 맥도날드가 있었다. 누나를 보러 갈 용기가 생긴 건 아니었지만 오늘은 왠지 빈 집으로 혼자 돌아가기 싫어서 맥도날드 안으로 들어갔다. 계산대로 다가가자 뜨거운 기름 냄새가 코를 찔렀다. 누나는 보이지 않았다. 파디는 조리실의 좁은 통로 끝에 있는 밀크셰이크 기계 너머를 흘깃거렸다. 감자튀김 기계 근처에 있을 줄 알았건만 누나는 거기에도 없었다.

'벌써 퇴근했나.'

파디는 가게에서 나와 건물 뒤로 돌아갔다. 그리로 가면 아파트 단지로 이어지는 지름길이 있기 때문이었다.

모퉁이를 돌기 직전, 건물 뒤편에 놓인 대형 쓰레기 수거함 근처에서 숨죽인 웃음소리가 흘러나왔다. 어둑한 그늘 속에 두 명의 맥도날드 직원이 서 있었다. 파디는 깜짝 놀라 발걸음을 멈추고 말았다. 둘 중 하나가 바로 누르였다. 벽에 기대어 선 누르 곁에는 키 큰 남자가 있었다. 껄렁해 보이는 외모에 문신까지 한 청년이었다. 누르는 탄산수를 홀짝이며 남자가 보여 주는 잡지의 한 페이지를 들여다보고 있었다.

남자가 한쪽 눈을 찡긋하며 말했다.

"이것 봐, 내 말이 맞지."

"쳇, 말도 안 돼. 내가 지다니!"

누르는 볼멘소리를 하면서도 싫지 않은 듯 키득거렸다.

청년이 손바닥을 쳐들자 누르도 손바닥을 맞부딪쳐 하이파이브를 했다. "짝!" 하고 우렁찬 소리가 뒷골목에 울려 퍼져 파디는 화들짝 물러섰다. 누르가 잡지를 뺏어 들고 돌아서다 모퉁이에 선 파디를 발견하고는 눈이 커다래지면서 사레들린 듯 기침을 하기 시작했다.

"왜 그래?"

청년은 누르의 등을 두드려 주며 걱정스레 물었다.

파디는 배낭을 확 끌어올리고는 냅다 달렸다. 배낭에 든 꿀 깡통이 등에 쿵쿵 부딪혔지만 아파트 문 앞에 닿을 때까지 쉬지 않고 달렸다. 파디는 문을 열고 비틀비틀 들어가 낡은 소파에 털썩 주저앉았다.

'내가 염탐했다고 생각할 거야. 꼼짝없이 두들겨 맞게 생겼어.'

*

그날 저녁을 먹는 내내 파디와 누르는 서로 시선을 피했다.

"파디, 요구르트 좀 먹어 보렴."

"고맙습니다."

파디는 어머니가 내민 그릇을 받아 들며 기어드는 목소리로 대답했다. 자푸나의 눈동자는 퀭했고, 앙상하게 드러난 광대뼈 아래로 깊은 그늘이 져 있었다. 사히브 교수님의 소식을 들은 뒤로 자푸나는 좀처럼 잠을 이루지 못했다. 그래도 기침은 전보다 훨씬 덜했다. 미국 의사들은 자푸나에게 흉부 감염이란 진단을 내렸지만 효과 좋은 약을 꾸준히 복용하면 깨끗이 나을 수 있다고도 전했다. 하지만 그 약을 먹는 동안 자푸나는 거의 항상 졸리고 기운 없는 모습이었다. 파디는 톡 쏘는 홈메이드 요구르트를 한 숟가락 가득 떠서 자기 접시에 덜었다. 접시엔 이미 삶은 콜리플라워가 무더기로 쌓여 있었다. 파디는 콜리플라워를 싫어했지만 이번 주엔 그 맛없는 야채를 질리도록 먹어야 한다는 걸 알고 있었다. 할인 마트에서 특별 할인을 한다며 아버지가 세 봉지나 사 왔기 때문이다.

하비브가 운을 뗐다.

"그래 파디, 오늘 학교에선 무슨 재미있는 일 없었니?"

파디는 고개를 저었다. 느린 화면으로 돌아가는 영화의 한 장면처럼 한 가지 이미지가 뇌리에 떠올랐다. 맥도날드 건물 뒤편에 있던 누나의 모습. 좁은 뒷골목에서 문신한 남자와 시시덕거리던…….

아버지는 짓궂은 웃음을 흘리며 아들의 대답을 재촉했다.

"에이, 무슨 일이든 있었을 텐데."

"그게…….."

파디는 뜸을 들였다. 누나의 모습을 머릿속에서 지우고 가족들에게 털어놓을 만한 얘깃거리를 찾아보면서.

"아, 학교에 사진부가 있어요. 다음 주부터 시작한대요."

우물우물 단숨에 내뱉은 파디의 말에 하비브는 두 눈을 빛내며 반색했다.

"사진부! 굉장하구나."

'괜찮은 얘깃거리였어.'

파디는 안도감을 느끼며 생각했다.

"하아, 카불에서 낡은 카메라 한 대 가지고 우리 둘이 참 재밌었는데. 그렇지?"

아버지의 말씀에 파디는 고개를 끄덕였다.

"그런데 가입비가 50달러예요."

아버지의 미소가 순식간에 사라졌다. 어머니가 미간을 모으며 대화에 끼어들었다.

"50달러라고? 너무 비싼데."

"뭐, 어쩌면…….."

아버지가 무슨 말을 하려 했지만 파디가 가로막았다.

"아니, 아니에요, 괜찮아요."

괜한 얘길 꺼냈어. 파디는 이제 와서 후회가 되었다.

"사실 그렇게 관심 가는 것도 아니에요. 전 그냥…… 학교에 사진 찍는 모임이 있더라, 뭐 그냥 그렇다고요."

자푸나의 입술에 힘이 들어가나 싶더니 애꿎은 누르가 공격을 당했다.

"넌 왜 쓸데없는 데 돈을 쓰니? 귀걸이 또 샀네?"

파디는 누르의 귓불을 흘끔 쳐다봤다. 못 보던 링 귀걸이가 달려 있었다.

"비싼 거 아니에요."

누르는 불만스러운 목소리로 항변하고는 머리칼을 앞으로 쓸어 귀를 가렸다. 손톱엔 여지없이 새까만 매니큐어가 발려 있었다.

하비브가 나섰다.

"여보, 누르도 열심히 일하고 있잖소. 우리 예쁜 딸이 조그만 장신구 하나 산들 무슨 큰일이 난다고."

자푸나는 입술을 가늘게 떨 뿐 더 이상 아무 말도 하지 않았다.

파디는 식탁에 앉은 가족들을 둘러보았다. 죄책감이 시큼한 식초처럼 파디의 배 속을 찌르르 울렸다. 마리암을 잃어버린 일로 가족 모두가 저마다 자신을 탓하고 있었다.

'하지만 진실을 안다면…… 다들 날 미워하겠지.'

같은 날 밤, 나머지 가족들이 각자 방으로 들어간 뒤에도 파디는 컴컴한 거실에 앉아 사각형의 빛을 뿜어내는 조그만 텔레비전 화면을 바라보고 있었다. 아버지가 동네 벼룩시장에서 산 텔레비전인데 리모컨이 없어서 채널을 바꾸려면 몸을 움직여야 했다. 딱히 구미가 당기는 프로그램이 없어서 전원을 끄려고 하는데 마침 흘러나오는 10시 뉴스가 시선을 끌었다. 뉴욕에서 시카고로 여행하던 어린 소녀가 비행기를 잘못 타는 바람에 결국 마이애미로 날아갔다는 내용이었다. 소녀가 시카고의 가족과 행복하게 재회하는 장면을 보며 파디는 마리암을 생각했다. 마리암도 지금 비행기를 타고 가족을 만나러 오는 중이면 얼마나 좋을까 하고.

# 무임승차

"너 어제 사진부 모임에 안 왔더라?"

익숙한 목소리가 파디의 귓전에 대고 속삭였다.

화들짝 놀라 고개를 들어 보니 바로 곁에 안이 서 있었다. 파디는 서둘러 컴퓨터 화면의 창을 최소화했다.

"어, 안 갔어. 아니, 못 갔어."

도서관에서 인터넷 검색을 하던 중이었다. 어쩌다 엉뚱한 비행기를 타는 바람에 가족과 잠시 생이별을 했던 소녀에 관한 뉴스를 더 찾아보고 싶었던 것이다.

"엥, 오지 그랬어. 아쉽다."

아몬드 모양인 안의 두 눈은 진심을 담고 있었다.

"베순 선생님이 넌 안 오냐고 물어 보셨어. 공원에서 네가 카

메라를 들고 있는 걸 보셨다면서. 네가 사진 찍는 걸 정말 좋아
하는 것 같았다던데."

파디는 적당한 핑계를 찾느라 맹렬히 머리를 굴려야 했다.

"으응, 좋아해. 그런데 숙제가 너무 많아서……. 그리고 학교가
끝난 후에는 아버지를 도와야 하거든."

"진짜 아쉽다."

"그래, 나도. 아무튼 얘기해 줘서 고마워."

파디는 얼른 대화를 끝내고 싶어 다시 컴퓨터 화면으로 시선
을 돌렸다. 하지만 안은 눈치 없이 계속 지껄였다.

"혹시라도 마음 바뀌면 그때 가입해도 돼. 진짜 활동은 다
음 주부터 시작이니까. 베순 선생님이 올해 사진부 활동 계획
도 근사하게 세워 놓으신 모양이야. 참, 사진 콘테스트가 있어.
샌프란시스코 과학관이랑 소시에테 지오그라피크(La Société
Géographique, 세계에서 가장 오래된 지리 협회. 프랑스에서 세워
졌다. ― 옮긴이)가 공동 주최하는 대회야. 샌프란시스코 베이 에
어리어의 학생들에게 참가 기회가 있대."

파디는 한숨을 푹 내쉬었다.

'그래, 나도 참여하고 싶어 죽겠다. 하지만 돈이 없다고!'

"대상 타면 부상으로 새 디지털 카메라를 받고, 소시에테 지오
그라피크 팀의 출사(사진을 찍기 위한 출장이나 여행 또는 외출 ― 옮
긴이)에 합류하는 기회도 주어진대."

"우와."

막을 새도 없이 감탄사가 튀어나왔다.

'진짜 굉장한 기회다…….'

"그렇지? 중국 만리장성이랑 인도의 타지마할, 케냐 사파리 중에 하나를 선택할 수 있어. 우승자랑 동반자 한 명이 일주일간 공짜로 사진 여행을 다니는 거야. 교통비랑 숙박료까지 다 나온 대."

순간 파디의 몸이 긴장으로 뻣뻣해졌다.

'인도라고? 파키스탄 바로 옆에 붙은 나라잖아! 인도로 갈 수만 있다면 조금 더 가서 페샤와르에도 닿을 수 있을 거야.'

파디의 안에서 희망이 횃불처럼 타올랐다. 벅찬 가슴을 억누르고 짐짓 무심한 척해 보았지만 떨려 나오는 목소리까지 막을 도리는 없었다.

"정말? 인도로 갈 수도 있다고?"

"나라면 사파리 쪽을 택할 테지만, 그래, 장소는 마음대로 선택할 수 있어. 대신 다음 모임에는 나와서 사진부에 가입해야 해."

이번에는 파디도 순순히 고개를 끄덕였다.

"생각해 볼게."

"좋아, 그럼. 미술 수업 때 보자. 우리 조 작품에 도움이 될 만한 자료를 모으는 중이야."

안은 파디에게 반들반들한 책 두 권을 보여 주었다. 하나는 제목이 『세계의 바다』였고 다른 하나는 표지에 알록달록한 물고기가 가득했다.

"멋진데."

파디는 화제가 바뀐 걸 다행으로 여기며 대답했다. 하지만 또 한편으로는 속상한 마음이었다. 사진 콘테스트에 참가할 수만 있다면 우승할 자신 있는데.

'하지만 다음 주까지 50달러가 생길 리 없잖아. 다음 주는커녕 영영 그만한 돈은 못 구할 거야.'

파디는 다시 컴퓨터 화면을 들여다보며 주소창에 '버진 애틀랜틱'을 입력했다. 그날 아침부터 계획한 일을 이제 실행에 옮길 참이었다.

*

파디는 비좁고 어두운 공간에 누워 꼼짝 않고 기다렸다. 곰팡이 핀 양파 냄새와 퀴퀴한 발 냄새가 코를 찔러 입으로 숨을 쉬어야 했다.

'신선한 공기, 탁 트인 하늘을 떠올리자.'

파디는 다리를 조금 움직여 배낭을 무릎 사이에 끼웠다.

'바로 이거야. 마리암을 찾으러 갈 방법은 이것뿐이라고. 그러

니까 절대 망치면 안 돼.'

다시 한 번 파디는 자동차에 몸을 싣고 다시 한 번 클로디아처럼 탈출을 시도하고 있었다. 그러나 모든 가능성을 고려하고 몇 주에 걸쳐 꼼꼼히 탈출 계획을 세운 클로디아와는 달리 파디는 별다른 확신도 없는 직감과 간절한 소망에 기대고 있었다. 만약 이 일이 성공한다면 마리암을 데려올 수 있을 것이다.

파디는 밖으로 찍소리도 새어 나가지 않게 주의하며 트렁크 바닥에 귀를 대고 기다렸다. 집에서 빠져나오기 전에 파디는 아버지가 저녁 기도를 올리는 것을 확인했다. 기도를 마친 후에 아버지가 뭘 하실지는 파디도 잘 알고 있었다. 늘 그렇듯이 지갑과 자동차 열쇠, 따뜻한 외투를 챙겨 나가실 것이다. 샌프란시스코 공항으로 가서 열두 시간 야간 근무를 하실 것이다. 한참 동안 파디는 배낭에 챙긴 물건들을 하나씩 머릿속으로 다시 떠올려 보았다.

전날 파디는 아버지와 누르가 일하러 나가기를 기다렸다가 부모님의 침실로 가서 살며시 문을 열었다. 문밖 벽에 붙어서 고개만 빠끔 내밀어 어머니가 담요를 둘둘 말고 낮잠을 주무시는 걸 확인했다. 파디는 바닥에 엎드리고선 손발로 카펫 위를 슬금슬금 기어 들어갔다. 그리고 아버지가 옷장에 보관해 둔 조그만 까만색 가방을 꺼냈다.

파디는 숨을 멈춘 채 중요한 서류철을 조심스레 뒤져 폐샤와르에서 샌프란시스코로 넘어올 때 사용한 여권과 비행기 표를 찾아냈다. 누구나 볼 수 있게 손에 표를 들고 다닐 생각이었다. 그래야 진짜 승객처럼 보일 테니까. 누군가가 유심히 들여다보고 이미 사용한 표라는 걸 눈치채지 않기만을 바랄 뿐이었다. 그 외에 갈아입을 옷과 칫솔, 잘마이에게 빌린 25달러도 챙겼다. 녀석이 침대 밑에 커피 단지를 숨겨 두고 모은 비상금 전부였다. 녀석은 파디가 사라진 걸 어른들이 알게 될 때까진 입도 뻥끗하지 않겠다고 약속해 주었다. 꿀 깡통도 지정 자리인 배낭 맨 밑에 있었다.

'그때면 어른들도 날 막기엔 너무 늦을 거야.'

초조하게 손가락으로 트렁크 뚜껑을 만지작거리는데 자동차로 다가오는 발소리가 들렸다. 파디는 동작을 멈추고 숨을 죽였다. 발소리가 멈추고 자동차 문의 열쇠 구멍에 열쇠 꽂히는 소리가 뒤이었다. 운전석 문이 부드럽게 열리더니 다시 쾅 닫혔다. 시동이 걸리면서 엔진이 부르르 떨리는 게 느껴졌다. 라디오에서 흘러나오는 잔잔한 재즈 음악이 뒷좌석과 트렁크를 채웠다. 잠시 후 자동차는 아파트 단지를 벗어나 공항으로 달려가기 시작했다. 승객들을 도시 곳곳으로 실어 나르며 긴긴 밤을 보내기 위해.

'좋아! 다 계획대로 착착 되어 가고 있어.'

집에서 나오기 전에 이불 밑에 베개를 넣어서 사람처럼 보이게 만들어 놓았다. 혹시 부모님이 들여다보더라도 아들이 일찍 잠든 줄로만 아시게끔 말이다. 파디는 거실 등을 모두 끄고는 소파 뒤에 숨어 있었다. 거기서 적절한 때를 기다리다가 몰래 아파트를 빠져나와 미리 살짝 열어 둔 택시 트렁크로 숨어들었던 것이다.

이제 남은 일은 아버지가 택시를 몰고 공항으로 가서 승강장의 택시 줄 뒤에 설 때까지 기다리는 것뿐이었다. 아까 학교에서 검색한 버진 애틀랜틱 항공사 운항 일정에 의하면 자정에 런던행 항공기가 이륙할 예정이었다. 난생 처음 혼자 비행기를 타본 순진무구한 어린애인 양 모르는 척 따라붙을 가족과 이름표를 물색할 시간은 충분했다. 파디는 비행기를 잘못 탄 여자애에 관한 뉴스를 보면서 이 아이디어를 떠올렸다. 그 애가 엉뚱한 비행기를 탈 수 있었다면 파디 자신은 원하는 곳으로 가는 비행기를 탈 수 있을 거라고 확신했던 것이다. 공항 안으로 들어간 다음엔 탑승구를 찾아 몰래 비행기에 올라타면 그만이었다. 런던에 도착한 다음의 일까지 구체적으로 계획한 건 아니지만 막연하게나마 거기서 페샤와르로 가는 비행기를 찾을 수 있을 거라고 생각했다. 그러니 이제 할 일은 기다리는 것뿐이었다. 파디는 느긋하게 기다리기로 했다. 택시는 샌마티오 다리를 건너 101번 고속도로를 달리는 중이었다. 택시가 덜컹거릴 때마다 파디는 팔다리에 쥐가 나지 않도록 보조를 맞추어 자세를 바꾸었다.

\*

등줄기에 땀이 흘렀다. 파디는 누르의 야광 미키마우스 시계를 들여다보았다. 말없이 빌려 왔지만 누나도 이해해 줄 것이다. 파디가 페샤와르에서 마리암을 찾았다는 소식을 전할 수만 있다면……. 시곗바늘은 9시 47분을 가리키고 있었다. 자동차가 아파트 단지를 벗어난 지 30분이 조금 지난 시각. 공항에 거의 다 와 간다는 뜻이다. 택시가 오르막길을 타고 속도를 늦추었다. 고속도로를 빠져나가는 것 같았다. 공항으로 들어가는 일반 도로를 달리며 아버지가 브레이크를 밟았다 떼었다 하는 통에 트렁크 안에 있는 파디의 몸도 몇 번이나 덜컹거렸다. 얼마 지나지 않아 브레이크가 짧게 끼익 소리를 내고 택시는 완전히 멈춰 섰다.

파디는 찌뿌드드한 근육을 푸는 한편 마음의 준비를 단단히 했다. 행동을 개시할 순간이 머지않았다. 파디는 배낭끈을 끌어당겨 팔에 끼웠다. 5분 정도 기다려 봤지만 차 문이 열리는 소리는 나지 않았다. 아버지도 차 안에서 손님을 기다리기로 한 것이다.

'좋아.'

파디는 손전등을 켜고 손끝으로 더듬거리며 트렁크 뚜껑을 여는 스위치를 찾았다. 손전등 불빛이 거칠거칠한 회색 천으로 덮인 트렁크 내부를 비추었다. 왼쪽 꼬리등 근처에 톡 튀어나온 부분, 그 속에 스위치가 있었다.

파디는 이 사이에 손전등을 끼우고는 왼손으로 천 자락을 슬며시 들어 올렸다. 아주 천천히 숨을 고르면서 엄지와 검지로 스위치를 집었다. 간단하지만 간절한 기도와 함께 파디는 스위치를 당겼다. 파디는 트렁크 뚜껑으로 눈길을 주었다. 뚜껑이 열리면 그 틈으로 살짝 빠져나가야 하는데 잠금장치가 열리는 '딸깍' 소리가 나지 않았다. 빛 한 줄기 새어 들어오지 않고 뚜껑도 여전히 굳게 닫혀 있었다.

'어, 이상하다?'

파디는 엎드린 자세로 다시 한 번 스위치를 당겼다. 역시 안 열렸다.

'침착해, 이 멍청아.'

자신을 다그치며 마음을 다잡았지만 당황해서 숨소리가 거칠어졌다.

'어제는 어떻게 했더라?'

전날 연습한 방법을 되새겨 보는데 갑자기 택시가 앞으로 출발하는 게 아닌가. 그 바람에 파디는 금속으로 된 트렁크 뒷벽에 쿵 부딪히고 말았다.

"악!"

미처 막을 새도 없이 신음이 튀어나왔다.

'이건 뭐······.'

파디는 바닥으로 떨어진 손전등을 허둥지둥 그러잡았다. 다행히 자동차 속도가 다시 줄어들었다. 파디는 손전등으로 스위치가 있는 곳을 비추었다. 택시는 다시 멈췄다. 이마에 땀방울이 맺혔다. 파디는 있는 힘껏 스위치를 잡아당겼다. 손가락으로 초조하게 트렁크 뚜껑 가장자리를 더듬는데 운전석 문이 열리는 소리가 났다. 나지막이 날씨가 어쩌고저쩌고 하는 대화 소리에 이어 차 뒤편으로 다가오는 발소리도 들렸다.

'아아, 안 돼!'

파디는 몸을 둥글게 말고 트렁크 안쪽에 등을 딱 붙였다. 다음 순간, 트렁크 뚜껑이 열리고 빛이 쏟아져 들어왔다. 그리고 놀란 표정의 두 얼굴이 파디를 내려다보았다.

## 실패

놀란 얼굴로 아들을 내려다보는 아버지의 눈썹이 날카로운 곡
선을 그리며 올라갔다. 아버지 곁에 선 나이 지긋한 중국인 할아
버지도 마찬가지로 놀란 듯했다.

"나와라."

하비브가 감정을 억누르듯 조용히 명령했다.

당혹감에서 노여움으로 변하는 아버지의 표정에 파디는 몸이
덜덜 떨렸다. 파디는 트렁크 바닥에 나뒹굴던 배낭을 챙겨 순순
히 기어 나왔다.

하비브는 손님에게 말했다.

"죄송합니다. 제 아들 녀석이에요. 괜찮으시다면 이 녀석을 조
수석에 앉혀도 될까요?"

"뭐, 그렇게 하시죠. 요즘 아이들이 다 그렇잖습니까."

중국인 할아버지는 쓸쓸하게 고개를 젓고는 "죄다 말썽꾸러기들이죠, 허허허" 하고 덧붙였다.

파디는 창피해서 귀까지 새빨개진 채 택시 조수석에 몸을 묻고 사이드미러를 응시했다. 아버지가 무거운 여행 가방 두 개를 트렁크에 싣고 있었다. 그동안 할아버지 손님은 뒷좌석에 올라 지팡이를 다리 사이에 놓더니 등받이에 몸을 기대고 피곤한 듯 한숨을 내쉬며 눈을 감았다.

'뭐라고 변명하지?'

파디는 조심스레 아버지 눈치를 살폈다. 롤러코스터를 타는 듯 배 속이 울렁거렸다. 하비브가 운전석에 올라 안전띠를 둘렀다. 아들에겐 눈길도 주지 않았다. 하비브는 깜빡이를 켜고 공항을 빠져나가는 도로로 나섰다.

'아, 진짜 큰일 났다. 뭐라고 말하지? 어떻게 설명하지?'

파디는 차창으로 고개를 돌리고는 뒤로 멀어지는 공항을 물끄러미 바라보았다. 비행장에 줄지어 선 비행기들 중에 선명한 빨간색으로 버진 애틀랜틱 로고가 그려진 비행기가 눈에 띄었다.

'망했어. 저 비행기에 타기는커녕 차 트렁크에서 빠져나가지도 못하고. 마리암을 놓쳤어. 이번에도.'

택시가 북쪽의 샌프란시스코 시내를 향해 달려가는 동안 아무도 입을 열지 않았다. 얼마 후 뒷좌석에서 나직이 코 고는 소리가 들려왔다. 할아버지 손님이 끄덕끄덕 졸고 있었다. 자욱한 안개에 감싸인 채 달려가는 택시 안에서 어느덧 파디의 불안과 창피함도 스르륵 녹아 버렸다. 하비브는 가속 페달에서 발을 떼고 안전 속도로 운전했다. 전조등 불빛이 안개에 뒤섞여 은은하게 차 주변을 비추었다. 가파른 언덕길을 오를수록 안개가 조금씩 걷혔다. 언덕 꼭대기에 이르자 밝은 빛을 내뿜는 반대편 도시가 모습을 드러냈다.

파디는 감탄하며 두 눈을 깜빡였다. 불규칙하게 퍼진 빛의 향연. 형형색색의 네온사인을 보석처럼 치장한 건물들이 새까만 하늘을 찌를 듯이 높이 치솟아 있었다. 격자 모양의 도로들도 초록색, 노란색, 빨간색 신호등으로 화려하게 반짝였다. 오른편으로는 베이 다리가 오클랜드로 이어지며 짙은 안개 속으로 사라졌다. 고가 도로에서는 널따란 마름모꼴의 텅 빈 퍼시픽 벨 야구장이 한눈에 내려다보였다. 택시는 샌프란시스코 금융가를 통과하여 디비사데로 스트리트를 타고 선착장 방향으로 달렸다. 금요일 밤이라 양쪽 인도의 식당이나 카페로 드나드는 사람들이 넘쳐났다. 하비브는 큰길에서 벗어나 우회전하여 조용한 주택가로 들어섰다. 그리고 연노랑 페인트칠이 된 아담한 집 앞에 차를 세웠다.

"손님, 여깁니까?"

하비브가 약간 불안한 목소리로 물었다.

“아, 예. 여깁니다.”

중국인 할아버지는 졸린 눈을 끔뻑이며 대답했다.

“네, 다 왔군요.”

하비브와 손님은 거의 동시에 차에서 내렸다. 하비브가 트렁크에서 짐을 내리는 동안 할아버지는 허리를 숙이고 운전석 창문으로 안을 들여다보며 지팡이로 운전대를 톡톡 건드렸다.

“공부 열심히 해라. 공부 안 하고 땡땡이만 치면 너희 아버지처럼 택시 운전이나 하면서 살아야 되니까.”

파디는 발끈하여 말대꾸를 하려 했지만 차창 너머에서 엄하게 경고하는 듯한 아버지의 표정을 보고는 그만 입을 다물어 버렸다.

‘손님이면 다야? 우리 아버지, 박사 학위까지 받으신 분이야. 그것도 몰라보고.’

저놈의 얄미운 지팡이를 홱 잡아서 두 동강을 내고 싶었다. 그래야 분이 풀릴 것 같았다.

‘당연히 모르겠지. 우리 아버지가 공부를 얼마나 열심히 하셨는지, 학위를 몇 개나 받으셨는지 알 리가 없지. 어떻게 알겠어? 저 할아버지한테 우리 아버지는 그저 가난한 택시 운전사에 불과한데. 난 말썽꾸러기 아들놈이고 말이야.’

하비브가 요금을 받아 들고 다시 운전석으로 돌아왔다. 파디는 눈을 내리깔고 슬쩍 아버지 눈치를 살폈다. 자존심 상한 아버지의 표정에 파디는 목이 멨다. 서럽고 서글픈 기분이 물밀듯 밀려왔다. 파디는 고개를 돌려 버렸다. 이윽고 택시가 노란 집에서 멀어지기 시작했다. 파디는 호된 꾸지람을 들을 각오를 했지만 몇 분이 지나도 아버지는 가타부타 말이 없었다. 파디도 아버지의 지친 옆모습을 흘깃거릴 뿐 아무 말도 하지 못했다. 디비사데로 스트리트에 다시 들어선 택시는 시내 중심부를 향해 계속 달렸다. 대형 병원을 지나고 어느 식당 근처에 이르자 하비브가 브레이크를 밟았다. 식당 앞에 경찰차가 일렬로 죽 늘어서 있었다.

파디는 화들짝 놀라 허리를 곧추세웠다.

"저 경찰에 넘기실 거예요? 아니죠?"

"왜, 불법 행위라도 저질렀냐?"

"아니요."

"그런데 경찰 걱정은 왜 하나? 쓸데없이."

하비브는 주차장의 빈자리에 차를 세웠다.

"나와라. 커피 좀 마셔야겠다."

파디는 아버지를 따라 북적이는 식당 안으로 들어갔다. 벌집을 머리에 얹은 듯 왕창 부풀린 헤어스타일에 하늘색 반짝이 아이섀도를 칠한 종업원이 그들을 맞이했다. 기다란 카운터에 경찰관들이 앉아서 달걀 프라이 샌드위치를 우적우적 씹으며 잡담을 나누고 있었다.

"두 명 자리 있습니까?"

"물론이죠."

종업원의 명랑한 대답을 듣고서 하비브는 아들에게 일렀다.

"난 집에 전화하고 오마. 네가 무사하다고 알려 줘야지. 너 먼저 가서 앉아 있어라."

파디는 고개를 주억거리고는 종업원을 따라갔다.

자리에 앉은 파디에게 종업원이 메뉴판을 내밀었다.

"여기 있다, 꼬마야. 쭉 훑어보렴. 담당 종업원 보내 줄게."

파디가 '저녁 특선 메뉴'를 반쯤 훑어 내릴 무렵 아버지가 돌아왔다.

"배고프지?"

파디는 고개를 저었다. 메뉴판을 쥔 손가락만 하릴없이 내려다볼 뿐이었다. 손톱 밑에 엔진 오일이 시꺼먼 때처럼 껴 있었다.

하비브도 메뉴판을 넘기기 시작했다. 잠시 후 보라색 쫄쫄이 바지에 앞치마를 두른 남자가 다가왔다. 그 종업원이 각각 수첩과 펜을 든 양손을 번쩍 쳐들었다.

"주문하시겠습니까?"

하비브가 대답했다.

"전 커피 한 잔 주시고요, 제 아들한텐 애플파이 한 조각하고 우유 한 잔 주십시오."

"탁월한 선택이십니다."

종업원이 찡긋 윙크를 했다.

"방금 오븐에서 꺼냈거든요. 자르자마자 갖다 드리지요."

종업원이 가고 나서야 하비브는 파디를 똑바로 쳐다보았다.

"자, 이제 말해 봐라. 대체 왜 택시 트렁크로 기어든 게냐? 거기서 뭘 하려고?"

파디는 침을 꿀꺽 삼키고 아버지의 눈을 가만히 들여다보았다. 놀랍게도 노여움은 보이지 않았다. 아버지의 두 눈엔 진심 어린 걱정, 그리고 슬픔이 배어 있었다.

갑자기 비어져 나오는 눈물을 얼른 훔쳐 내고 파디는 입을 열었다. 일단 시작하자 말이 봇물 터지듯 쏟아졌다. 파디는 무모한 결심과 계획의 자초지종을 아버지에게 모두 털어놓았다.

*

파디의 얘기가 끝나고 아버지는 커피 한 모금을 길게 들이켰다. 그러고는 할 말을 가늠해 보는 듯 한참 동안 꼼짝 않고 생각에 잠겼다.

"……그러니까 네가 직접 페샤와르로 돌아가서 마리암을 찾아올 수 있다고 생각했단 말이지?"

아버지의 목소리로 들으니 더더욱 부끄러워졌다. 얼마나 어리석은 생각이었던가. 마지못해 파디는 고개를 끄덕였다.

“파디, 마리암을 찾고 싶은 네 마음은 참으로 기특하구나.”

파디는 푹 숙였던 고개를 들었다.

‘왜 야단치시지 않지?’

“하지만 네가 하려던 일은 법에 어긋난단다. 자칫하면 큰 곤경에 처할 수도 있었어. 설령 비행기에 탔다 해도 런던에서 갈아탈 때 붙잡혔을 거야. 그래, 기적이 일어나서 페샤와르행 비행기까지 잡아탔다 치자. 그래도 십중팔구 입국 심사관한테 걸려서 체포되고 말걸? 영국과 파키스탄에 가려면 비자가 필요하다는 건 아니?”

“비자요?”

“그래, 비자. 입국을 허락한다는 증명 서류야. 남의 집에 방문할 때는 먼저 허락을 구해야 하잖냐. 그것과 같은 이치야. 런던에 가려면 먼저 영국을 거쳐 가도 된다는 경유 비자를 받아야 해. 그다음에 페샤와르에 가려면 파키스탄 대사관에서 또 비자를 받아야 하고. 네 작전이 성공할 가능성은 거의 제로에 가깝구나.”

아버지는 소리를 지르지도 화를 내지도 않았다. 그저 차분하게 있는 사실만 설명해 주었다.

“아아…….”

파디는 구제불능 바보가 된 기분이었다. 창피했다. 어찌나 부끄럽던지 귓불까지 화끈거렸다. 종업원이 와서 하비브의 잔에 커피를 다시 채워 주는 동안, 파디는 옆 테이블을 바라보았다.

거기도 경찰들이 앉아 커피를 마시며 시끌벅적하게 떠들고 있었다. 하얀 바탕에 크롬 테두리가 있는 테이블과 대조를 이루는 까만 제복이 탈레반의 시커먼 터번을 떠오르게 했다. 파디는 작게 속삭였다.

"하지만…… 만약 마리암을 못 찾으면 어떡해요?"

하비브는 커피에 각설탕 네 조각을 넣고 천천히 휘저었다.

"찾을 거야."

확신에 찬 아버지의 단언에도 파디는 마음이 놓이지 않았다. 파디는 지금까지 차마 입 밖에 낼 수 없었던 질문을 꺼내고야 말았다.

"어떻게 그렇게 자신하세요?"

"반드시 찾을 거야."

하비브는 같은 말을 되뇌고는 입술을 굳게 다물었다. 잠시 침묵하던 하비브가 파디의 두 눈을 똑바로 쳐다보았다.

"아무한테도 말하지 않았던 사실이 있다."

파디는 입안에 남은 파이를 꿀꺽 넘기며 허리를 바짝 세웠다.

"비밀 지킬 수 있겠니?"

아버지의 다짐에 파디는 힘차게 고개를 끄덕였다.

하비브는 할 말을 신중하게 고르는 듯 손끝으로 티스푼을 빙그르르 돌렸다.

"어떤 가족이 마리암을 데려갔다는 소식을 들은 뒤에 내가 사히브 교수님께 500달러를 보냈다."

"500달러나요?"

파디는 놀라서 되물었다.

'세상에, 그만한 돈이 어디서 났지?'

파디가 속으로만 생각한 질문에 대답하듯 하비브는 말을 이었다.

"택시 몰면서 모으고…… 좀 빌리기도 했다. 사히브 교수님께 부탁해서 사립 탐정을 고용했어."

"사립 탐정이라고요?"

파디의 머릿속에 돋보기안경과 트렌치코트를 걸치고 남몰래 사건의 단서를 캐고 다니는 사람의 이미지가 떠올랐다.

"그런 사람들이 있더구나……. 전직 군 장교나 용병, 마약 밀매상……. 뭔가 알아내고 싶을 때 고용할 수가 있어. 그 사람들이 마리암의 행방을 찾아 줄 거야. 트럭에 타지 못하고 남겨진 후에 어떻게 됐는지 알아낼 수 있을 거다."

파디는 가슴속에 희망이 샘솟는 걸 느꼈다. 그러나 아버지의 목소리는 차분했다.

"아직은 아무것도 단정할 수 없어. 그저 인내하며 기다려야지. 그리고 기도해야지. 알라께서 어떤 식으로든 우리 기도를 들어 주실 때까지."

파디는 끄덕였다.

"그나저나 택시 트렁크로 기어든 짓은 말이다."

아버지의 목소리에 힘이 들어갔다.

"세상에 그렇게 멍청한 짓이 또 있나 싶다. 크게 잘못되면 어쩔 뻔했냐."

어리석은 행동에 대해 꾸지람을 듣는 내내, 파디는 최선을 다해 진심으로 뉘우치는 표정을 지었다. 하지만 꾸지람의 내용은 전혀 귀에 들어오지 않았다. 단지 아버지가 자신들을 얼마나 사랑하고 있는지 온몸으로 느껴질 뿐이었다.

# 대재앙

다음 날 아침 파디와 하비브가 집에 돌아왔을 때 누르는 일찌
감치 일어나 커피를 내리는 중이었다. 파디는 피곤하면서도 기
분이 좋았다. 그날은 토요일이라서 늦잠을 잘 수 있었다. 밤새도
록 아버지와 함께 도시 전역을 돌았다. 손님이 없을 때는 파디가
차 안의 수납함에 보관된 지도를 꺼내어 아버지가 도시의 지리
를 외울 수 있도록 도왔다. 골든게이트 위로 해가 뜨는 것도 함
께 지켜보았다. 다리가 온통 황금빛으로 물들 줄 알았는데 실제
로는 빨갛게 변하는 걸 보고 파디는 조금 실망했다. 마지막 손님
을 버클리에 있는 캘리포니아 대학교 근처에 내려 준 후, 파디와
하비브는 집으로 돌아왔다.

하비브가 맏딸에게 아침 인사를 건넸다.

"잘 잤니, 누르."

"좋은 아침이에요, 아버지. 커피 좀 드실래요?"

"아니, 괜찮다. 난 이만 자러 가야겠구나. 참, 어머니한텐 간밤의 일을 말씀드리지 않았지?"

누르는 고개를 저었다.

"밤새 주무시기만 한 걸요."

"그렇군. 잘됐네."

하비브는 안심한 표정이었다.

"괜히 걱정을 끼칠 필요는 없지…… 안 그래도 마음이 복잡할 텐데. 그럼 둘 다 오후에 다시 보자꾸나."

누르가 커피와 토스트로 아침 식사를 하는 사이 파디는 아버지에게 여권과 비행기 표를 넘겼다. 하비브는 다정하게 아들의 등을 토닥이고는 침실로 향했다. 샤워를 한 후에 잠자리에 들 것이다.

누르가 심드렁하게 말했다.

"네 침낭 내 방에 있어."

그러곤 파디를 유심히 뜯어보기 시작했다. 속을 꿰뚫는 듯한 누나의 눈빛에 파디는 왠지 주눅이 들었다.

"일단 거기서 자. 나 아르바이트 1시에 끝나니까 시간 맞춰서 와. 도서관에서 빌린 책도 챙겨서 가져오고."

파디는 멀뚱멀뚱 누나를 바라보았다.

'도대체 왜 나더러 맥도날드로 오라는 거지? 누나가 나한테 무슨 볼일이 있다고?'

하지만 그 이유를 따져 보기엔 너무 피곤했다. 파디는 웅얼웅얼 대답했다.

"알았어. 그때 맞춰서 갈게."

배낭을 질질 끌고 누나 방으로 향하는 파디의 등 뒤로 누나의 마지막 경고가 날아왔다.

"그리고 내 시계 원래 자리에 되돌려 놔."

파디는 미키마우스 시계를 누나 방 협탁에 내려놓고는 침대에 벌러덩 드러누웠다. 그리고 몇 분 만에 완전히 곯아떨어졌다.

*

'내가 왜 누나를 만나러 간다고 했지?'

파디는 점점 커지는 불안감에 떨며 생각했다. 파디는 어제 입었다 벗어 놓은 옷을 그대로 주워 입고 오렌지주스를 마시러 어슬렁어슬렁 주방으로 향했다.

'누난 버럭버럭 소리치면서 날 때릴 거야. 안 봐도 비디오지.'

하지만 언젠가는 이런 날이 올 줄 알았다. 웬일인지 이런 날을 기다려 왔다는 기분마저 들었다. 어떤 사단이 나건 어쨌든 둘 사이의 껄끄러운 뭔가가 확실하게 정리될 거란 기대감이랄까. 파디는 누르가 도서관에서 빌린 책들을 가방에 넣고 어머니의 상태를 확인한 다음 아파트 현관을 나섰다. 어머니는 여느 때와 똑같이 이불을 둘둘 말고 잠들어 있었다. 요즘 들어 침대 밖으로 나오는 것조차 힘겨워했다. 며칠 전에 닐루페르 이모가 귀띔해 주기를, 어머니 건강은 많이 나아졌지만 마음의 병까지 나으려면 아직 멀었다고 하셨다. 게다가 독한 약이 문제라고, 약 기운 때문에 어머니가 자꾸 졸리고 정신이 오락가락한다고.

9월 둘째 주를 앞둔 주말. 생각보다 바깥 공기가 꽤 찼다. 예기치 못한 추위에 몸을 부르르 떨면서 파디는 스웨터를 챙겨 나올 걸, 하는 뒤늦은 후회를 했다. 파디는 몸도 덥힐 겸 조깅을 하기로 했다. 식료품점 주차장을 가로질러 파세오 파드레 파크웨이로 향했다. 저만치 앞에 맥도날드가 보이기 시작할 때부터 달리는 속도를 줄였다. 누나가 나와 있을까 싶어 건물 뒤로 돌아갔지만 뒷골목엔 아무도 없었다.

'추워서 안 나왔나.'

정문 쪽으로 다가가니 마침 노부부가 다가오기에 파디는 대신 문을 열어 드렸다.

누르는 건물 전면의 유리창과 접한 테이블에 앉아 멍하니 큰 길을 내다보고 있었다. 시선은 지나가는 아이들을 향해 있었지만 딱히 집중해서 보는 것 같진 않았다.

곁에 다가와 앉는 파디에게 누르가 물었다.

"어머니는 좀 어떠셔?"

"괜찮으셔. 주무시고 계셨어."

파디는 누나가 내민 치킨 상자를 잡아끌었다. 누나는 디핑소스로 동생이 좋아하는 허니머스터드를 골랐다.

누르가 동생의 표정을 조심스레 살피며 말했다.

"어젯밤에 네가 저지른 만행을 어머니가 모르시는 걸 다행으로 알아라."

파디는 치킨을 입안에 잔뜩 욱여넣고 우물거렸다.

"가출할 생각이었어?"

뜻밖의 질문에 놀란 파디는 켁켁거리기 시작했다. 누르가 동생의 등을 퍽퍽 쳐 주었다.

"아파, 살살 해. 그리고 아니야. 가출하려던 거 아니야."

"그럼 왜 그랬어?"

파디는 선뜻 답하지 못했다. 10초 동안 입안의 치킨을 꼭꼭 씹어 넘기고 탄산수도 한 모금 삼킨 후에야 입을 열었다.

"마리암 찾으러 가려고 했어."

"너 제정신이냐? 네가 무슨 수로 마리암을 찾아?"

24시간 전에 아버지에게 얘기한 그대로 파디는 불발에 그친 어설픈 계획에 대한 설명을 반복했다.

"그래도 용기는 가상하네."

누르는 빨대를 만지작거리며 무심코 말했다. 파디는 또 한 번 놀라 눈을 깜빡였다.

'어라? 멍청하다고 난리 칠 줄 알았는데'

"물론 멍청한 짓거리였지. 하지만 그 배짱 하나는 인정한다."

동생의 속마음을 읽은 듯 덧붙이고 누르는 씩 미소를 지었다.

파디도 미소로 답했다. 치킨너겟 조각이 덕지덕지 낀 치아를 잔뜩 드러내며.

"웩, 더러워!"

누르가 소리치며 파디에게 감자튀김 한 조각을 던졌다. 파디는 아무렇지도 않게 웃어넘기고는 탄산수를 후루룩 들이켰다.

"아버지한테 꾸중 좀 들었겠다?"

"아니, 안 혼났어. 대신 택시 트렁크에 숨어들었다고 야단맞았어."

"뭐, 그래. 자칫하면 큰일 날 뻔했잖아."

"아버지도 걱정이 많으시니까."

파디가 조용히 대답했다. 남매는 잠시 서로 바라보다가 얼른 시선을 돌렸다. 역시 마리암이 걸렸다. 마리암은 유령처럼 끊임없이 언니와 오빠의 마음을 헤집었다.

누르의 차분한 목소리가 상념에 빠진 파디의 머릿속을 비집고 들어왔다.

"왜 부모님께 말씀드리지 않았어?"

"어? 뭘?"

"톰 말이야……."

"톰이 누군데?"

"그 사람…… 문신을 한."

그제야 파디는 누나가 무슨 말을 하는지 깨달았다.

"아아…… 그 형? 누나랑…… 누나랑 저 뒤에서 같이 있던 사람 말이지?"

"그래."

대답하는 누르의 얼굴이 발그레 달아올랐다.

"그 오빠하고 나, 사귀거나 그런 사이 아니야. 그냥 우리 학교 선배야. 졸업반인데, 내년에 캘리포니아 대학에 가. 버클리 캠퍼스. 천체 물리학 전공한대."

"와, 버클리!"

파디가 휘파람을 불었다. 어젯밤에 아버지가 모는 택시를 타고 널따랗게 펼쳐진 캠퍼스를 지났던 기억이 났다.

"그래, 톰은 진짜 똑똑해. 그리고 엄청 많이 도와줘……. 이런 저런 것들."

"뭐, 나야 상관할 바가 아니지."

"고마워. 내가 여기서 친구를 별로 못 사귀어서……. 그 오빠 진짜 좋은 사람이거든. 나랑 얘기가 통하는……."

"입 꾹 닫을게."

누르는 이제야 안심했다는 표정을 짓고는 화제를 바꾸었다.

"그나저나 너희 학교에 사진부 있다며? 찰칵질에 열중하는 녀석들이 왕창 모인 데겠지?"

파디는 눈썹을 찌푸렸다.

"아니 뭐…… 별거 아냐."

"별거 아니긴. 너한텐 꽤 중요하잖아. 나도 그 정도 눈치는 있다고."

"사진 잘 찍는 법을 배우는 데지 뭐."

별로 관심 없다는 투로 말했지만 파디의 얼굴은 뻣뻣하게 굳었다.

"대회가 있대. 우승하면 출사 기회가 주어지고. 중국이나 아프리카, 인도 중에 골라서 갈 수 있대."

"인도?"

누르도 이제 사정을 알겠다는 표정이었다.

"어, 인도. 파키스탄 바로 옆에 있는 나라."

이번엔 누르가 휘파람을 불었다.

"그런데 사진부 가입비가 50달러야……. 어머니 말씀처럼 너무 비싸. 우리한테 그런 데 쏟아부을 돈이 어디 있어."

누르는 물러나 앉고는 또 한 번 파디의 표정을 유심히 뜯어보았다.

"……너랑 아버지가 찍었던 사진들 말이야, 내 눈엔 꽤 멋있어 보였어."

"음, 그 말에는 고맙다고 대답해야 되는 게 맞지? 고마워."

"너 우승할 자신 있어?"

"최선을 다할 거야."

누르는 지갑을 뒤적이더니 빳빳한 20달러 지폐 두 장과 구겨진 10달러 지폐 한 장을 꺼내어 내밀었다.

"가져."

파디는 넙죽 받고 싶은 마음을 억누르며 지폐들을 물끄러미 내려다보았다.

"글쎄, 그래도 되나. 모르겠는데……."

가족에게 필요한 식료품을 사는 데 쓰일 수도 있는 돈인데.

"넣어 둬."

누르는 억지로 동생의 손에 돈을 쥐여 주면서 둘만의 약속이라는 의미의 미소를 지었다.

"알지? 톰하곤 상관없는 거다. 뇌물 아니야."

파디도 미소를 지었다. 희망이 다시 찾아왔다.

'이건 좋은 징조야. 내가 우승할 거야. 자신 있어.'


*


화요일 아침, 파디는 여느 때처럼 학교로 달려갔다. 배낭엔 누나가 준 돈이 봉투에 담겨 안전하게 보관돼 있었다. 파디는 날듯

167

이 계단을 뛰어올라 학교 건물 정문을 기운차게 열어 젖혔다. 복도를 메운 아이들 틈을 요리조리 비집으며 거침없이 교실로 뛰어갔다. 복도는 평소와 다름없이 학생들로 바글바글했다. 친구들끼리 속닥거리는 것도 평소와 같았다. 그런데 오늘따라 아이들 표정이 이상했다. 파디의 눈길이 교내 환경 보호 동아리가 설치한 테이블로 향했다. 지역 해변을 깨끗이 청소하는 운동을 하려고 모금을 하는 중이었다. 평화를 상징하는 기호로 장식한 모금함들이 아무렇게나 방치돼 있었다. 아이들은 웃거나 농담 따먹기를 하지 않았다. 테이블 주변에 모여서 서로 귓속말을 하는데 다들 겁에 질린 표정이었다.

뉴욕 자이언츠 모자를 쓴 남자애의 목소리가 들렸다.

"오늘 아침 뉴스 봤어?"

파디는 배낭을 고쳐 메는 척하며 걸음을 늦추었다.

남자애 옆에 있던 여자애가 대답했다.

"응, 보고도 못 믿겠더라. 그게……."

"우리 엄마는 기절하기 일보 직전이야."

여자애의 친구가 끼어들었다.

"뉴욕에 외가 친척이 살거든. 엄만 아침 내내 뉴욕에 전화하느라 난리도 아니었어."

두 아이는 불안한 눈빛을 교환했다. 파디는 우뚝 멈춰 섰다.

'뭐가 어떻게 된 거야?'

불안감이 파디의 척추를 바늘처럼 콕콕 찔렀다. 파디는 서둘러 교실로 가서 자리에 앉았다. 아직 남은 수학 숙제를 마저 끝내야 했다.

토레스 선생님은 평소보다 늦게 도착했다. 주황색 하얀색 줄무늬 스웨터 차림이었다.

"좋은 아침입니다."

학생들이 각자 자리로 가는 동안에도 교실 분위기는 유난히 조용했다. 칠판 앞에 선 토레스 선생님의 얼굴도 어딘지 모르게 멍해 보였다. 평소보다도 더. 선생님은 뭔가 얘기하려는 듯 입을 열었다가 다시 다물었다. 그저 고개를 저으며 부스스한 머리칼을 쓸어 넘기고선 그날의 공지 사항이 담긴 유인물로 손을 뻗었다. 친구에게 쪽지를 건네다 눈이 마주친 패티에게 파디는 무슨 일이냐고 묻는 듯한 눈빛을 보냈다. 오늘따라 다들 이상하게 행동한다. 도무지 영문을 알 수 없었지만 파디는 어깨를 으쓱하며 대수롭지 않게 넘겼다. 파디의 머릿속은 방과 후의 사진부 모임에 관한 생각으로 가득 차 있었다.

그날 오후 어학 수업이 끝나고 교실에서 나온 파디는 식수대 근처를 지나가다가 펠릭스를 보았다. 매점 계산대 앞에 늘어선 줄 중간에서 녀석은 자기 앞에 있는 왜소한 6학년 후배를 우격다짐으로 줄에서 밀어내고 있었다. 파디는 걸음을 재촉해 학생 식당으로 향했다.

"어이, 부잣집 도련님! 오늘 나 점심 좀 사 줘."

펠릭스가 파디의 등 뒤에 대고 소리쳤다. 하지만 파디는 못 들은 체하고 학생 식당 대신 도서관으로 방향을 틀었다. 파디는 교사 휴게실을 지나치면서 걷는 속도를 줄였다. 살짝 열린 문틈으로 토레스 선생님의 요란한 스웨터가 보였다. 마침 선생님 목소리가 새어 나왔다.

"믿을 수가 없어요. 이건 사고가 아니에요. 비행기 두 대가 쌍둥이 빌딩(뉴욕의 세계 무역 센터를 가리킨다. — 옮긴이)을 들이받고 또 한 대가 펜타곤(워싱턴에 위치한 미 국방부 건물 — 옮긴이)으로 추락하다니."

"세상에."

걱정스레 탄식하는 여자 선생님의 목소리도 들렸다.

파디는 좀 더 엿들으려고 그 자리에 서서 가만히 기다렸다. 휴게실 문이 열리고 호른슈타인 교장 선생님이 희끗희끗한 머리칼을 손가락으로 빗으며 나왔다. 교장 선생님은 파디를 보고 보일 듯 말 듯 선웃음을 지어 주고는 서둘러 교장실로 뚜벅뚜벅 걸어갔다.

\*

그날 수업이 모두 끝난 뒤 미술실로 향하면서 파디는 종일 건

너 들었던 이야기 조각들을 하나씩 끼워 맞춰 보았다. 테러리스트들이 뉴욕의 고층 건물 두 채와 워싱턴의 펜타곤 건물을 공격했다고 한다. 비행기를 추락시켜 건물들을 무너뜨렸다는 것이다.

미술실엔 열 명 남짓한 아이들이 모여 앉아 있었다. 미리 와 있던 안이 파디를 보곤 미소를 지었다.

"안녕. 결국 왔구나."

"응, 왔어."

뒤이어 베순 선생님이 들어왔다.

"늦어서 미안해요. 아침에 연락을 받고 정신이 좀 없어서……. 선생님 남동생이 펜타곤에서 일하는데……."

선생님은 멍한 얼굴로 말끝을 흐렸다.

"애들이 비행기 추락 얘기하는 거 들었어요."

불쑥 인도계 아이가 말했다. 하지만 곧장 입을 다물어 버렸다. 뜨끔한 기색이었다.

베순 선생님이 허리를 세우며 대답했다.

"그래, 라비. 테러리스트의 공격이 있었다고 하더구나. 오늘 아침에 비행기가 펜타곤으로 추락했다고……. 다행히 동생한테서 전화가 왔다. 무사하다고 말이야."

"와아."

라비는 말을 잇지 못했고 나머지 학생들은 불안한 눈길을 교환했다.

"집에 돌아가면 여러분도 부모님과 오늘 아침에 벌어진 사건에 대해 얘기를 나누게 될 거예요. 오늘 사진부 모임은 취소해야겠네요. 하지만 가입 신청은 받을게요."

파디는 배낭을 열었다. 돈을 꺼내려 했는데 꿀 깡통에 손이 닿아 멈칫하고 말았다. 파디는 손바닥 안으로 들어온 익숙한 사각형의 통을 부드럽게 감싸 쥐었다가 놓았다. 그리고 봉투를 꺼내어 베순 선생님에게 드렸다. 선생님은 학생들에게 종이를 한 장씩 돌렸다. 종이에 적힌 제목을 본 파디의 가슴이 쿵쾅쿵쾅 뛰기 시작했다.

'생애 최고의 사진 : 사진 콘테스트 안내문'

베순 선생님의 지시가 이어졌다.

"집에 가서 읽어 보도록 해요. 대회에 참가할 학생은 10월 11일까지 나한테 사진을 제출하세요. 늦어도 12일까지는 소시에테 지오그라피크로 사진을 보내야 하니까. 다음 주엔 무엇을 주제로 사진을 찍을지 논의하고 여러분에게 필름을 나눠 줄 거예요. 그다음 주 화요일부턴 암실 이용법을 익힐 예정입니다."

"짱이다."

라비가 혼자 중얼거렸다.

파디는 종이에 적힌 내용을 빠르게 훑어보았다. 결과 발표는 12월 1일, 시상식은 그다음 주에 샌프란시스코에서 열릴 예정이었다. 파디의 눈길이 대상 부상에 머물렀다. 최신식 디지털 카메

172

라는 안 받아도 그만이었다. 파디가 원하는 부상은 인도행 비행기 표 두 장이었다. 그걸 손에 넣으려면 아주 독창적이고 기똥찬 작품, 다른 참가자들을 모조리 따돌릴 만큼 독보적인 사진을 찍어야 했다. 종이에 적힌 규정에 의하면 사진의 주제는 온전히 참가자의 재량에 달려 있었다. 뭘 찍건 상관없으니 창의력을 마음껏 펼치라고 했다.

'그런데 뭘 찍어야 대회에서 우승할 수 있을까?'

# 범인은 누구?

그날 밤. 이제는 파디도 세상이 달라졌다는 걸 알고 있었다. 파디가 알던 세상은 결코 예전과 같지 않을 것이다. 조그만 텔레비전 앞에 앉은 파디는 화면에서 시선을 떼지 못했다. 부모님도 누르도 마찬가지였다. 화면 속의 무시무시한 장면은 합성이 아닌 진짜였다. 화면을 메운 적황색 화염과 시커먼 연기가 어두컴컴한 거실 안을 번쩍번쩍 비추었다.

"끔찍해. 정말 끔찍한 일이야."

자푸나가 나직이 중얼거렸다. 숄을 몸에 둘둘 말고서 빛바랜 갈색 안락의자에 앉은 자푸나의 시선은 텔레비전 화면을 향한 채 움직이지 않았다. 화면은 다시 붕괴 전의 쌍둥이 빌딩을 내보내고 있었다. 굳건하게 우뚝 선 높은 건물 두 채. 곧이어 건물 밖

으로 화염이 번지고 철근과 유리로 된 그 거대한 구조물이 우르
르 떨리기 시작했다. 그 장면에서 자푸나는 눈을 질끈 감고 고개
를 돌려 버렸다.

누르가 상체를 내밀고 손을 뻗어 채널을 돌렸지만 모든 채널
이 같은 장면을 방송하고 있었다. 낮게 날던 비행기가 세계 무역
센터 북쪽 건물로 돌진해 그대로 꽂히는 장면을…….

"어떻게 저리 튼튼한 건물이 속절없이 무너지지?"

누르가 중얼거렸다. 누르의 손가락이 조심스럽게 화면을 건
드렸다. 눈으로 보는 것만으로는 저 장면이 진짜라는 걸 믿을 수
없다는 듯이.

하비브가 조용히 말했다.

"누르, 채널 돌리지 말고 그냥 두려무나."

CNN 뉴스 앵커가 테러 전문가를 초대하여 이토록 잘 짜인 공
격을 감행할 만한 주체가 누구일지를 함께 추측해 보고 있었다.
10시가 가까운 시각, 공항으로 출근할 때가 되었는데도 하비브
는 좀처럼 자리에서 일어날 생각을 하지 않았다.

자푸나가 갑자기 눈을 번쩍 떴다.

"어떻게 이리도 무서운 짓을……. 너무나 많은 사람의 목숨이,
무고한 생명이 희생되었어."

"누가 그랬을까요?"

파디는 마음속의 의문을 겉으로 드러냈다. 파디는 어머니가

앉은 안락의자에 등을 기대고는 팔짱을 꼈다.

자푸나가 허리를 숙여 아들의 눈을 덮은 앞머리를 쓸어 넘겨주었다. 지금만큼은 자푸나의 눈동자도 흐리멍덩하지 않았다.

"누구인진 몰라도 사람의 목숨을 하찮게 여기는 자들일 테지. 그놈들의 목적이 무엇인진 모르겠지만 이렇게 사악한 짓을 저지른 이상 절대로 정당화될 수 없어."

하비브도 거들었다.

"그래, 이건 알라의 뜻에 반하는 건 물론이고 인간으로서 도저히 할 수 없는 일이지. 분명 보복이 뒤따를 게야."

아버지의 목소리에 담긴 불길한 기운에 파디는 한층 더 불안해졌다. 파디는 가만히 손을 뻗어 어머니의 손을 찾았다. 아들의 손을 감싸 쥔 어머니의 손가락에 지그시 힘이 들어갔다.

*

다음 날 파디는 저녁 때 먹을 빵을 사러 아버지와 함께 리틀 카불의 식료품점에 갔다. 파디는 거의 자기 키만 한 빵틀 안을 들여다보는 중이었다. 오븐에서 갓 구워 나온 빵들이 즐비했다. 손님들이 줄을 서서 차례를 기다리고 있었다. 파디와 하비브의 순서는 다섯 번째였다. 이스트와 향신료의 향긋한 냄새가 기분 좋게 코끝을 간질였다. 파디는 킁킁거리며 슬쩍 아버지를 올려다보았다. 아버지의 표정이 사뭇 어두웠다. 오전에 사히브 교수님과 통화했는데 그들이 고용한 사립 탐정이 여태껏 아무것도 알아내지 못했다는 소식만 들었던 것이다. 마리암에 관한 정보는커녕 그 애를 데리고 사라진 가족에 대해서도 아무런 단서를 얻지 못했다고 했다. 파디의 기분도 가라앉았다.

'500달러를 길바닥에 버린 셈이네⋯⋯.'

파디는 실망감을 애써 떨쳐 내고 가게 안을 둘러보았다. 보통 때는 손님들이 계산대 앞에 앉은 주인과 잡담이나 농담을 주거니 받거니 하며 웃고 떠드는 꽤 시끌벅적한 곳이었다. 그런데 오늘은 다들 조용한 것이 으스스한 분위기마저 감돌았다. 파디는 말린 과일이 진열된 통로를 훑어보다가 마수드를 발견했다. 수학 수업을 같이 듣는 아프가니스탄 출신의 남자애 두 명 중 하나였다. 마수드는 케이크와 쿠키가 쌓인 테이블 옆에 서 있었다. 자신을 향한 파디의 눈길을 느꼈는지 마수드가 고개를 들었다. 파디와 눈이 마주치자 고개를 끄덕하며 알은척을 했다.

파디도 고개를 끄덕했다.

'가서 얘기나 나눠 볼까.'

하지만 그럴 수 없었다. 줄에서 벗어나 콩 통조림을 고르러 간 아버지 대신 자리를 지켜야 했기 때문이다. 아쉬운 마음을 뒤로하고 파디는 고개를 돌려 정육 코너 쪽을 바라보았다. 고기 자르는 커다란 도마 곁에 어른들이 모여 있었는데 하나같이 표정이

좋지 않았다.

그중 한 명이 소리 죽여 말했다.

"뉴스 봤어요?"

얼굴에 세로로 길게 난 흉터 때문에, 신 레몬을 씹고 잔뜩 찡그린 것처럼 오른쪽 뺨이 쭈글쭈글 일그러진 아저씨였다. 다른 아저씨가 대답했다.

"아뇨. 어떻게 됐대요?"

하비브가 돌아왔다. 아버지도 저 아저씨들의 대화에 관심이 있는 것 같았다. 그래서 더 궁금해진 파디는 귀를 쫑긋 세우고 엿들었다. 흉터 아저씨의 말이 이어졌다.

"이번 일을 실행한 테러리스트가 열아홉 명인데 글쎄 그놈들이 오사마 빈 라덴, 알카에다하고 연결돼 있대요."

파디는 줄 맨 앞에 선 아줌마의 얼굴이 창백해지는 걸 놓치지 않았다. 빵을 받아 든 아줌마는 아들의 손을 붙잡더니 서둘러 계산대로 갔다.

또 다른 아저씨가 끼어들었다.

"결국 아프가니스탄에 한바탕 재앙이 휩쓸겠구면."

파디는 온몸이 얼어붙는 것 같았다.

'영 기분 나쁜 뉴스네. 오사마 빈 라덴이 아프가니스탄에 있잖아.'

가죽 재킷을 걸친 아저씨가 한숨을 내쉬며 대화에 가담했다.

"예전에 오사마는 영웅이었는데……. 소련을 무너뜨리는 데 일조했잖습니까."

"누가 아니래요!"

흉터 아저씨가 대꾸했다.

"그놈의 전쟁 때문에 다들 죽고 다치고……. 그런데 그 오사마가 지금은 미국의 적으로 돌아섰단 말입니다."

정육 코너의 직원도 거들었다.

"흠, 탈레반이 오사마한테 '파나'*를 제안했답니다. 그놈 당분간은 아프가니스탄을 떠나지 않을 거예요."

파디의 생각도 같았다. '파나'는 파슈툰왈리 규범이다. 어떤 사람이 적으로부터 보호를 요청할 경우, 파슈툰족은 어떠한 대가를 치르더라도 반드시 그 사람을 지켜 줘야 한다. 그리고 이번 경우는 하필 그 사람이 오사마 빈 라덴이다.

정육 코너의 직원은 흉터 아저씨에게 고깃덩이를 포장해 내밀면서 덧붙여 말했다.

"정말 큰일이에요. 알카에다 같은 외부 단체가 아프가니스탄을 망치고 있으니 이게 웬 망조인지 원."

이번엔 지팡이를 짚은 할아버지가 나섰다.

"알카에다 그놈들하고 못돼 먹은 탈레반 놈들, 다 한통속이야.

---

* 파나(panah) - 파슈툰왈리에 속하는 규범으로, '망명'과 같은 의미이다.

양쪽 다 없애 버려야 돼."

파디는 아버지의 얼굴이 구겨지는 것을 보았다. 가게 안의 다른 손님들이 각자 하던 일을 멈추고 정육 코너 직원에게로 시선을 던졌다.

큼지막한 두 손으로 식료품 봉지를 들고 가게에서 나가려던 키 큰 아저씨가 우뚝 멈춰 섰다. 푸른 눈동자가 박힌 눈을 가늘게 뜨면서 그 아저씨가 돌아섰다.

"댁들이 그렇게 욕하는 탈레반이 나라의 질서를 바로잡은 장본인이란 걸 잊지 마쇼."

지팡이 할아버지가 곧바로 응수했다.

"그놈들은 광신도 단체일 뿐이야. 아프가니스탄을 세상의 조롱거리로 만들었다고. 게다가 이제는 오사마하고 편을 먹었지."

푸른 눈동자 아저씨가 주먹을 불끈 쥐고 한 걸음 나섰다.

"소련 놈들이 떠나자마자 군벌이 나라를 집어삼켰죠. 다시 그때로 돌아가고 싶은 겁니까? 카불의 70퍼센트가 파괴됐고 수십만 아프가니스탄 국민이 죽었어요. 전쟁이 어디 부족을 가립디까? 파슈툰족, 타지크족,* 하자라족,** 우즈베크족*** 할 것 없이 모

---

* 타지크족(Tajiks) - 아프가니스탄에서 두 번째로 큰 부족으로, 전체 인구의 27퍼센트를 차지하며 페르시아어를 구사한다.
** 하자라족(Hazaras) - 페르시아어를 사용하는 아프가니스탄 부족으로, 전체 인구의 약 9퍼센트를 차지한다.
*** 우즈베크족(Uzbeks) - 아프가니스탄 인구의 9퍼센트를 차지하는 부족으로, 페르시아어를 사용한다.

두의 피가 거리를 뒤덮었다고요. 북부동맹도 똑같은 군벌로 이루어진 단체입니다. 놈들이 아프가니스탄에 재앙을 몰고 올 거요."

지팡이 할아버지는 완고하게 맞섰다.

"탈레반 놈들이라고 뭐 다른가? 똑같은 짓거리를 반복할 뿐이지."

푸른 눈동자 아저씨가 꾹 다문 입술을 일그러뜨리며 한 걸음 더 다가갔다.

"다들 그만하시오!"

곁에서 엄한 목소리가 튀어나오는 바람에 파디는 놀라서 펄쩍 뛰었다. 세상에, 아버지였다.

"우리끼리 싸우면 안 됩니다!"

하비브의 강하고 묵직한 목소리가 가게 안을 쩌렁쩌렁 울렸다.

파디는 안절부절못했다. 5킬로그램들이 쌀자루 뒤로 뛰어들고 싶은 심정이었다. 사람들의 시선이 일제히 그들 부자에게로 쏠렸다. 그러나 하비브는 거침이 없었다.

"세상에 완벽한 사람은 없습니다. 우리 모두의 잘못이에요. 파슈툰족, 타지크족, 다른 모든 부족들이 다 함께 저지른 과오라고요. 지금은 아프가니스탄 국민으로서 모두 뭉쳐야 합니다. 나라를 위해서요."

하비브가 푸른 눈동자 아저씨에게로 돌아섰다.

"형제님 말씀도 옳습니다. 나라에 질서가 필요할 때 탈레반이 그걸 이뤄 주었지요."

그다음엔 정육 코너에 모인 아저씨들을 돌아보았다.

"탈레반이 등장하기 전에 타지크족과 우즈베크족을 비롯한 타 부족들이 나라를 좀먹은 건 사실이잖습니까. 그런데 그 탈레반이 지금은 똑같은 짓을 자행하고 있다는 것도 사실이죠. 오사마 빈 라덴한테 협력하다니요. 자기 잇속을 차리려고 아프가니스탄을 이용하는 그런 작자한테 말입니다."

"옳거니."

견과류 통조림 진열대 앞에 있던, 하얀 스카프를 둘러쓴 할머니가 추임새를 넣듯 중얼거렸다.

정육 코너에 있던 아저씨들이 민망한 듯 헛기침을 하며 뿔뿔이 흩어졌다. 푸른 눈동자 아저씨는 봉지를 거칠게 휘두르며 문을 열고 나가 버렸다.

"아프가니스탄에 후폭풍이 몰아칠 게야."

할머니는 예언가처럼 단언했다. 그러고는 마치 아무 일도 없었다는 듯, 무게 단위로 파는 피스타치오 깡통들을 태연하게 다시 살펴보기 시작했다.

불길한 예감이 파디의 가슴을 파고들었다.

'상황이 더 나빠질 거야. 안 봐도 비디오지.'

## 타깃

"저기 봐라! 오사마 납셨다!"

이제는 익숙해진, 심술궂게 외치는 목소리.

남학생 화장실에서 나오던 파디는 사냥꾼 소리를 들은 토끼마냥 그 자리에 얼어붙었다. 화장실 문이 저절로 끼이익 닫혔다. 그는 목소리의 주인을 찾아 복도를 두리번거렸다. 그러나 수업 종이 울리기 전에 교실을 찾아 서둘러 달려가는 아이들 몇 명이 눈에 띌 뿐이었다.

다시 어디선가 그 목소리가 튀어나왔다.

"머리에 수건 말고 다니는 친구들은 어디에 두고 혼자 다니시나?"

파디는 화장실에서 멀어지는 방향으로 꿈질꿈질 움직였다. 식수대 너머 관리실 문이 살짝 열린 게 보였다. 파디는 재빨리 달아나려 했지만 어두운 문 안에서 두 명이 불쑥 튀어나왔다.

아이크가 먼저 파디의 앞을 막아서고 펠릭스가 녀석의 옆으로 다가와 섰다.

"그래, 우리야. 낙타나 타고 다니는 미개인이 얼쩡거리는 꼴이 영 언짢아서 말이지."

파디는 복도를 살피며 배에 힘을 꽉 주었다. 복도에 마지막으로 남은 학생이 파디에게 안쓰러운 시선을 던졌지만 더 이상 나서진 않고 그냥 교실로 쏙 들어가 버렸다.

아이크가 입술을 비틀며 빈정거렸다.

"뭐야? 왜 꿀 먹은 벙어리 꼴이야?"

"아니지. 낙타 젖 먹은 벙어리 꼴이지."

펠릭스가 깐족거리고는 혼자 신 나서 낄낄댔다. 녀석은 오른손을 말아 주먹을 쥐고는 왼쪽 손바닥을 팡팡 쳤다. 비싼 금 손목시계가 녀석의 손목에서 덜렁거렸다.

파디는 뒤로 물러서며 목소리를 쥐어짰다.

"말썽 일으키기 싫어."

하지만 더 물러설 데가 없었다. 화장실로 도로 들어갔다간 꼼짝없이 독 안에 갇힌 쥐 신세가 되고 만다.

"말썽 일으키기 싫어."

아이크가 계집애처럼 새침한 목소리로 파디의 말을 흉내

냈다.

"그건 우리나라를 공격하기 전에 생각했어야지. 말썽은 네놈들이 먼저 일으켰잖아."

"저놈한테 미국의 정의를 똑똑히 보여 주자고."

펠릭스가 당장 덤벼들 기세로 파디를 을러멨다.

파디는 침을 꿀걱 삼켰다. 파디의 시선이 복도 오른편을 더듬었다. 수학 교실로 가야 하는데 너무 멀었다. 가장 가까운 탈출구는 7학년 교실 문이었다. 불시에 냅다 뛰어 녀석들을 지나치면 그리로 들어갈 수 있을 것 같았다. 그래서 잽싸게 튈 준비를 하는데 마침 복도 모퉁이에서 호른슈타인 교장 선생님이 나타났다. 낡은 격자무늬 넥타이가 목 언저리에 헐렁하게 걸려 있었다. 답답해서 매듭을 느슨하게 푼 것 같았다.

교장 선생님은 어리둥절한 표정으로 파디와 아이크, 펠릭스를 번갈아 쳐다보았다.

"무슨 일이라도 있나?"

"아뇨. 화장실 가려고 잠깐 나왔어요."

아이크가 나서서 대답했다. 정말 아무 일도 없다는 듯이.

교장 선생님은 파디를 돌아보며 물었다.

"그럼 넌?"

목구멍이 바짝바짝 타 들어가는 것 같았다. 혀도 입천장에 붙어 버린 듯했다. 파디는 아이크와 펠릭스를 흘깃 쳐다보았다. 녀석들은 순진한 성가대원인 양 무고한 얼굴로 서 있었다. 파디가 마지못해 대답했다.

"아니요. 아무것도 아니에요."

"그렇다면 다행이고. 너희 둘은 얼른 화장실로 가라. 급한 볼일 해결해야지."

아이크와 펠릭스가 화장실로 휘적휘적 걸어 들어간 후, 교장 선생님은 파디를 빤히 들여다보며 다시 한 번 물었다.

"정말 아무 일 없는 거니?"

파디는 조금 빠르다 싶게 고개를 주억거렸다.

'침착해, 침착해야 해.'

"예, 아무 일 없어요."

"흐음. 혹시라도 문제가 생기면, 혹은 고민거리를 상담할 사람이 필요하면 날 찾아오렴. 교장실이 어디인지는 알지?"

파디는 조급하게 끄덕이고는 도망치듯 수학 교실로 달려갔다.

몇 분 후 아이크와 펠릭스가 어슬렁어슬렁 교실로 들어와 파디의 뒤로 따라붙었다.

"너희 셋, 늦었어!"

팔머 선생님이 가시 돋친 목소리로 지각생들을 나무랐다. 선생님은 뒤돌아서 칠판에 수업 내용을 적고 있었는데 돌돌 말아 올려붙인 빨간 머리칼이 꼭 후광 같았다.

"호른슈타인 교장 선생님께서 화장실 다녀와도 된다고 허락하셨는데요."

아이크가 불량스러운 미소를 띠며 말대답을 했다. 선생님의 손동작이 잠시 멈추었다. 이윽고 선생님은 한숨을 내쉬며 말했다.

"됐다. 앉아라."

아이크는 파디에게 험상궂게 눈총을 쏘며 자기 자리에 털썩 앉았다.

파디도 자리에 앉아 배낭을 열었다. 공책을 꺼내는 순간, 팔머 선생님이 분필을 탁 내려놓더니 학생들을 향해 뒤돌아섰다.

"자, 여러분. 교과서 덮어요. 쪽지 시험 볼 거예요."

여기저기서 아이들의 볼멘소리가 터져 나왔다. 그래도 선생님의 말씀을 거역할 순 없었기에 다들 빈 종이를 주섬주섬 꺼내기 시작했다. 파디도 떨리는 손으로 종이를 꺼내어 놓고 책상 위로 상체를 푹 웅송그리고선 가분수 문제를 풀 준비를 했다. 교실 뒤편에 앉은 아이크와 펠릭스의 따가운 시선이 느껴졌다. 파디는 저 녀석들을 피해 다녀야겠다고 생각했다. 조심, 조심, 또 조심해야 했다. 녀석들과 다시 마주칠 때의 처참한 결과는 정말이지 생각하고 싶지도 않았다.

*

미술 수업을 앞두고 파디와 안은 미술실 원탁에 마주 앉아 베순 선생님을 기다리고 있었다. 안이 원탁 위로 상체를 쑥 내밀고서 인쇄물을 잔뜩 끼운 스크랩북을 내밀었다.

"조사 좀 했어."

"무슨 조사?"

파디의 마음은 딴 곳에 있었다. 아까 아이크, 펠릭스와 맞닥뜨렸던 일이 내내 마음에 걸렸다. 날카로운 발톱을 잔뜩 세운 고양이에게 쫓기는 생쥐가 된 기분이었다. 결코 반갑지 않은 기분.

안이 말했다.

"사진 대회에 대한 조사."

"아아."

안의 수박향 립밤 냄새가 은은하게 파디의 코에 와 닿았다.

'좋다……'

멍하니 생각하다가 파디는 제풀에 흠칫 놀라 눈을 깜빡거렸다.

"너 괜찮니?"

"어, 괜찮아."

그제야 파디는 안을 쳐다보았다. 아이크와 펠릭스 얘기를 이 친구에게 털어놓아야 하나 잠시 고민이 되었다.

'하지만 얘기하면 뭘 해? 얘라고 해서 뾰족한 수를 낼 수 있는 것도 아닐 텐데.'

"뭐, 좋아. 우리 아빠가 항상 하시는 말씀이 있지. '게임에 뛰어들었으면 경쟁자보다 한 발 앞서야 한다.'"

안의 얼굴에 자신감이 넘쳤다.

"어제 인터넷으로 '생애 최고의 사진' 대회에 관한 정보를 캤거든. 그래서……."

안이 말꼬리를 흐리며 능글맞은 웃음을 흘렸다.

"그래서……?"

파디는 손을 휘저으며 뒷말을 재촉했다.

"그래서 심사 위원 네 명의 이름을 알아냈지."

"그래도 되는 건가? 부정 행위 같은 거 아니야?"

"아냐."

안이 머리칼을 뒤로 홱 젖히며 자신 있게 대답했다.

"대회 공식 웹사이트에서 찾았어. 참가 규정 아래에 버젓이 올라온 명단인 걸. 누구나 볼 수 있는 공개 정보라고."

"와."

파디는 안의 똑똑한 설명에 감탄했다.

"아무튼 그렇게 알아낸 이름을 이용해서 심사 위원들에 관한 정보를 더 캐 봤어."

파디는 원탁 위로 몸을 웅크려 스크랩북을 숨겼다. 미술실에서 돌아다니는 아이들 중 한 명, 라비가 사진부원이었다.

안이 스크랩북을 팔랑 넘기고는 귓속말로 속삭였다.

"이분이 첫 번째 심사 위원인 밀리센트 차오야. 샌프란시스코 과학관 관장님이래."

안이 가리킨 사진 속에서 분홍색 바지 정장 차림의 중년 여성이 미소를 짓고 있었다. 사진 아래엔 밀리센트 차오의 이력이 길게 붙어 있었다. 스탠포드 대학을 졸업했고 건축과 동아시아 역사를 복수 전공했다는 내용이 있었다. 그리고 결혼을 해서 딸하나를 두었는데 그 딸은 샌프란시스코 발레단의 무용수라고했다. 취미는 시계 분해와 재조립, 요리 연습, 원예였다. 특히 분재 가꾸기에 관심이 많다고 했다.

두 번째 장은 샌프란시스코 시의회 의원인 헨리 왓슨의 홈페이지를 인쇄한 것이었다. 헨리 왓슨은 스페인어와 포르투갈어를 유창하게 구사하고 카스트로 스트리트에 위치한 브라질 식당을 운영하고 있었다. 독서, 파도타기, 여행이 취미이고 가장 좋아하는 여행지는 남미였다. 다음 심사 위원은 로렌 리드. 필름 제조 회사인 '코닥'의 샌프란시스코 지사장이라는 것 외엔 별다른 정보가 없었다. 심지어 사진조차 없었다.

마지막 심사 위원은 소시에테 지오그라피크의 사진 기자인 클라이브 머레이였다. '이미지 창조자'로서 세계적인 명성을 누리고 있고 여기저기서 상도 숱하게 받았다고 했다. 안은 클라이브 머레이의 사진과 관련 정보를 모아서 인쇄한 여러 장의 종이를 철해 놓았다. 거기엔 '인간의 다양한 모습, 즉 다양한 인종과 그들의 문화, 생존을 위한 분투, 인간으로서 느끼는 희열의 본질을 포착하는 것'이 클라이브의 전형적인 사진 스타일이라는 설명도 있었다. 그는 지구촌 구석구석을 누비며 작업하는 사진가였다. 이란과 이라크의 전쟁터, 캄보디아와 르완다, 콩고 등지의 사건 현장도 사진에 담았고 수단과 이란, 인도, 파키스탄의 열악한 난 민촌을 취재하기도 했다.

'와아.'

파디는 클라이브 머레이가 찍은 사진들을 보며 감탄을 금치 못했다. 뛰노는 아이들, 요리하는 여성, 생각에 잠긴 채 앉아 있 는 노인……. 하나같이 '사람'에 초점을 맞춘, 실로 매혹적인 사 진들이었다.

파디는 경이에 찬 표정으로 안을 쳐다보았다.

"대단하다, 너. 진짜 대단한 걸 조사했어."

파디는 스크랩북을 돌려주려고 했지만 안이 다시 파디에게로 밀었다.

"이건 너 주려고 복사한 거야. 우린 이제 심사 위원들의 취향 을 파악해서 거기에 알맞은 사진을 찍으면 돼."

"고마워. 거듭 말하지만 너 진짜 대단해."

파디는 스크랩북을 배낭에 고이 집어넣었다. 카메라에 담을 만한 이미지들이 수백 개나 떠오르며 머릿속에서 바쁘게 돌아다 녔다.

그런데 안이 뜻밖의 제안을 했다.

"있잖아, 네가 베순 선생님한테 얘기하는 거 나도 들었어. 앵글, 빛, 속도, 뭐 그런 거. 넌 사진에 대해 꽤 잘 아는 것 같더라. 난 정보 수집이나 조사의 달인이야. 그래서 말인데, 내가 계속 정보를 찾아서 너한테 줄게. 대신 넌 내가 사진 찍을 때 좀 도와줘. 어때?"

파디는 활짝 웃으며 흔쾌히 수락했다.

"좋아. 넌 뭘 찍으면 좋을지 알아내고 난 사진 찍는 걸 돕고."

"잘됐다. 진짜 끝내주는 작전이지?"

파디는 고마움을 담은 눈빛으로 안을 바라보았다. 이 작전대로 하면 정말로 다른 경쟁자들보다 한 발 앞서게 되는 셈이었다.

'이야, 앤 정말 클로디아 같아.'

메트로폴리탄 미술관에서 지내는 동안, 클로디아와 남동생은 프랑크와일러 부인이 미술관에 팔아넘긴 조각상의 비밀을 밝혀내려고 한다. 그때 클로디아가 가장 먼저 한 일은 5번 가의 도서관에 가서 르네상스 시대의 유명한 예술가 미켈란젤로에 대해 조사한 것이었다.

"존은 왜 안 오지?"

파디는 보이지 않는 조원을 찾아 두리번거렸다.

"아, 걔는 오늘 결석했어. 뭔 바이러스에 감염됐다나 봐."

안이 대답하며 도서관에서 보여 줬던 책들을 꺼냈다.

"이런, 안됐네."

존은 병치레가 잦은 친구인 모양이다. 불쌍한 녀석.

"아냐, 아픈 거 아니래."

안 왼쪽에 앉은 여자애가 불쑥 끼어들었다. 패티와 주로 붙어 다니는 같은 반 친구였는데 이름이 기억나지 않았다. 안이 물었다.

"뭐라고?"

"학교에서 집으로 가는 길에 아이크한테 당했다는 소문이 돌던데?"

흥미진진한 뒷소문을 퍼뜨리는 게 재밌어 죽겠다는 듯 그 애의 두 눈이 반짝거렸다.

파디는 숨이 턱 막혔다.

"정말? 확실해?"

"응, 확실해. 라비가 봤대. 아이크가 존한테 있던 디브이디를 죄다 뺏었대."

"어떡해. 설마 많이 맞은 건 아니겠지?"

안의 물음에 여자애는 고개를 저었다.

"아니, 그냥 충격을 많이 받은 정도라던데? 하지만 너도 알잖아, 존이 어떤 앤지."

"그렇긴 하지."

그랬다. 존은 그런 애였다. 쉽게 상처받는 아이.

'이렇든 저렇든 불쌍하긴 마찬가지네.'

파디는 생각했다.

"늦어서 미안해요."

베순 선생님이 들어와 교탁에 가방을 내려놓았다.

"오늘부터 콜라주(다양한 재료를 붙여서 이미지를 만드는 회화 기법 ― 옮긴이) 작업을 시작해야겠어요. 추수 감사절 전까진 프로젝트를 끝냈으면 하니까."

파디는 안이 가져온 책을 펼쳤다. 해저 생물이 주제인 책답게 강렬한 색깔을 지닌 열대어 사진이 가득했다. 파디는 어느새 존의 일을 잊고 선명한 주황색과 검은색으로 이뤄진 흰동가리 사진에 시선을 뺏겼다. 사진이 어찌나 생생하게 찍혔던지, 파리한 말미잘 촉수 사이에 포근하게 자리 잡은 흰동가리가 당장이라도 책에서 펄쩍 튀어나올 것만 같았다.

문득 아버지와 함께 카불의 산자락을 누비며 새 둥지를 관찰하고 색색의 바위를 찾아다니던 때가 떠올랐다. 그때 아버지는 간결함, 구도, 빛이 사진의 핵심 3요소라고 가르쳐 주셨다.

흰동가리를 찍은 사진작가는 이 한 장의 사진에 그 세 가지 요소를 모두 담았다. 쓸데없이 너무 많은 피사체를 담지 않고 단순히 물고기 한 마리에 집중했다. 물속에선 망원 렌즈를 사용할 수 없으니 아마 줌을 잔뜩 당겨서 물고기를 클로즈업했을 것이다. 작가가 선택한 구도도 매우 탁월했다. 우선 프레임을 틱택토(오

목과 비슷한 서양식 보드게임으로, 가로세로 세 칸씩 총 아홉 칸 안에
두 사람이 번갈아 O와 X 표시를 하여 연달아 O나 X를 세 개 먼저 그리
는 사람이 이긴다. — 옮긴이) 판처럼 가로세로로 각각 3등분했다.
예술가들이 '황금 분할'이라고 일컫는 기술이었다. 그리고 그렇
게 생긴 가상의 선이나 교차점에 사진의 주인공인 흰동가리를
배치해서 반투명한 말미잘 촉수에 물고기의 선명한 색상이 도드
라져 보이게 했다.

그리고 빛. 훌륭한 사진작가는 빛을 노련하게 이용하는 기술
을 십분 발휘한다. 예를 들어 이른 새벽이나 늦은 저녁, 어스름
이 깔릴 무렵에 사진이 무지 잘 나온다. 낮게 뜬 태양이 풍부하
고 따뜻한 색채와 긴 그림자를 만들어 내기 때문이다. 따라서 빛
이 '단조로운' 정오에는 사진 촬영을 피하는 게 좋다. 상당히 복
잡하게 들리지만 파디에겐 꼭 그렇지만도 않았다. 파디가 카메
라를 손에 쥐고 뷰파인더로 세상을 볼 때면 모든 것이 저절로 자
리를 잡았다. 그런 다음엔 딱 한 번 셔터를 누르는 것만으로 놀
랍도록 아름다운 이미지를 잡아낼 수 있는 것이다.

파디는 한숨을 내쉬었다.

'이젠 그 놀랍도록 아름다운 이미지가 뭔지 알아내기만 하면
돼.'

단 한 장의 놀랍도록 아름다운 이미지가 파디를 페샤와르로
데려다줄 것이다.

# 바비 인형

주차장 후미진 곳에 간신히 빈자리를 찾은 하비브가 배달용 트럭과 메르세데스 벤츠 사이에 택시를 끼워 넣었다. 그리고 뒷 좌석에 앉은 파디와 잘마이를 돌아보며 말했다.

"서둘러라, 애들아. 금요 예배에 늦으면 안 되지."

잘마이는 기쁘게 끄덕였다. 오늘 생일을 맞은 조카에게 하비 브가 예배를 마치고 '토이저러스(미국의 대형 장난감 매장 — 옮긴 이)'에 들러 선물을 사 주겠다고 약속했던 것이다. 파디는 잘마이 와 아버지를 뒤따라 주차장을 가로질러 갔다. 파란색, 금색 타일 로 외벽을 마감한 이슬람 사원 정문. 사람들이 신발을 벗고 지인 들과 '살람' 인사를 나누며 안으로 들어갔다. 파디도 정문 계단 에서 운동화 끈을 풀었다. 벗은 신발은 신발장 선반에 가지런히 엎어 놓고 안으로 걸어 들어갔다. 문을 연 지 얼마 되지 않은 사원의 널따란 예배당에선 아직도 옅은 페인트 냄새가 났다.

잘마이가 자랑스레 가슴을 내밀며 소곤거렸다.

"이 사원 지을 때 우리 아버지도 기부금 내셨다."

파디는 내부를 둘러보았다.

'우와, 멋있다……'

아프가니스탄 사람들은 비용을 아끼지 않고 이 장엄한 건물을 지었다. 예배당은 500명이 넘는 이슬람교도들을 수용할 수 있었고, 우뚝 솟은 첨탑은 하루에 다섯 번 예배 시각이 되었음을 알렸다.

"저기다."

하비브가 오른쪽을 가리키며 속삭였다.

예배당이 너무 붐비기 전에 아민 이모부가 미리 와서 자리를 맡아 주었다. 하비브와 파디, 잘마이는 부드러운 카펫을 밟으며 그리로 가서 바른 자세로 앉았다.

이맘(이슬람 교단의 지도자로, 예배를 주관한다. ― 옮긴이)이 천천히 예배당 앞쪽의 미흐라브*로 걸음을 옮겼다. 그는 솜털처럼 하얗고 부스스한 수염을 가슴께까지 늘어뜨렸고, 벗어진 민머리에

---

* 미흐라브(mihrab) - 이슬람 사원에서 '키블라'를 향한 벽면. 키블라란 이슬람의 창시자 마호메트의 탄생지인 사우디아라비아의 메카에 있는 카바 신전 방향을 의미한다. 이슬람교도는 키블라를 바라보는 자세로 기도와 예배를 올려야 한다.

예배용 모자를 썼다. 이맘은 회중 앞에 놓인 기도용 깔개에 정갈하게 자세를 잡고 앉아 마이크에 대고 헛기침을 했다. 쿠트바,* 즉 설교를 곧 시작할 테니 모두 조용히 하라는 무언의 신호였다.

"오늘은 고린내 나는 양말 얘기 안 하셨으면 좋겠다."

잘마이가 파디를 팔꿈치로 쿡 찌르며 속닥거렸다.

파디도 입을 틀어막고 쿡쿡 웃었다. 지난주 설교 때 이맘은 한 시간이 넘도록 알라께서 몸과 마음의 정결함을 사랑하신다는 얘기를 설파했다. 냄새 나는 양말을 그대로 신은 채 혹은 마늘을 먹은 후 이도 닦지 않은 채 사원에 들어오면 주변 사람들에게 불쾌감을 준다며, 감정이 복받쳐 턱까지 바르르 떨면서 이맘은 그러지 말라고 당부하는 데 자그마치 10분을 할애했다.

파디는 앞에 앉은 남자의 새하얀 양말을 쳐다보며 괜스레 코를 찡그렸다.

'뭐, 옳은 말씀 하신 거야. 나도 발 냄새 풀풀 풍기는 사람 곁에 무릎 꿇고 앉긴 싫어.'

이맘의 설교가 시작되었다.

"오늘 설교 주제에 대해 오랫동안 고민했습니다."

평소엔 생동감 넘치던 목소리가 오늘따라 상당히 절제돼 있었다.

---

* 쿠트바(khutba) - 매주 금요 예배에서 이맘이 행하는 설교

"화요일에 벌어진 사태가 끊임없이 제 마음을 괴롭히네요. 정말 끔찍하기 짝이 없는 날이었지요. 그날은 대학살의 날, 폭력으로 얼룩진 하루였습니다."

불편한 정적이 실내를 가득 메웠다. 회중은 숨죽인 채 고요히 앉아 있었다. 많은 사람들이 깊은 생각에 잠긴 듯 눈을 지그시 내리깔고 바닥만 쳐다보았다.

'이런, 오늘 주제는 고린내 나는 양말이 아니잖아. 차라리 그 얘기가 낫겠는데.'

파디의 바람과는 상관없이 이맘의 설교가 이어졌다.

"그래요. 전 그런 짓을 자행한 자들에 대해, 그리고 그 이유에 대해 생각하고 또 생각했습니다. 그러나 생각을 거듭할수록 코란의 수라* 한 구절이 자꾸 떠오르더군요. 제5장 32절 말씀입니다. 그러니 다른 얘기를 하기에 앞서 이 구절의 의미에 대해 시간을 갖고 천천히 되새겨 볼 필요가 있을 것 같습니다."

이맘은 목청을 가다듬고 코란의 언어인 아랍어로 그 구절을 읊기 시작했다. 음악처럼 운율이 느껴지는 음성이 장내에 엄숙히 울려 퍼졌다. 이맘은 잠시 침묵한 후 그 구절을 영어로 옮겼다.

"이스라엘 백성들에게 고하노니, 살인을 하였거나 이 땅에 해

* 수라(surah) - 코란의 각 장(章)을 이르는 말

악을 퍼뜨리는 죄를 범하지 않은 무고한 한 사람의 생명을 해한 자는 모든 사람을 죽인 것과 같고, 한 사람의 생명을 구한 자는 모든 사람을 살린 것과 같도다.”

또 한 번 10초간의 정적이 이어지고 이윽고 이맘의 설교가 넓은 예배당을 가득 채웠다.

“형제자매 여러분, 이렇듯 코란은 말합니다. 한 사람을 죽인다면 전 인류를 죽이는 것과 같고, 한 사람을 살린다면 전 인류를 살리는 것과 같다고요. 바로 이것이 우리가 반드시 알아야 할 요점입니다. 살인을 자행한다면 진짜 인간이기를 포기하는 것이지요.”

*

슬라이딩 도어가 닫혔다. 파디는 현기증을 느꼈다. 파디의 마음은 여전히 이슬람 사원에 머물러 있었다. 이맘의 설교는 인간 생명의 중요성과 가치를 일깨워 주었다. 파디는 불안하고 떨리는 마음을 안고 눈앞에 늘어선 진열대를 바라보았다. 솜으로 속을 채운 통통한 서커스 동물 인형들 얼굴에 박힌 구슬 눈이 파디를 지켜보고 있었다.

“형, 가자.”

잘마이가 파디를 쿡 찌르고는 연하장과 포장지 코너를 지나쳐 갔다.

상념을 털어내듯 머리를 흔들며 파디는 헝겊 인형들에게서 시선을 돌려 버렸다. 이처럼 많은 장난감을 한꺼번에 보는 건 평생 처음이었다. 온갖 종류의 전자 기기와 퍼즐과 게임기가 가득한 진열대가 사방으로 뻗어 있었다. 파디는 온몸이 마비된 듯 문가에 우뚝 서 버렸다. 도대체 어느 쪽으로 방향을 틀어야 할지 감도 오지 않았다.

"파디 너도 하나 골라라."

하비브가 선심 쓰듯 말했다. 그러고는 "작은 걸로"라고 덧붙이며 한쪽 눈을 찡긋해 보였다.

"이쪽이야."

잘마이가 파디를 끌고 거침없이 어딘가로 향했다.

장난감 기차 코너가 눈에 띄었다. 파디는 그곳에 머무르며 좀 더 구경하고 싶었다. 복잡하게 얽힌 철로와 마을들, 다리와 급수탑을 자세히 살펴보고 싶었다. 하지만 잘마이가 가고 싶은 곳은 따로 있었다.

"하비브 이모부, 우린 게임기 코너에 있을게요."

녀석이 큰 소리로 보고했다.

하비브는 미소를 지으며 어서 가 보라고 손짓했다.

파디와 잘마이는 종종걸음으로 퍼즐 코너를 지나고 자전거와 스포츠 장비 코너도 지나쳤다. 상점 여기저기서 아이들이 신 나게 낄낄대며 서로 공을 주거니 받거니 하면서 뛰어다녔다. 엄마 뒤를 졸졸 따라다니는 어린 소녀 하나가 보였다. 소녀는 공주풍 드레스와 유리 슬리퍼, 반짝이는 티아라 등을 양팔에 넘치게 안고 있었다.

소녀가 입은 원피스는 분홍색이었다.

'마리암이 좋아하는 색깔인데.'

"여기야."

잘마이가 파디를 비디오 게임 코너 쪽으로 떠밀었다. 우두커니 소녀를 바라보던 파디도 시선을 돌렸다. 신상품 진열대 앞에 선 잘마이의 두 눈이 커다랗게 벌어졌다.

"와아, 뉴 슈퍼마리오! 스페이스 인베이더 파이브! 저거 끝내 줘. 형도 분명 좋아할 거야. 지난주에 친구네 집에서 해 봤어."

잘마이는 통로를 몇 번이고 왔다 갔다 하면서 진열된 게임들을 일일이 확인하고 상세 설명과 체험기를 꼼꼼히 읽었다.

그렇게 몇 분이 지나자 파디는 슬슬 지루해졌다.

"난 다른 데 구경할래. 금방 올게."

잘마이는 쳐다보지도 않고 손을 내저었다. 그 애는 '미스트' 담당 판매원에게 '문명화'에 관한 질문을 하느라 정신이 없었다.

파디는 헝겊 인형 코너로 가서 어슬렁거렸다. 인형들은 놀라우리만치 진짜 동물과 닮아서 마치 살아 있는 것 같았다. 배터리를 넣어 스위치를 켜면 꼬리를 흔들고 왕왕 짖는 개 인형도 있었다. 파디는 배터리 개를 토닥여 주고는 액션 피규어 코너로 향했다. 대부분 토요일 아침에 텔레비전에서 방영되는 만화 주인공들이었다. 파디는 엑스맨 피규어 진열대 앞에 서서 하나씩 유심히 살펴보았다. 꽤 잘 만든 피규어들이었다.

'하지만 딱히 돈 주고 사고 싶은 건 없어. 보드게임 코너에 가 봐야겠어.'

그렇게 생각하며 모퉁이를 도는 순간, 파디는 그만 얼어붙고 말았다.

통로 양옆으로 수백 개의 바비 인형이 파디를 쳐다보고 있었다. 파디는 눈을 질끈 감았다. 싸늘한 오한이 엄습해 왔다. 손가락 하나 꼼짝할 수 없었다. 갑자기 몹시도 목이 말라서 힘겹게 마른 침을 삼켰다. 그리고 용기를 내어 눈꺼풀을 들어 올렸다. 카우걸 바비가 비난하듯 파디를 쏘아보고 있었다. 그 옆에는 손에 붓을 든 화가 바비와 의사 바비가 나란히 서서 수상쩍은 눈길을 보냈다. 가슴을 짓누르는 통증을 느끼며 파디는 시선을 내리깔았다. 진열대 맨 아래 칸은 전 세계 각국의 바비가 군인들처럼 차렷 자세로 열을 지어 서 있었다.

아메리카 원주민 바비, 한국인 바비, 스페인 바비, 나이지리아 바비, 오스트리아 바비가 저들끼리 속닥거리며…… 굴미나의 소식을 캐물었다.

마음속 깊이 묻어 둔 기억이 봇물 터지듯 솟구치기 시작했다.

그 기억의 홍수에 빠져 익사할 것만 같았다. 파디는 비틀비틀 걸음을 옮겼다.

'여기서 나가야 해, 벗어나야 해.'

두 발이 마음처럼 움직여 주기를 기도하며 납덩이처럼 무거운 발을 질질 끌어 보았지만 바비들의 행렬은 저절로 길어지기라도 하는 듯 끝이 보이질 않았다. 입안이 바싹바싹 마르고 숨이 턱턱 막혔다.

'여기도 분홍, 저기도 분홍, 분홍색이 너무 많아. 분홍색 종류도 너무 많아⋯⋯.'

산호색 비치타월을 팔에 걸친 물놀이 바비, 꽃분홍색 지프를 운전하는 영화배우 바비, 연분홍색 튀튀를 입고 한 발로 우아하게 선 발레리나 바비. 결코 보고 싶지 않았던 그 모습이 눈앞에서 불꽃처럼 이글거렸다. 굴미나를 품에 꼭 안은 마리암.

그 애가 애원조로 조른다.

'오빠 가방에 넣어 주면 안 돼?'

파디는 안 된다고 대답했다. 그깟 게 뭐 그리 어려운 일이라고. 마리암의 자그마한 손가락이 자신의 손에서 스르르 미끄러져 나가는 감촉이 생생하게 남아 있었다. 부릉부릉 털털대며 속도를 높여 내달리는 트럭의 환영이 어른거렸다.

가슴에서 뜨겁게 끓어오른 분노가 온몸으로 퍼지며 열기를 더했다. 파디는 풍성한 연보라색 드레스를 걸쳐 입고 생글생글 미소 짓는 바비를 사납게 노려보며 주먹을 불끈 쥐었다.

"너 때문이야!"

상점 안에 고통스러운 비명 소리가 울려 퍼졌다. 파디는 그것이 자신에게서 나온 소리라는 것을 알아채지 못했다. 분노가 이성을 삼켜 버렸다. 파디는 무작정 진열대로 달려들었다. 인형 상자를 마구잡이로 꺼내어 바닥에 내팽개쳤다. 날씬한 직사각형 상자를 우드득 소리가 나도록 마구 짓밟았다. 털썩 무너지며 무릎으로 서서 상자 덮개를 우악스럽게 잡아 뜯고는 다이아몬드 공주 바비를 꺼내어 들었다. 온 힘을 다해 바비를 흔들다가 눈에 띄는 축구 선수 바비도 꺼내어 한꺼번에 콘크리트 바닥에 힘껏 쿵쿵 찧어 대기 시작했다.

찌그러진 상자들과 바비 인형이 널브러진 한가운데 주저앉아 흐느끼는 파디를 발견한 건 분홍색 원피스 소녀와 소녀의 엄마였다. 그들은 서둘러 파디를 데리고 나와 나머지 바비들의 목숨을 구했다.

잠시 후 점장이 망가진 물건들을 수거해 왔다. 하비브는 점장과 함께 사무실로 들어갔다가 한참 만에 나왔다. 함께 나온 점장의 얼굴에는 연민이 가득했다. 소년을 이해한다는 표정이었다. 파디가 상점에 큰 손해를 입힌 건 아니었지만, 팔과 다리가 떨어져 나간 네 개의 바비는 돈을 지불하고 구입할 수밖에 없었다. 사촌형이 고른 물건들을 본 잘마이는 요상하다는 듯 야릇한 표정을 지었지만, 정작 자기가 고른 선물에 무척 신이 난 나머지 파디가 왜 인형만 잔뜩 골랐는지 물어보는 건 까먹고 말았다.

*

파디는 다스타칸 끝자락에 앉았다. 맞은편엔 잘마이를 비롯한 사촌들이 앉아 있었다. 파디는 앞머리를 늘어뜨려 이마에 난 자주색 멍 자국을 가렸다. 금속으로 된 바비 진열대 틀에 이마를 부딪혀 생긴 멍이었다.

닐루페르 이모와 자푸나가 음식 접시를 여기저기 권하는 동안에도 분위기는 이상하리만치 조용했다. 파디는 뒷마당으로 이어지는 미닫이문 옆의 빈자리를 흘깃거렸다. 보통 아민 이모부가 앉는 자리였는데 이모부는 아직 집으로 돌아오지 않았다. 초 열두 개가 꽂힌 큼지막한 초콜릿 케이크가 커피 테이블에 놓인 채 식사 후의 축하 파티를 기다리고 있었다. 하지만 파디는 파티를 즐길 기분이 아니었다. 겉으로 드러나지 않은 묘한 긴장감을 눈치채지 못한 건 아바이 할머니와 다다 할아버지뿐인 것 같았다. 노부부는 나란히 앉아서 정다운 대화에 푹 빠져 있었다. 옛날 옛적 두 분이 신혼부부였을 때 다다 할아버지가 할머니에게 사 준 보석 얘기였다. 카불을 급히 떠나오느라 보석을 두고 오셨다고 했다. 할머니는 할아버지에게 새 목걸이를 사 달라고 귀엽게 농담을 던지셨다. 당황하면서도 어쩔 수 없다는 듯 어깨만 으쓱하는 할아버지를 보고 파디의 얼굴에 절로 미소가 피어올랐다. 아직도 두 분은 가끔씩 이렇게 신혼부부처럼 행동하시곤 해서 어째 곁에서 보는 사람이 더 민망해질 때도 있었다.

누르가 아르바이트를 마치고 돌아와 파디 곁에 앉으며 물었다.

"무슨 일이야?"

자신의 이마를 뚫어져라 쳐다보는 누나의 시선에 파디는 심장이 쪼그라드는 것 같았다.

'얘기해야겠다. 마리암과 굴미나에 대해 속 시원히 털어놓아야 마음이 조금 편해질 것 같아.'

"토이저러스에서 바비 인형 몇 개를 두들겨 팼어."

"뭘 어쨌다고?"

누르는 눈썹을 홱 추켜올렸다.

파디의 심장이 튀어나올 듯이 쿵쾅거렸다.

"그게 말이야…… 멍청한 짓이었다는 건 알아. 그런데……."

파디의 고백이 이어지려는 찰나, 아민 이모부가 험악한 표정으로 성큼성큼 걸어 들어왔다.

닐루페르 이모가 다스타칸 위에 빵 바구니를 내려놓고서 돌아섰다.

"여보, 진짜래요?"

아민 이모부는 숱 적은 정수리를 손바닥으로 문지르며 아이들에게 흘긋 눈길을 주었다.

"그래요, 그런데 그 얘긴 나중에 합시다."

불편한 정적이 실내를 덮쳤다. 아이들은 서로 이유를 묻는 듯한 시선을 주고받았다.

사촌들 중에서도 어린 축에 속하는 사하르가 통통한 볼에 바람을 넣고 몸을 앞으로 내밀더니 우물우물 속삭였다.

"누가 싱 아저씨를 때렸대."

"뭐라고?"

잘 알아듣지 못한 잘마이의 물음에 사하르는 눈동자를 뒤룩뒤룩 굴리며 대답했다.

"싱 아저씨, 아이스크림 트럭 아저씨 말이야. 엄마가 닐루페르 이모한테 얘기하는 거 들었어."

"뭐, 누가 싱 아저씨를 때렸다고?"

놀란 잘마이가 큰 소리로 외쳤다.

아민 이모부와 어른들은 괴로운 얼굴로 서로 눈치만 볼 뿐이었다. 잘마이가 또 물었다.

"누군진 몰라도 그런 짓을 왜 했대?"

"정말 좋은 분이신데."

파디가 중얼거렸다. 고백에 관한 생각은 이미 어디론가 증발해 버린 후였다.

"이거야 원……."

아민 이모부가 아내를 쳐다보며 난처한 표정을 지었다. 닐루페르 이모도 깊은 한숨을 내쉬었다.

"애들도 어차피 소문을 듣게 될 텐데요. 얘기해 줘요. 다른 데서 듣게 하느니 우리가 직접 얘기해 주는 게 옳아요."

아민 이모부는 미닫이문 옆에 앉아 물이 든 유리컵을 잡고 길게 한 모금 들이켠 후에 이야기를 시작했다.

"어젯밤에 싱 씨가 트럭에 채울 아이스크림을 가지러 도매 창고에 들렀대. 매일 들르는 곳이니까 특별할 것도 없는 일이지. 그런데 트럭으로 돌아가는 그분을 남자 둘이서 다짜고짜 덮쳤다는구나."

파디는 휘둥그레진 눈으로 이모부를 바라보았다. 다음에 이어질 얘기는 이미 짐작으로 알 수 있었다.

"그분을 이슬람교도로 착각하고 공격했다더라. 터번을 두르고 수염을 길렀다는 이유로 말이다. 그치들이 9·11 사태로 엉뚱한 사람한테 앙심을 품은 거야."

"하지만 싱 아저씨는 이슬람교도가 아니잖아요."

잘마이가 울먹이며 말했다. 녀석은 싱 아저씨와 몇 년이나 알고 지낸 사이였고 그분에게서 공짜 아이스크림도 숱하게 얻어먹은 터였다.

아민 이모부가 힘없이 대답했다.

"그래, 그렇지. 하지만 그분을 공격한 자들은 그걸 몰랐을 거야. 아니, 그분이 이슬람교도인지 아닌지 굳이 따져 볼 생각도 안 했겠지. 그날 벌어진 일 때문에 화가 머리끝까지 치밀어서 어쨌든 자기들 눈에 이슬람교도로 보이는 사람한테 무작정 화풀이를 하고 싶었던 것이겠지."

"아저씨는 좀 어떠셔요?"

파디가 물었다. 마지막으로 싱 아저씨를 봤던 때가 생각났다. 엘리자베스 호수공원 근처에서 아이들에게 아이스크림을 건네던 아저씨의 모습……. 정말이지, 어이가 없었다.

아민 이모부가 대답했다.

"갈비뼈가 부러지고 뇌진탕 증상이 있어서 병원에 입원하셨다. 나도 방금까지 거기 있다가 왔어. 싱 씨랑 그분 가족을 만나고 왔지. 의사들 말로는 다 나을 때까지 몇 주는 걸릴 거라고 하더라."

"싱 아저씨 가족이 우릴 원망하겠네요."

누르가 담담하게 말했지만 이모부는 펄쩍 뛰었다.

"아니, 아니다. 그럴 리가 있겠니, 누르."

"하지만 그 사람들이 그분을 이슬람교도로 착각해서 그랬다면서요. 이슬람교도는 우리잖아요."

닐루페르 이모가 끼어들었다.

"아냐, 그렇지 않아. 싱 씨가 겪은 일을 우리 탓으로 돌릴 분들이 아니야."

"얘들아."

하비브의 진중한 목소리에 나머지 사람들은 모두 입을 다물었다.

"뉴욕과 워싱턴에서 일어난 사건이 사람들을 심각한 공포로 몰아넣었다. 두려움과 분노, 이 두 가지 감정을 느낄 때 사람은 말도 안 되는 무서운 짓을 저지르기도 한단다. 너희들도 조심하라는 얘길 하고 싶구나. 학교에서 누가 괴롭히거나 욕하거나 나쁜 소문을 내거나 하면 선생님께 말씀드려야 한다. 아니면 집안 어른들한테라도 꼭 알려야 해."

닐루페르 이모도 거들었다.

"그래, 다들 이모부 말씀 잘 들으렴. 누구든 너희들한테 해코지하려고 하면 당장 우리한테 말해야 해."

파디와 잘마이, 그리고 다른 아이들 모두가 고개를 끄덕였다.

자푸나가 애써 밝은 미소를 지으며 분위기를 바꿨다.

"자, 그럼 애들아, 점심 먹자. 후식으로 맛있는 케이크도 준비했단다."

파디는 아민 이모부의 얼굴에 가득한 근심을 보았다. 화장실 앞 복도에서 아이크와 펠릭스를 만난 이후, 녀석들에게 '머리에 수건을 말고 다니느니' 어쩌니 하며 놀림을 당한 이후로 파디를 줄곧 괴롭히던 근심과 같은 종류의 것이었다. 파디는 누르의 격정스러운 표정을 보고는 바비를 망가뜨린 이유를 고백하겠다는 마음을 접었다. 사실 지금은 파디 자신도 그런 얘길 할 기분이 아니었다.

## 16

## 최고의 사진을 찍어라!

"암실은 노닥거리는 장소가 아니에요!"

밖에서 베순 선생님의 노기 띤 목소리가 들려왔다.

안이 등 뒤로 암실 문을 잠그고 파디를 향해 회심의 미소를 지었고 파디도 씩 웃어 보였다. 그날 오후 성질 급한 사진부원들이 마구잡이로 암실 문을 열어젖히는 바람에 인화가 덜 된 사진들이 빛에 노출되어 거의 못 쓰게 되고 말았다. 하지만 파디와 안은 그런 실수를 하지 않았다. 다른 학생들이 모두 사용한 후에 들어가도 시간은 충분하다는 사실을 알아챈 안이 암실 이용 시간표 맨 마지막 칸에 둘의 이름을 적어 넣은 것이다. 게다가 만에 하나 문제가 생기더라도 이제 남은 학생은 파디와 안 둘뿐이니 별다른 방해 없이 베순 선생님에게 도움을 받을 수 있다.

안은 자기가 찍은 사진 원판들을 꺼내어 돋보기 아래에 놓고 들여다보았다.

"너 먼저 해. 난 현상할 사진을 아직 못 골랐어."

파디는 끄덕였다. 마감일까지 일주일, 단 7일, 고작 168시간이 남았다. 그러니까 100,080분 후엔 베순 선생님께 완벽한 사진을 제출해야 한다는 얘기다. 밀착기는 켜진 상태였다. 파디는 속으로 빠르게 기도하고는 주말에 찍은 필름에서 뽑은 원판을 조심스레 펼쳤다. 어깨에 힘을 팍 준 채 파디는 확대기의 카트리지에 원판을 밀어 넣었다. 쇼군드 가의 집에 있던 것보다 사용법이 훨씬 간편한 최신식 확대기였다. 그래도 기본적인 과정은 똑같아서 파디는 금세 렌즈 다루는 법을 알아내곤 원판 이미지를 하나씩 이젤에 투사하기 시작했다. 첫 번째, 두 번째가 지나고 세 번째 프레임이 나타났다. 눈을 가늘게 뜨고 더 자세히 들여다보며 파디는 흡족한 마음으로 나직하게 휘파람을 불었다.

'그래, 이거야.'

대회용 사진의 주제에 대한 아이디어는 지난번에 아버지와 샌프란시스코 곳곳을 함께 돌아다닌 경험에서 얻었다. 페샤와르로 가는 비행기에 몰래 타려던 계획이 물거품으로 돌아갔던 그날 밤 말이다. 넓게 펼쳐진 구릉과 구불구불 이어진 거리, 다채로운 주변 풍경이 파디의 마음속에 오랜 잔상으로 남아 있었다. 그 이미지는 아버지와 함께 카불의 야산을 산책하며 눈앞에 펼쳐진 도시 풍경을 찍었던 추억을 떠오르게 했다.

어느 날 오후, 집 안에 아버지와 단 둘이 남았을 때 파디는 긴장한 모습으로 아버지에게 다가갔다. 그리고 누나가 사진부 가입비를 줬다는 얘기를 전했다. 아버지는 다소 의외라는 듯 돋보기안경 너머로 파디를 쳐다보았다.

"정말이냐?"

"으음, 네."

"잘됐구나. 누르가 동생한테 좋은 일을 했네."

그렇게 대답하고 아버지는 다시 오클랜드 도로 지도를 들여다보며 지리 외우기에 열중하셨다.

한시름 놓은 파디는 대회에서 우승할 사진 아이디어를 얘기해 보았다. 아버지는 흥미로운 듯 두 눈을 반짝이며 아주 멋진 아이디어라고 호응해 주셨다. 그 주 주말에 아버지는 파디를 데리고 일터로 나갔다. 다음 날 아침 6시에 근무를 마친 다음엔 함께 도시 여기저기를 돌아다니며 초콜릿 도넛을 먹고 유쾌한 농담을 나누기도 했다. 물론 가장 좋았던 건 사진을 무진장 많이 찍은 것이었다.

이제 파디는 확대기 손잡이를 조정해 초점을 맞췄다. 흐릿했던 회색 선들이 또렷해지면서, 필모어 스트리트의 풍경이 서서히 나타났다. 청명한 새벽에 가파른 언덕에서 거리가 거의 90도로 내려다보이게, 그리고 샌프란시스코 만의 반짝이는 물결이 프레임 끄트머리에 살짝 걸리게 찍은 사진이었다. 빛도 완벽했다. 특히 이 사진의 백미는 비탈진 거리 양쪽에 늘어선 우아한 건물에서 볼록볼록 튀어나온 식당 간판들이었다. 중국식 식당, 독일식 호프브로이,* 멕시코식 타코 전문점, 중동식 팔라펠(병아리콩을 으깨어 향신료를 넣고 경단이나 동그랑땡처럼 빚어 빵이나 난과 함께 먹는다. ― 옮긴이) 전문점, 일본식 초밥 전문점, 프랑스식 빵집이 한 프레임에 들어가 있었다.

'구도가 잘 잡혔어. 심사 위원들한테도 제대로 먹혀야 할 텐데.'

과학관 관장인 밀리센트 차오는 건축을 전공했고 이 사진은 건물이 주인공이다. 또 이 건물들은 죄다 식당이고 시의원인 헨리 왓슨은 식당 주인이다. 두 심사 위원은 이 도시를 무척 아끼는데 이 사진은 샌프란시스코의 아름다운 풍경을 강조했다. 로렌 리드에 관한 정보는 별로 없어서 그분이 어떤 사진을 좋아할지는 딱히 감이 오지 않았다. 마지막으로 클라이브 머레이는……. 뭐, 틀림없이 그분도 이 사진이 마음에 들 것이다. 각양각색의 식당이 인종과 문화의 다양성을 대변하니까. 파디는 사진을 보는 시선이 거리를 따라 해안으로 이어지도록 프레임 가장자리에 있는 건물들을 잘라 냈다. 시선이 자연히 식당 간판들

---

* 호프브로이(hofbrau) ― 맥주 양조장과 술집과 식당을 겸하는 독일식 맥주집

을 읽게 되면서, 사진을 보는 이는 세계 각국의 음식을 경험하며 여행하는 기분에 사로잡힐 것이다.

파디는 확대기를 끄고 가로 8인치, 세로 10인치 크기의 인화지를 챙겨 들었다. 인화지를 렌즈 밑 이젤에 끼워 넣고는 다시 확대기를 켰다. 밝은 빛이 원판을 통과해 인화지에 안착했다. 1분 후, 확대기는 자동으로 꺼졌다.

파디는 부지불식간에 참았던 숨을 한꺼번에 토해 냈다. 원판을 끄집어내어 옆으로 치운 다음, 파디는 아직은 하얀 종이로만 보이는 인화지를 집어 들고 안을 향해 돌아섰다.

"이제 네 차례야."

안이 확대기를 만지는 동안, 파디는 인화 용액이 놓인 곳으로 인화지를 가져갔다. 베순 선생님이 미리 사진 현상에 필요한 화학 용액을 납작한 통 세 개에 담아 기다란 금속 개수대에 늘어놓았다. 파디는 집게로 인화지를 집어 현상액(필름 또는 인화지에 상이 나타나게 하는 용액 — 옮긴이)이 든 첫 번째 통에 담갔다. 매우 섬세한 과정이고, 인화지를 용액에 담그는 시간은 딱 1분이어야 했다. 너무 오래 담그면 용지가 망가져 버린다. 파디는 타이머를 맞추고서 붉은 암등 빛에 의지해 인화지를 지켜보았다.

타이머가 울리자마자 이번엔 5초로 맞추고 집게를 이용해 인화지를 꺼내어 정지액(현상을 멈추는 용액 — 옮긴이)이 담긴 통에 넣었다. 그다음으로는 정착액(용지에 맺힌 상이 날아가지 않도록 고정시키는 용액 — 옮긴이)에 2분간 담갔다 꺼냈다. 이제부턴 빛이 닿아도 사진은 무사하다. 파디는 현상을 마친 사진을 살살 꺼내어 흔들어서 용액을 털어낸 후 줄에 매달린 건조용 클립에 끼웠다. 이제 남은 일은 사진이 마르길 기다리는 것뿐이었다. 그동안 파디는 안의 인화 작업을 도와주기로 했다.

*

파디는 자기가 찍은 필모어 스트리트 사진에서 시선을 거두고 베순 선생님의 얼굴을 힐끔 올려다보았다. 사진을 보며 생각에 잠긴 선생님에게 파디가 넌지시 물었다.

"어떻게 생각하세요?"

다음 날 점심시간. 파디와 안은 인화와 건조까지 마친 사진을 선생님께 확인받고 싶어 미술실로 쪼르르 달려갔다.

베순 선생님은 입술을 오므리고는 반들반들 윤이 나는 흑백 사진을 자세히 들여다보았다. 파디는 다시 사진을 내려다보았다. 보면 볼수록 왠지 모를 의구심이 스멀스멀 피어올랐다.

이윽고 선생님이 입을 열었다.

"정말 근사한 풍경을 잡아냈구나, 파디. 여러 문화가 모자이크처럼 뒤섞인 샌프란시스코를 표현한다는 아이디어는 아주 훌륭해. 말 그대로 다채로운 요리 문화의 콜라주야. 사진 기술로 따지면 참 아름답고 완벽한 창작물이다."

"그런데 뭔가 빠졌어요. 그렇죠?"

파디의 미간에 깊은 고랑이 파였다. 손가락이 사진 속의 거리를 따라 움직이다 반짝이는 바닷물에 이르렀다.

"너 자신한테 너무 엄격할 필요 없어. 이 사진이라면 확실히 좋은 성적을 거둘 거야."

선생님 말씀의 속뜻을 깨달은 파디가 고개를 저었다.

"아니에요. 선생님께서 골백번은 말씀하셨죠. 훌륭한 사진은 삶에 관해 다루어야 한다고요. 이야기가 있어야 한다고 하셨어요. 제 사진이 그렇긴 해요. 하지만 선생님은 감정을 북돋우는 사진이 훌륭한 사진이라고도 말씀하셨잖아요."

"흠, 그래. 그런 얘기도 했어. 그렇지?"

베순 선생님은 미간을 모으며 다시 사진을 주시했다.

파디는 안의 사진에 시선을 던졌다. 처음부터 안은 역동적인 사진을 찍고 싶어 했다. 심사 위원들에 관한 정보를 캐낸 후엔 남미의 탱고를 추는 무용수들을 찍기로 결정했다. 밀리센트 차오의 딸이 발레 무용수이고 헨리 왓슨은 남미의 모든 것을 좋아한다고 하니 말이다. 안은 클라이브 머레이도 역동적인 사진을 좋아할 거라고 확신했다. 그분이 찍은 사진들 중 상당수가 동작에 초점을 맞추었기 때문이다.

안은 파디를 데리고 시내의 댄스 교습소를 수십 군데나 찾아다니면서 강사들에게 춤추는 모습을 찍게 해 달라고 졸랐다. 마침내 어느 매력적인 여성이 안의 부탁을 받아들여 자신이 주최하는 무용 대회에 이 둘을 초대했다. 정말 힘들게 얻은 기회였다. 두 아이가 기뻐서 팔짝팔짝 뛸 정도로. 미리 장비를 점검하고 설치할 수 있도록 안의 아버지가 일찌감치 두 아이를 데려다주셨다. 차에서 내리는 아이들에게 격려의 뜻으로 엄지손가락을 번쩍 처들어 보이기도 했다. 움직이는 피사체를 찍을 경우, 완벽한 순간을 포착해야 하고 카메라를 아주 섬세하게 다루어야 한다. 그래서 파디는 안에게 삼각대를 사용하라고 권했다. 안이 최적의 빛을 얻어 내기 위해 대회 장소에 있는 창들을 살펴보는 동안, 파디는 안의 값비싼 최신식 니콘 카메라를 삼각대에 얹고 마룻바닥 한구석에 설치했다. 역시 근사한 카메라였다. 미끈한 디자인에, 신기술을 적용한 멋진 기능들까지.

대회가 시작되자 안은 참가자들 옆에 자리를 잡았다. 안의 오른쪽 눈은 뷰파인더를 통해 무대를 지켜보았고, 검지는 셔터 위에 머물러 있었다. 파디의 도움으로 카메라의 초점은 특정 지점, 즉 무대 한가운데에 맞춘 상태였다. 그 자세로 안은 춤사위를 펼치는 무용수들이 프레임 안으로 들어오기를 기다렸다. 파디는 셔터 속도(셔터를 눌렀을 때 렌즈 뚜껑이 열렸다 닫히는 속도를 말하는데, 셔터속도가 빠를수록 빛이 렌즈를 통과하는 시간도 짧아져 동작의 한순간을 확실하게 포착할 수 있다. ─ 옮긴이)를 빠르게 하라고 조언했다. 그러면 역동적인 순간순간을 급속 냉동시킨 것처럼 선명하게 잡아낼 수 있었다. 대회가 끝날 무렵, 안은 필름 세 통을 다 썼다.

안이 출품작으로 선택한 사진은 춤에 푹 빠진 한 쌍의 남녀를 찍은 것이었다. 턱시도 차림의 남자가 깡마른 여인을 안고 무대 위를 돌면서, 반짝이는 드레스 자락이 여인의 유연한 몸을 휘감는 순간. 무대 뒤편의 창에서 흘러 들어온 빛이 그들을 비추어 열정적인 포옹에 담긴 긴장감을 강조했다. 파디는 인화지에 찍힌 강렬한 이미지를 유심히 들여다보며, 사랑에 빠진 두 남녀의 이야기를 엿듣는 것 같은 착각에 빠져들었다. 이 사진은 그런 사진이었다.

파디는 훌륭한 사진임을 인정하듯 부러운 한숨을 내쉬었다.

"놀라운 사진이야. 핵심적인 요소들을 모두 담아냈어."

안은 겸연쩍은 표정으로 대답했다.

"고마워. 하지만 파디, 네 사진도 훌륭해. 우승감이라고."

"아니야. 이 사진으론 안 될 것 같아."

파디는 이미 마음을 정했다. 파디는 필모어 스트리트의 풍경이 담긴 사진을 집어서 찢어 버렸다.

"정말 그렇게 생각해?"

안의 물음에 파디는 자신 있게 대답했다.

"응, 정말 그렇게 생각해."

베순 선생님이 말했다.

"뭐, 선택은 네 몫이니까. 하지만 기한이 일주일밖에 안 남았다. 그때까진 완벽한 아이디어를 찾아내야 해. 그리고 암실을 사용할 수 있는 기회도 이제 한 번뿐인 거, 알지?"

파디는 끄덕였다. 반드시 출사 자격을 얻어 내야 했다. 그러려면 무슨 수를 써서라도 진짜 최고의 사진을 찍어야 한다…….

'준우승 정도 할 사진으론 어림도 없지.'

미술실에서 나가려는 파디의 팔을 안이 황급히 붙잡았다.

"파디, 잠깐만. 왜 그렇게 우승에 집착해? 대상이 그렇게 중요해?"

파디는 걸음을 멈추고 돌아섰다. 안이 걱정스러운 얼굴로 이어 말했다.

"있잖아, 너한테 꼬치꼬치 따지려 드는 건 아닌데……. 그런데 왠지 너한텐 이 대회에서 우승하는 게 무지 중요한 것 같아서. 그냥 카메라나 출사 기회를 얻는 게 다는 아닌 것 같아."

파디는 한참을 머뭇거리다 결국 웅얼웅얼 대답했다.

"나, 그 출사 기회 꼭 따내야 돼."

"왜?"

갖가지 상반된 생각들이 파디의 머릿속에서 맹렬히 다투었다. 하지만 이렇게 착한 친구인 안에게 거짓말을 할 순 없었다. 파디는 구석진 곳으로 안을 끌고 가서 마리암 얘기를 털어놓았다.

그래도 자기 잘못으로 동생을 놓쳤다는 얘기만은 차마 할 수 없었다. 얘기를 다 들은 안은 한마디 말도 없이 성큼 다가와 파디를 꼭 껴안았다. 당황한 파디는 어정쩡하게 안의 등에 손을 올렸다. 비단결 같은 긴 머리칼이 파디의 코끝을 간질였다.

안은 코를 훌쩍이고는 소맷단으로 눈가를 훔쳤다.

"네 잘못이 아니잖아, 파디. 우리 아빠 말씀처럼 그게 운명이었던 거야. 우리 엄마랑 아빠가 베트남에서 피난 나올 때 배 위에서 어쩌다 따로 떨어지셨대. 그런데 캄보디아 난민 수용소에서 다시 만나서 같이 미국으로 오셨대."

"아."

파디는 손을 내리고 뒤로 물러섰다.

"우리 둘 중 한 명은 꼭 우승할 거야. 그럼 네가 무조건 출사 나가는 거고."

파디는 대답할 말을 찾을 수 없어서 그저 미소만 지었다. 정말, 정말, 정말로 오랜만에 마음이 한결 가벼워졌다.

# 17

## 산산조각 난 꿈

"사진 대회 준비는 잘돼 가?"

누르였다. 식탁에 앉아 공부하던 누르가 생물 교과서 책장 사이에 연필을 밀어 넣고서 동생을 빤히 내려다보고 있었다.

"아니, 별로."

파디는 힘없이 대답했다. 바닥에 앉아 배낭 안주머니를 뒤지던 중이었다. 이미 가방을 홀라당 뒤집어 황록색 카펫 위에 내용물을 몽땅 쏟아 놓은 뒤였다. 꿀 깡통이 데굴데굴 구르다 다리 세 개로 지탱하는 커피 테이블 옆에서 멎었다. 누나가 보고 뭔지 물어볼세라 파디는 재빨리 공책을 날려 깡통을 덮어 버렸다. 그날 오전에 베순 선생님에게 받은 필름이 보이지 않았다.

'젠장.'

이번 주말에 그 필름을 써야 하는데 말이다.

누르가 또 참견을 했다.

"별로라니 어째 불안하다. 무슨 일이야?"

파디는 망설였다. 저번에 뽑은 사진이 실패작이었다는 걸 누나 앞에서 인정하기가 죽도록 싫었던 것이다. 파디는 자세를 바꾸어 퍼질러 앉고는 한숨을 푹 쉬었다.

"아빠랑 샌프란시스코에 갔을 때는 완벽한 사진을 찍었다고 생각했어. 그런데 지금은 잘 모르겠어."

"누나가 도와줄 만한 건 없고?"

"됐어. 이미 충분히 도와줬네요."

파디는 배낭 양옆에 달린 주머니의 지퍼를 열고 그 안을 들쑤셨다.

"사진부 가입비 내 줬잖아. 대회에서 우승하는 건 내가 알아서 해야지. 그건 내 책임이니까."

펜과 연필만 잡힐 뿐 필름은 온 데 간 데 없었다.

'학교에 두고 왔나 보네. 곱빼기로 젠장이군.'

누르가 갑자기 목소리를 쫙 깔았다.

"파디, 네가 뛰어난 사진작가란 건 누나도 잘 알아. 너에겐 아버지가 가르쳐 주신 기술이 있으니까. 하지만 만에 하나 우승하지 못해도 너무 자책하거나 실망하진 마."

파디는 흠칫 놀라 고개를 들고 누나를 향해 인상을 썼다.

'저게 무슨 말이야? 만에 하나 우승하지 못해도?'

누르가 손을 들었다.

"자자, 오해하지 말라고. 아마 다른 누구보다도 네가 우승할 가능성이 높을 거야. 그래도……."

"난 우승할 거야."

파디는 딱딱하게 굳은 목소리로 단언했다.

"알았어, 알았다고. 나도 그럴 거라고 믿어."

파디는 물건들을 주워 가방에 도로 담았다.

"어쨌든 굉장한 걸 찍어서 멋진 작품을 만들어야 돼. 뭔가 독특한 거……. 이야기가 담긴, 보기만 해도 감동이 차오르는, 보는 사람이 공감할 수 있는 사진."

"난 어때?"

누르가 모델 같은 자세를 취하며 눈썹을 씰룩거렸다.

"난 1등을 하고 싶은 거지, 꼴찌가 되고 싶은 게 아니야."

파디는 누나에게 장난기 섞인 우거지상을 해 보였다.

"이거 보이냐? 콩알만 한 게 까불고 있어."

누르는 동생을 향해 주먹을 흔들어 보이고는 다시 진지하게 얘기했다.

"하긴…… 네가 우승해서 인도에 가게 된다면 그야 최고지. 더 바랄 게 없을 거야."

파디의 눈길이 부모님 방으로 통하는 복도로 향했다. 이번 주

내내 어머니는 거의 문밖으로 나오지 않으셨다. 마지막으로 마리암에 관한 소식을 들은 지는 3주도 더 됐다.

동생의 눈길이 향한 곳을 본 누르가 입술을 지그시 깨물었다.

"오늘 오후에 닐루페르 이모가 오신댔어. 어머니랑 같이 나가서 쇼핑하시겠대."

"잘됐네. 엄마도 바깥공기 좀 쐬셔야지."

파디는 불안감을 애써 떨쳐 내며 대답했다. 누르도 속상한지 입술을 일그러뜨렸다.

"그러게 말이야. 이제 건강도 많이 좋아졌는데. 저렇게 하루종일 침대에 누워 지내시면 좋을 게 전혀 없잖아."

"누가 아니래. 아들딸이 맨날 아버지 요리를 먹어야 하는 경우엔 더더욱 그렇지."

파디의 농담에 남매는 서로 쳐다보며 히죽 웃었다. 그 와중에도 둘의 눈동자엔 근심이 가시지 않았지만.

파디는 배낭 지퍼를 여몄다.

"누나, 나 학교에 좀 다녀올게. 베슌 선생님이 주신 필름을 놓고 왔어. 돌아가서 필름 찾고 그다음엔 호수에 들를 거야. 거기가면 좋은 아이디어가 떠오를지도 몰라."

"알았어. 너무 늦진 마라. 오늘 저녁 식사 땐 내가 솜씨 좀 부릴 테니까."

파디는 익살맞은 표정으로 대답을 대신하고는 현관을 향해

냅다 튀었다. 문을 열고 나가는 파디의 등 뒤로 누르가 던진 나
달나달한 쿠션이 날아들었다.

*

　파디는 발끝으로 서서 사물함 맨 위 선반을 손으로 더듬었다.
오른쪽 구석에 놓인, 익숙한 원통형의 물체가 만져졌다.
　'여기 있다!'
　그제야 밀려드는 안도감에 가슴을 쓸어내리며 파디는 필름을
꺼내어 옷 주머니에 넣었다.
　'진짜 훌륭한 주제를 찾아서 사진 찍기까지 이제 6일 남았어.
그리 촉박한 시간도 아냐. 그래, 맞아.'
　큰 소리가 나지 않게 살살 사물함 문을 닫고 다시 정문으로 향
하는 길. 텅 빈 학교에서 들리는 소리라곤 파디가 걸을 때마다
운동화 밑창과 격자무늬 바닥이 부딪쳐 내는 '자박자박' 소리와
교사 휴게실에서 청소기 돌아가는 '우웅우웅' 소리뿐이었다. 건
물 밖으로 나오며 파디는 하늘을 올려다보았다.
　'세 시간은 더 지나야 해가 지겠어. 좋아. 실험해 보기 딱 좋은
빛이야.'
　계단 맨 아래 칸에 발을 딛는 순간, 건물 양쪽으로 난 덤불 속
에서 이상하게 튀는 바스락 소리가 났다. 파디는 잠시 동작을 멈

쳤다가 다시 잰걸음으로 걸었다.

'아마 고양이 두어 마리가 돌아다니는 거겠지. 그래도 조심해야겠어. 긴장 늦추지 말자고.'

파디는 학교 건물 뒤쪽으로 경중경중 뛰어갔다. 엘리자베스 호수로 가는 가장 빠른 길이 그리로 나 있었다. 하지만 모퉁이를 도는 순간, 덤불 잎들이 폭탄처럼 팍 퍼지면서 두 명의 형체가 확 튀어나왔다.

"잡아!"

나직이 명령하는 퉁명스런 목소리. 아이크였다.

'빌어먹을.'

파디는 주차장 쪽으로 몸을 휙 돌려 냅다 뛰기 시작했다. 배낭이 등에 마구 세게 부딪혔다. 흘긋 돌아보니 아이크가 곧장 뒤쫓아 오고 있었다. 녀석 뒤로 1미터 정도 뒤처진 펠릭스도 머리에 붙은 마른 잎들을 떼어 내며 따라붙는 중이었다. 오늘 일과가 끝나고도 몇 시간이나 지난 터라 학교 주차장에 남은 차는 두 대뿐이었다. 파디는 주차장 한가운데로 심장이 터져라 내달렸다. 구식 스테이션왜건을 지나 빨간 해치백(뒷좌석과 트렁크 공간 사이가 막히지 않아 차체 뒷문을 위로 올려 열면 곧바로 내부 공간이 나오는 형태의 승용차를 통칭한다. ― 옮긴이)에 닿자마자 방향을 휙 틀어 차 옆면에 붙어 숨었다. 가쁜 숨을 헐떡헐떡 몰아쉬며 둘러보니 주차장 둘레는 철제 울타리로 막혔고 옆 골목으로 이어지는 출입구도 닫혀 있었다. 내일부턴 주말이라 아예 잠가 놓은 것이다.

'곱빼기로 빌어먹을!'

아이크가 펠릭스에게 고함치는 소리가 들렸다.

"야, 뒤로 도망 못 가게 막아!"

녀석은 스테이션왜건을 지나쳐 뛰어가며 펠릭스에겐 거리를 두고 따라오라고 손짓했다.

"안 돼애……."

절로 신음이 새어 나왔다. 파디는 살금살금 자세를 높여 차체 뚜껑 위로 눈만 내밀고선 필사적으로 사방을 둘러보았다. 누구든 보이길, 도움을 청할 사람이 나타나길……. 그러나 학교 뒤편의 골목엔 사람 코빼기도 보이지 않았다. 근처의 놀이터도 마찬가지였다.

'일단 학교 앞쪽으로 돌아가서 죽어라 도망쳐야겠다.'

파디는 차 가장자리에 딱 붙어 움직이기 시작했다. 파디가 차 귀퉁이를 돌아 전조등에 닿은 것과 동시에 아이크는 해치백 뒤쪽에 도착했다. 녀석이 주변을 살피며 차 뒤쪽 귀퉁이에 이른 순간, 파디는 용수철처럼 팍 튀어 또다시 들입다 뛰기 시작했다. 왔던 길 그대로 되돌아가는 것이었다.

건물 앞으로 돌아가는 길은 한없이 멀게만 느껴졌다. 마음만 너무 앞선 나머지 헐거운 자갈을 헛디뎌 하마터면 넘어질 뻔했다. 휘청휘청 다리를 놀리느라 속도가 느려져서인지 마침맞게도 건물 옆면에 난 교직원 전용 출입문이 눈에 띄었다. 균형을 되잡자마자 파디는 단숨에 인도로 올라가 그 문으로 향했다. 양쪽으로 여닫는 철문이었다. 손잡이를 힘껏 잡아당겼지만 문은 꿈쩍도 하지 않았다. 파디는 딱딱한 철문을 미친 듯이 두드리며 목이 터져라 소리쳤다.

"도와주세요!"

아이크는 해치백을 에돌아 이쪽으로 달려오고 있었다. 파디는 문 두드리기를 단념하고 다시 뛰기 시작했다. 그러나 아이크가 더 빨랐다. 녀석이 파디의 셔츠 옆 자락을 낚아채 휙 돌렸다. 아이크는 균형을 잃고 비틀거리는 파디를 바닥으로 떠밀어 내동댕이쳤다. 파디는 거친 아스팔트 바닥으로 엎어졌고 그 바람에 손과 무릎이 다 까졌다.

"잡았다, 요 조무래기 테러리스트 놈!"

아이크의 더운 숨결이 파디의 귀에 닿았다.

작은 돌 부스러기가 얼굴에 덕지덕지 달라붙었다. 살짝 고개를 비튼 파디의 눈에 발목까지 올라오는 빨갛고 하얀 새 운동화가 보였다. 그 운동화도 부지런히 이쪽으로 달려오고 있었다.

"잘했어, 아이크!"

펠릭스가 신 나서 외치며 다가왔다. 아이크가 파디를 옴짝달싹 못하게 붙잡고 펠릭스는 파디의 배낭을 험하게 벗겨 내며 비아냥댔다.

"안에 뭐가 들었을까나? 폭탄? 비행기 조종 설명서?"

"이거 놔!"

파디는 몸부림치며 악을 썼다. 왼쪽 뺨엔 돌에 긁힌 상처가 쭉쭉 그어져 있었다.

"나한테 왜 이러는 거야? 내가 너희들한테 무슨 잘못을 했다고……?"

"시끄러."

펠릭스가 파디의 말을 막았다. 아이크가 배낭을 열고 뒤집어서 마구 흔들었다. 사진집들이 먼저 펄럭펄럭 책장을 휘날리며 떨어져 뒹굴고 이어서 필통과 꿀 깡통도 툭툭 떨어졌다. 마지막으로 미놀타 XE가 나왔다.

"안 돼!"

파디의 입에서 비명이 터졌다. 마치 영화 속 느린 장면처럼 카메라가 천천히 공기를 가르다 시커먼 아스팔트 바닥에 부딪히며 '와자작' 소리를 냈다. 부서진 부품들이 사방팔방으로 튀고 렌즈엔 커다랗게 쫙 금이 갔다.

'안 돼애애애! 대회에서 우승하려면 저게 필요하단 말이야!'

걷잡을 수 없는 분노가 활화산처럼 세차게 솟구치면서 갑자기 온몸이 터질 듯 힘이 솟았다. 마리암의 보물 상자가 눈에 들어오자 더는 뵈는 것도 없었다. 파디는 거칠게 으르렁거렸다. 배 속 깊은 곳에서 울려 나오는, 성난 짐승의 포효와도 같은 소리였다.

파디는 몸을 비틀어 돌리고는 아이크의 어깨를 움켜잡고 초인적인 힘으로 끌어내렸다. 거의 동시에 녀석의 발에 다리를 걸어 넘어뜨리고 곧장 녀석의 배 위로 올라탔다. 바로 곁에 있던 펠릭스조차 어떻게 반응할 틈도 없이 순식간에 벌어진 일이었다.

"왜 그랬어! 어떻게 그런 짓을 해!"

파디는 정신없이 울부짖었다. 뜨거운 눈물이 긴 속눈썹을 적시고 흘러내렸다. 파디는 주먹을 불끈 쥐고 힘껏 휘둘러 한 방을 보기 좋게 먹였다. 두 방째에 펠릭스가 달려들어 파디를 떼어냈다. 파디는 헐떡이며 몸을 양옆으로 마구 비틀다가 펠릭스의 정강이를 세게 걷어찼다.

"아윽!"

외마디 비명을 내지르며 녀석은 파디가 뜨거운 감자라도 되는 양손을 확 떼고 자기 다리를 감쌌다. 파디는 머리를 숙이고서 녀석의 배를 들이받았다. 예리한 박치기 공격에 펠릭스는 뒤로 벌러덩 나자빠지고 파디도 덩달아 넘어졌다.

아이크가 당황한 듯 소리를 빽 질렀다.

"아니, 이 새끼가……!"

파디와 펠릭스가 땅바닥에서 뒤엉켜 싸우는 와중에 아이크도 가세해 파디의 다리를 잡아당겼다. 그래도 파디는 한사코 펠릭스를 붙잡고 늘어졌고 곧 세 아이는 엎치락뒤치락 주차장 바닥을 뒹굴었다. 누군가의 주먹이 파디의 턱을 후려쳤을 때 학교 건물 쪽에서 덜컹 하고 문 열리는 소리가 났다.

"당장 그만두지 못해!"

격한 목소리가 외쳤다.

펠릭스의 다리와 아이크의 팔꿈치 사이로 백발이 성성한 수위 할아버지가 언뜻 보였다. 쓰레기봉투를 질질 끌며 아이들을 향해 황급히 다가오고 있었다. 할아버지는 다시 한 번 벌컥 화를 냈다.

"너희가 깡패냐? 당장 그만둬!"

아이크는 마지막으로 파디의 옆구리에 주먹을 한 방 더 먹이고 홱 밀쳤다.

"야, 가자."

먼저 달아나는 아이크에 이어 펠릭스도 일어나려 했지만 파디가 다리를 붙잡고 놓아 주지 않았다.

"이거 놔, 이 낙타족 찰거머리야."

펠릭스가 버둥거리며 울부짖었다.

수위 할아버지가 와서 둘을 떼어 놓기 직전에 펠릭스가 간신히 파디의 손을 뿌리치고 아이크를 따라 내뺐다. 아이크 녀석은 벌써 주차장 울타리를 넘고 있었다. 파디는 달아날 생각도 하지 못했다. 그저 땅바닥에 흩어진 카메라 부품 조각들만 망연자실 쳐다볼 뿐이었다.

'망가졌어.'

파디의 마음이 천근만근 무겁게 가라앉았다.

수위 할아버지가 수상쩍은 눈초리로 파디를 내려다보며 말했다.

"이 일은 그냥 넘어갈 수 없다. 교장 선생님께 보고해야겠구나. 교내에서 싸움질을 하다니……. 이건 정말 심각한 일이야, 학생."

파디는 고개를 끄덕였다. 이 일로 얼마나 큰 곤욕을 치르게 되건 지금은 관심 밖이었다. 파디는 수위 할아버지에게 순순히 학생증을 보여 주었다. 하지만 나머지 두 녀석은 누군지 모른다고 잡아뗐다. 할아버지는 쓰레기봉투를 질질 끌며 돌아갔고, 파디는 흩어진 물건들을 주워 가방에 담고 부서진 카메라 조각들도 챙겨서 집으로 돌아갔다.

# D-6

　누르가 파디를 찾은 곳은 불도 켜지 않은 컴컴한 욕실, 샤워 커튼 안이었다. 파디는 망가진 카메라를 품에 안은 채 욕조에 앉아 있었다. 누르는 조명 스위치를 켜고 욕조 안을 들여다보았다. 동생의 퉁퉁 부은 얼굴을 보곤 눈이 휘둥그레졌다가 동생의 티셔츠 앞면에 피 얼룩이 진 것을 보곤 비명을 질렀다. 몇 초 만에 부모님까지 달려와, 주황색 타일을 바른 비좁은 욕실에 온 가족이 들어찼다.

　"알라여, 자비를……."

　자푸나가 놀라 외치며 누르를 밀치고 욕조 옆에 무릎을 꿇었다. 하비브도 곧장 아내 뒤로 다가와 앉았다.

　자푸나와 누르가 파디를 욕조에서 데리고 나와 변기에 앉혔다. 하비브가 물었다.

"무슨 일이냐?"

어머니가 아들의 얼굴을 손바닥으로 조심스레 감싸고 조명 빛에 비추어 볼 때까지도, 아직 충격에서 헤어나지 못한 파디는 통증조차 거의 느끼지 못했다.

"학교에서 막 나오는데 갑자기 애들 둘이서 덤벼들었어요."

"이 녀석들, 내 손에 걸리기만 해 봐라……."

자푸나는 눈에서 불을 뿜을 기세로 화를 내며 이를 갈았다. 하지만 금세 표정을 누그러뜨리고는 파디의 콧잔등에 입을 맞춰 주었다.

하비브는 입을 앙다문 채 구급약통을 뒤적이다 과산화수소가 든 짙은 색 약병과 붕대를 꺼내어 세면대 옆에 놓았다.

파디는 고개를 들었다. 아버지의 눈가가 젖어 있었다. 카메라를 내밀어 보이는 파디의 손이 바들바들 떨렸다.

"걔들이 망가뜨렸어요, 아버지. 완전히 망가졌어요……."

하비브는 카메라를 받아 들고 무릎을 꿇었다.

"카메라 망가진 건 신경 쓰지 마라, 애야. 제일 중요한 건 너란다. 네가 많이 안 다쳤으면 된 거야. 괜찮아."

누르가 눈을 가늘게 떴다.

"네 카메라 뺏으려고 그랬대?"

파디는 눈을 끔뻑이며 우물쭈물 "아니"라고 답했다.

"걔네가 너한테 욕했어?"

누르가 재우쳐 물었고 이번엔 "응"이란 답이 돌아왔다.

"나더러 테러리스트래."

좁아터진 욕실 안에 싸한 공기가 내려앉았다.

이윽고 아버지가 조용히 입을 열었다.

"폭력은 답이 아니다, 파디야. 싸운다고 문제가 해결되진 않아."

자푸나는 영 못마땅한 듯 고개를 흔들며 일어섰다. 그러곤 세면대 옆에 놓인 병에서 약솜을 꺼내고 과산화수소 병을 집어 들었다.

"알아요, 아버지."

대답은 그렇게 했지만 파디의 안에선 분노가 불처럼 번졌다. 아이크와 펠릭스가 아무 이유 없이 먼저 공격했다. 파디가 빌미를 제공한 게 아니란 말이다. 파디는 녀석들도 지금의 자신과 똑같은 고통을 겪길 바랐다.

"어떤 녀석들이니?"

자푸나가 과산화수소로 적신 약솜을 상처 난 곳에 발라 주며 물었다. 약 바른 곳이 따끔따끔해서 파디의 몸도 덩달아 움찔거렸다.

"모르는 애들이었어요."

'말할 수 없어. 말했다간 아버지가 날 끌고 학교로 가실 테고 그러면 내가 교장 선생님한테 일러바쳤다고 애들 사이에 소문이 쫙 퍼질 거야. 그야말로 왕따가 되는 지름길이잖아.'

"정말 몰라? 학교에서 본 적도 없어?"

누나의 집요한 추궁에 파디는 주눅 든 목소리일지언정 투덜투덜 대꾸했다.

"학교가 좀 넓어? 처음 보는 애들이었다니까."

세 식구는 파디를 두고 안달복달했지만 정작 파디는 사진 대회 걱정에 속이 탔다. 카메라도 없이 어떻게 대회에 참가한단 말인가? 출품 기한이 고작 6일밖에 남지 않았는데.

*

"네 얼굴 아직도 얻어터진 티 팍팍 나. 내가 컨실러(잡티를 감추기 위해 찍어 바르는 화장품 — 옮긴이)라도 좀 발라 줄 걸 그랬다."

옆에서 누르가 속삭였다. 파디와 누르는 아버지가 운전하는 차 뒷좌석에 앉아 있었다. 자동차는 손턴 애비뉴를 따라 달리는 중이었다.

파디는 대놓고 싫은 티를 냈다.

"꿈 깨셔. 화장품 가지고는 내 근처에도 오지 마."

파디는 부어오른 입술을 조심스레 만지며 한숨을 살살 내쉬었다. 오늘은 부모님의 결혼기념일. 게다가 웬일로 어머니가 남편의 도움 없이도 혼자 거뜬하게 침대에서 걸어 나와 온 식구가 함께 외식을 할 수 있게 되었다. 아들이 밖에서 얻어맞고 들어온 사건이 자푸나에겐 명약 부럽지 않은 효능을 발휘한 것 같았다. 자푸나를 숨 막히도록 짓누르던 슬픔이란 담요를 훌훌 벗어 던졌으니 말이다. 오랜만에 활기를 되찾은 어머니의 모습이 물론 반갑고 기뻤지만 파디는 마냥 맘 놓고 좋아할 기분이 아니었다.

학교에서 싸우고 돌아온 지 벌써 이틀이나 지났다. 카메라가 산산조각 난 지 48시간이 지났다. 사진 대회에서 우승할 기회가 허망하게 날아간 지 2,888분. 마리암을 '또다시' 잃고 만 지 172,888초. 그렇다. 파디는 이번에도 동생을 놓치고 말았다.

'어떤 핑계도 통할 수 없어. 난 가문의 수치, 구제 불능이야.'

폭력은 해결책이 못 된다는 아버지의 말씀도 지금 파디에겐 소용없었다. 아이크와 펠릭스가 소중한 것을 빼앗았다. 파디는 복수하고 싶었다.

하비브가 '카이버 패스'라는 식당 옆에 차를 세웠다. 알고 보니 식당 주인인 굴 칸이 하비브와 카불 대학 동창이었다. 대학 시절, 칸은 생화학을 전공했다. 하비브와 칸은 금요 예배에서 우연히 마주친 후로 다시 친분을 쌓고 지내는 터였다. 굴 칸은 몇 해 전에 캘리포니아로 건너와 리틀 카불의 페랄타 대로변에 이 작은 식당을 열었고 그 후로 쭉 가족이 함께 식당을 꾸려 왔다.

파디는 나머지 식구들을 뒤따라 마지막으로 식당 안으로 들어

섰다. 곱슬곱슬한 턱수염을 기른 키 작은 아저씨가 따뜻한 미소로 그들을 맞이했다. 아저씨는 성큼 다가와 하비브를 으스러뜨릴 듯이 덥석 껴안았다.

'저분이 굴 칸 아저씨인가 보다.'

파디는 아늑한 실내를 둘러보았다. 바닥엔 빨간색과 까만색 카펫이 깔려 있고 벽엔 아프가니스탄의 시골 풍경을 그린 그림들이 붙어 있었다. 식당 안쪽에 놓인 스테레오에서 아프가니스탄 전통 음악이 잔잔하게 흘러나왔다.

칸 아저씨가 호들갑스러운 인사를 건넸다.

"살람 알라이쿰, 하비브 형제님, 자푸나 자매님. 제 누추한 식당에 오신 걸 환영합니다. 이 아이들은 분명 두 분의 예쁜 자녀들이겠죠?"

파디는 고개를 푹 수그리고 기어드는 목소리로 인사했다.

굴 칸은 네 명인 파디 가족을 6인용 식탁으로 안내했다. 뭐, 사실 식당 안에 손님이 거의 없기도 했다. 다른 손님이라곤 미국인 노부부 한 쌍뿐이었다. 두 사람 모두 다초점 안경을 쓰고서 얇은 비닐을 씌운 메뉴판을 들여다보고 계셨다.

칸 아저씨가 한숨을 쉬었다.

"갈수록 경기가 안 좋아지네요. 여러분도 아시겠지만."

모두 고개를 주억거렸다. 물론 알다마다.

칸 아저씨는 비밀 얘기라도 털어놓듯 작게 속삭였다.

"적어도 여긴 안전하답니다. 여기서 몇 집 건너에 파키스탄 사람이 운영하는 카펫 가게가 있어요. 요전 날 밤에 그 집이 당했지 뭡니까. 놈들이 진열창을 깨뜨리고…… 스프레이 페인트로 몹쓸 문구를 적어 놨어요."

자푸나도 한숨을 쉬었다.

"정말 힘든 시기예요, 굴 형제님. 우리가 단단해져야죠. 항상 조심하고요."

"옳은 말씀입니다, 자매님, 지당한 말씀이에요."

아저씨는 같은 말을 두 번이나 되뇌고는 메뉴판을 내밀었다.

오늘 밤엔 어머니의 두 눈이 총명하게 빛나서 파디는 무척 기뻤다. 외출 전에는 누르의 성화에 머리도 예쁘게 매만지고 립스틱도 칠하셨다.

굴 칸의 아내는 주방 담당이었다. 주방엔 기다란 직사각형 창이 나 있어서 식사하는 곳에서도 그 안을 들여다볼 수 있었다. 아줌마가 커다란 솥 앞에 서서 보글보글 끓는 내용물을 휘젓는 모습이 보였다. 파디 가족이 자신을 쳐다보는 걸 알아챈 아줌마가 허둥지둥 밖으로 나와 인사를 했다.

"이 동네에서 아프가니스탄 전통 만두를 우리 마누라보다 더 맛있게 만드는 사람은 없을 겁니다."

칸 아저씨가 싱글벙글 웃으며 아내 자랑을 늘어놓자 아줌마는 수줍게 얼굴을 붉혔다.

"그렇다면 꼭 맛봐야겠네요."

하비브도 너스레를 떨었다.

파디 가족이 모두 자리를 잡고 앉았다. 종업원은 파디보다 몇 살 위인, 굴 칸의 아들이었다. 그가 도그가 담긴 유리잔과 전식용 샐러드를 내왔다. 도그는 잘게 썬 오이와 박하 잎을 넣은 요구르트 음료의 일종이다.

"흐음, 냄새 좋은데."

하비브가 기분 좋게 킁킁거렸다.

"예, 맛있겠네요."

자푸나의 얼굴에도 간만에 미소가 피어올랐다.

굴 칸이 다시 와서 주문을 받고 돌아간 지 몇 분 만에 식탁에 는 맛있는 냄새를 폴폴 풍기는 따끈한 음식들이 넘칠 듯이 쌓였다. 파디는 만두 접시를 외면하고 부드러운 닭고기 구이를 한 점 입안에 넣고 씹으며 미국인 노부부를 구경했다. 아프가니스탄 음식에 익숙하지 않은지 노부부는 어색하게 빵을 가지 소스에 적시고 있었다.

한 시간 반이 지났다. 잔에 물을 채워 주러 온 굴 칸이 공손하게 물었다.

"입맛에 맞아요? 괜찮습니까?"

"아주 맛있습니다, 굴 형제님."

자푸나도 공손하게 대답했다. 자기 접시에 놓인 음식을 거의 먹어치운 자푸나의 뺨에 건강하게 혈색이 돌았다.

굴 칸은 뿌듯한 미소를 지었다. 때마침 전화벨이 울리자 굴 칸은 "잠시 실례하겠습니다"라고 양해를 구한 뒤 서둘러 돌아가 전화를 받았다. 그는 가만히 서서 상대방 말만 묵묵히 들었다. 그러더니 얼굴이 점점 흥분으로 달아올랐다. 급기야 나직이 "알라여, 자비를 베푸소서"라고 중얼거리기까지 했다. 그의 시선이 주방 쪽을 향했다. 전화를 끊은 후, 그는 스테레오 놓인 곳으로 가서 테이프 정지 버튼을 누르고 라디오를 켰다. 그리고 주파수 찾는 버튼을 돌리기 시작했다.

잠시 후 식당 안엔 영국 억양이 강한 BBC 기자의 목소리가 울려 퍼졌다.

굴 칸은 파디 가족이 앉은 식탁 옆으로 다가와 서서 손가락을 배배 꼬며 숨죽여 말했다.

"하비브, 뉴스 좀 들어 보게."

파디는 포크를 내려놓고 라디오에서 흘러나오는 목소리에 귀를 기울였다.

"미영 연합군이 '항구적 자유 작전'의 신호탄을 쏘아 올렸습니다. 오늘 저녁, 미군과 영국군 함정에서 토마호크 크루즈 미사일이 발사되었습니다. 아울러 B-1 랜서, B-2 스피릿, B-52 스트래토포트리스 등의 폭격기 공격도 동시다발로 이루어졌습니다. 조지 W. 부시 대통령은 이번 공격의 최우선 목표는 아프가니스

탄 내의 테러리스트 훈련소와 기반 시설을 파괴함과 더불어 알
카에다의 지도자를 체포하고 테러 활동을 중단시키는 데 있다고
명백히 밝혔습니다."

파디는 접시 위로 몸을 웅크렸다. 식욕이 뚝 떨어졌다. 모두가
경악한 표정이었다. 하늘에서 폭탄이 우박처럼 쏟아지는 장면을
상상해 보는 것이리라. 창백하게 질린 부모님의 얼굴을 흘금거
리던 파디는 순간 뒤통수를 얻어맞은 듯한 충격에 휩싸였다.

'잘랄라바드에 폭탄을 쏟아 부은 거야? 마리암이 거기에 있는
데?'

## 마지막 기회

파디는 현미경 렌즈 아래 두 장의 유리판 사이에 끼어 옴짝달싹 못하는 털 많은 단세포 짚신벌레가 된 기분이었다. 당장이라도 창밖으로 날아가고 싶었지만 그럴 수 없었다. 파디는 꼼짝없이 갇혔다. 미끄러운 비닐 의자에 앉아 호른슈타인 교장 선생님의 날카로운 시선을 받으며.

"자, 그럼 이번 일을 어떻게 처리하는 게 좋을까?"

교장 선생님이 책상 위로 상체를 내밀며 여윈 손가락을 짧은 갈색 머리털 사이로 찔러 넣고 벅벅 긁었다.

파디는 입을 꾹 다문 채 오른쪽을 곁눈질했다. 옆에 웅크리고 앉은 아이크는 멀뚱멀뚱 자기 손톱만 내려다보고 있었다. 그 녀석 역시 아무 말도 하지 않았다. 15분 전, 행정실 간사 선생님이 교실로 찾아와 두 아이에게 교장실로 가 보라고 지시했다. '올 것이 왔구나' 하는 생각이 들긴 했지만 아이크의 얼굴을 본 파디의 가슴속엔 만족감이 훨씬 더 크게 밀려왔다. 저 빨강 머리 녀석의 입술이 아직도 퉁퉁 부어 있었기 때문이다. 파디가 보기 좋게 한 방 먹여 준 바로 그 부위였다. 녀석을 다시 보니 새삼 불같은 화가 치밀어 올랐다.

'약한 애들 괴롭히는 것밖에 못 하면서. 내가 너 같은 놈한테 맞을 줄 알아?'

호른슈타인 교장 선생님이 무겁게 한숨을 내쉬었다.

"수위 할아버지 말씀으론 남학생 셋이서 싸웠다고 하던데. 둘은 도망갔고 한 명이 남았는데 그게 파디 학생이었다고 하셨단다. 아이크 넌 수위 할아버지가 알아보셨다더군. 네가 관리실 주변을 기웃거리는 걸 보셨대. 하지만 나머지 한 명은 잘 모르겠다고 하셨어. 자, 이제 그 학생이 누군지 말해 주지 않겠니?"

파디는 옆에서 안절부절못하는 아이크를 쳐다보며 가만히 기다렸다.

'내가 교장 선생님한테 일러바칠 수도 있어. 너희 둘 다한테 쓴맛을 보여 줄 수도 있어. 아무 이유도 없이 날 공격했으니까……. 내 카메라를 부쉈으니까……. 대회에서 우승할 기회를 날려 버렸으니까…….'

아이크가 고개를 푹 숙인 채 웅얼웅얼 말하기 시작했다.

"제가 아는 동생이에요. 동네 건너편 세자르 차베즈 초등학교에 다녀요."

"그래……."

교장 선생님은 몸을 젖혀 의자에 깊숙이 묻고는 눈썹을 치켜세웠다.

"그런데 그 친구 이름은?"

"레오요. 성은 저도 몰라요."

냉큼 대답하는 꼴이 조금 성급하다 싶을 정도였다.

교장 선생님의 시선이 이번엔 파디를 향했다.

"너도 '레오'라는 아이를 아니?"

파디는 숨을 크게 들이마셨다 내쉬었다. '펠릭스'라는 이름이 목구멍까지 올라왔다. 입만 열면 바로 굴러 나올 기세였다.

하지만 파디는 "아뇨, 모릅니다"라고 대답했다.

아이크가 앉은 채 허리를 펴면서 천천히 눈을 끔뻑끔뻑했다. 그러고는 고개를 돌려 파디를 물끄러미 쳐다보았다. 옅은 잿빛 눈동자가 박힌 녀석의 눈이 가늘어졌다. 파디도 녀석을 차갑게 노려보았다.

'난 고자질쟁이가 아니야. 아무리 교장 선생님 앞이라도 절대 굴하지 않아.'

아이크는 인상을 팍 쓰고는 시선을 돌려 버렸다.

교장 선생님이 넌지시 또 질문을 던졌다.

"수위 할아버지 말씀으론 도망친 학생이 동양계 아이라던데?"

"잘은 모르는데 아마 필리핀…… 아니, 어, 한국인인가 그래요."

아이크는 더듬더듬 둘러댔다.

"알겠다. 그러니까 성은 모르고 이름은 레오인데 필리핀계 아니면 한국계, 아무튼 동양계 아이다, 이거지? 세자르 차베즈의 잭슨 교장한테 연락해서 '레오'가 누군지 알아봐야겠구나."

두 아이는 털끝 하나 움직이지 않고 얼음이 되어 앉아 있었다.

"너희들이 협조하지 않으니 나한테도 선택의 여지가 없다. 교내에서 몸싸움을 벌인 학생에 대한 처벌 규정은 엄격히 정해져 있어. 3일 정학. 오늘부터 적용하도록 하지. 그럼 둘 다 이만 나가 봐라. 난 너희 부모님께 전화를 드려야 하니까."

파디는 너무 억울했다. 부당한 처벌이라고 항의하고 싶었지만 꾹 눌러 참았다. 파디는 자리에서 벌떡 일어나 아이크를 팔꿈치로 밀어젖히며 문으로 갔다. 부글부글 끓는 분을 삭이며 비닐 의자에 앉아 있는 동안, 마음속으로 따로 정한 바가 있었다. 일단 계획은 세웠다. 이젠 그 계획을 실행에 옮겨야 한다.

*

교장실 밖에서 아버지가 오시길 기다리는 동안 파디는 간사에게 화장실에 다녀와도 되느냐고 여쭈었다. 간사는 무표정한 얼굴로 끄덕였고 파디는 화장실이 아닌 미술실로 향했다. 베순 선생님과 상의를 하고 싶었다. 이러다 걸리면 더 큰 처벌을 받을 수도 있지만 개의치 않았다. 파디에겐 지금 꼭 해야 할 일이 있었다. 남은 기한은 80시간 남짓. 무슨 수를 쓰더라도 대회에 참가해야 했다.

문을 열고 들어오는 파디를 보고 베순 선생님이 깜짝 놀라 소리쳤다.

"파디! 어머, 세상에! 얼굴이 왜 그래? 무슨 일이니?"

선생님은 벽에 걸려고 했던 그림을 내려놓고 허겁지겁 다가왔다.

파디는 지난주 금요일에 녀석들에게 당한 일을 짤막하게 털어놓았다. 펠릭스 녀석도 그 일에 가담했다는 얘기는 하지 않았다.

"그래서 그 애들이 네 카메라를 망가뜨렸다고?"

"완전히 못 쓰게 됐어요."

파디는 한숨을 토해 냈다. 순간 또 화가 치밀어서 눈빛이 언뜻 거칠어졌다. 멍이 가시지 않은 관자놀이도 지끈거렸다.

베순 선생님은 부드럽게 파디의 어깨를 토닥여 주었다.

"내 마음이 다 아프구나, 파디. 저기, 선생님 생각엔 아무래도 교장 선생님께 사실을 말씀드리는 게 좋을 것 같아. 그 애들이 먼저 싸움을 걸었다고……."

"안 돼요. 죄송해요, 하지만…… 그럴 수 없어요."

"파디, 그럼 선생님 입장이 난처해지잖니. 난 교장 선생님께 아는 대로 보고할 의무가 있어."

"선생님, 그냥…… 그냥 아무것도 모르는 척해 주시면 안 돼요? 네?"

파디는 누가 엿들을세라 작은 소리로 속삭였다.

베순 선생님이 길게 한숨을 푹 내쉬고는 솔직히 말씀하셨다.

"흠, 학생이 잘못한 일을 감추거나 처벌을 피하도록 돕는 거짓말이라면 난 절대 하지 않을 거야. 그런데 너처럼 잘못하지도 않았는데 처벌을 받겠다고 하는 경우엔 어쩌면 선생님이 비밀을 지켜 줄 수 있을 것도 같아……. 물론 그러고 싶은 건 아니지만."

"고맙습니다, 선생님."

파디는 한결 편안해진 마음으로 이번엔 다른 얘기를 꺼냈다.

"그런데요…… 저, 그래도 대회에 꼭 참가해야 해요."

"흠, 그럼 사진부 연습용 카메라를 빌려 쓰렴."

베순 선생님이 잠긴 책상 서랍을 열어 카메라를 꺼냈다.

"아니에요, 필요 없을 것 같아요."

사진부 카메라는 퍽 오래된 데다 그동안 수많은 학생들의 손을 거쳤기 때문에 제대로 작동하지 않았다.

"전 그저 시간을 좀 더 주실 수 있나 여쭤 보고 싶은 거예요. 가능하다면요."

"흠, 목요일 방과 후까지 출품작을 받으려고 했는데. 출품작을 모아서 포장한 다음 금요일에 우편으로 부칠 계획이었어."

"그럼 금요일까지 사진을 제출해도 될까요? 사진 찍고, 원판 만들고, 암실에서 인화하는 데는 딱 하루면 돼요. 정학 기간 끝나고 학교로 돌아오는 날이요. 참, 말리는 시간까지 합해서요."

"흠, 사정이 그렇다니……. 생각해 보니 괜찮을 것도 같구나. 대신 금요일 일과가 끝나기 전까진 꼭 제출해야 한다. 참가 신청서랑 사진이랑. 더 늦으면 안 돼."

"감사합니다, 베순 선생님."

파디는 진심을 담아 환하게 웃어 보였다. 자, 이제는 맘씨 좋은 친구에게 한 가지 부탁을 하는 일만 남았다. 아니, 또 한 가지, 무엇을 찍을지 정하는 일이 남았다.


그날 밤 저녁 식사 시간. 파디는 닭고기 스튜에 빵을 찍어 적셨다. 슬쩍 곁눈질해 본 아버지의 얼굴이 몹시도 피곤해 보였다. 죄책감과 수치심이 명치를 콕콕 찔렀다. 아버지는 호른슈타인 교장 선생님과 면담을 한 후 파디를 데리고 집으로 돌아왔다. 철길 건널목에 멈춰서 통행 신호를 기다리는 동안 아버지는 파디를 돌아보며 어떻게 된 일이냐고 물었다. 파디는 솔직히 모두 다 털어놓았다. 이번에는 펠릭스 얘기도 빼놓지 않고 말했다. 아버지는 슬픈 얼굴로 고개를 젓고는 교장 선생님께 사실대로 얘기할 생각은 없느냐고, 다시 한 번 생각해 보라고 말씀하셨다. 그럴 수 없다는 파디의 설명을 듣고 나서, 아버지는 놀랍게도 더 이상 뭐라 하지 않고 아들의 결정을 인정해 주셨다.

'명예에 관한 문제란 걸 아시는 거야.'

이렇게 생각하면서도 파디의 마음은 더욱 무거워질 뿐이었다. 어머니는 깊은 생각에 빠진 채 심각한 얼굴로 요구르트를 휘젓고 계셨다. 파디는 어머니가 무슨 생각을 하시는지 알고 있었다. 최근 아프가니스탄 동부를 초토화시킨 폭격 소식에 온 정신을 빼앗긴 것이다. 요즘 텔레비전에서 끊임없이 긴급 속보로 떠들어 대는 내용이었다. 하비브는 아내에게 마음의 짐을 더 얹어 주고 싶어 하지 않았다. 그래서 파디가 정학 처분을 받은 사실은 부자 간의 작은 비밀로 남겨 두기로 했다. 파디는 내일과 모레, 이틀 동안 학교 대신 프리몬트 도서관으로 가서 학업 진도에 뒤처지지 않게 공부할 예정이었다.

무심코 좁은 식탁 건너편으로 시선을 던진 파디는 자신을 향해 윙크를 날리는 누나를 보고 피식 웃고 말았다. 여러 가지 사건과 갖가지 생각 들로 머릿속이 혼돈의 도가니였지만 잠시나마 파디는 마음이 훈훈해지는 것을 느꼈다. 식구들이 고마웠고 그들이 무사함에 감사했다. 생각지도 못했던 감동이 몰려왔다. 아버지가 어머니의 손을 지그시 잡고 어머니도 희미한 미소로 화답하는 모습이 파디의 눈길을 사로잡았다. 우적우적 빵을 씹으

며 파디는 미소를 지었다. 이제야 확실해졌다. 무엇을 찍을 것인
지 이제야 정확히 알았다.

## 황혼의 초상

번개 같은 속도로 땅거미가 내려앉으며 뒷마당을 부드러운 자주색으로 물들였다. 땅바닥의 그림자가 길어지자 파디도 준비를 서둘렀다. 눈앞의 풍경을 그대로 사진에 담을 수 있는 시간은 단 30분. 파디는 카메라 오른쪽에 있는 잠금장치를 눌러 뒷면의 덮개를 열었다. 새 필름을 끼워 넣고 끄트머리를 살짝 잡아당겨 필름 감개에 걸었다. 그러고는 잠시 뜸을 들이며 미끈하게 잘빠진 카메라 몸체 테두리를 한 손가락으로 쓸어 보았다. 지금은 망가져 버린 파디의 낡은 미놀타 카메라와는 때깔도 촉감도 완전히 달랐다. 파디는 카메라를 빌려 줬을 뿐 아니라 조수를 자청해 도와주러 온 안에게 고마운 마음이 가득 담긴 눈길을 보냈다.

'시간이 촉박해.'

파디는 카메라 뒷면 덮개를 딸깍 닫고 알맞은 셔터 속도와 조리개 값을 선택해 설정했다. 필름에 노출되는 빛의 양을 조절하는 과정이었다. 이 시간대의 촬영은 까다로운 기술을 요한다. 게다가 햇빛이 점점 약해지므로 부족한 빛을 보강할 인공조명도 필요했다. 파디와 잘마이는 닐루페르 이모에게 허락을 맡고서 집 안의 기다란 입식 조명등 두 개를 테라스로 끌어다 놓았다. 잘마이가 조명등 전원을 연결하고 파디의 등 뒤 오른쪽에 세웠다. 조명등이 만들어 내는 밝은 빛이 사라져 가는 햇빛과 합쳐지고, 살짝 기울어진 조명 빛이 피사체 뒤편으로 은은한 그림자를 만들어 냈다.

파디는 더플백에서 삼각대를 꺼내어 건네는 안에게 고마움의 미소를 지어 보였다. 안은 카메라와 장비를 가지고 15분 전에 도착했다.

"다른 렌즈도 필요해?"

안이 물었다.

"아니, 이거 하나면 충분해."

파디는 삼각대를 잡으며 대답했다. 빛이 강하지 않기 때문에 가능한 한 카메라가 흔들리지 않게 고정시키고 셔터 속도를 느리게 설정해야 했다.

"준비되셨어요?"

파디는 앞에 앉은 두 사람에게 큰 소리로 물었다.

"그런 것 같구나, 바차이."

다다 할아버지가 대답하셨다.

아민 이모부의 부모님인 다다 할아버지와 아바이 할머니를 모델로 섭외하는 건 정말 쉽지 않았다. 파디가 한 시간 반이나 설득하고 조른 끝에 간신히 허락을 받을 수 있었다. 사람을 찍겠다는 아이디어는 클라이브 머레이의 이력을 훑어보다가 떠오른 것이었다. 인간의 마음이란 다른 사람을 보는 것에 가장 크게 매료되기 마련이므로 그 어떤 대상보다 사람이 가장 좋은 피사체라는 글이 있었다. 잘 찍은 인물 사진은 그 인물의 개성과 감정을 여실히 드러내어, 보는 사람으로 하여금 사진 속 인물과 연결돼 있다는 느낌을 받게 한다고도 했다. 그리고 아바이와 다다 두 분의 얼굴에는 그야말로 엄청난 개성이 담겨 있었다. 얼굴선 하나, 잔금 하나, 주름 하나, 점 하나에도 두 분이 오랜 세월 겪어 온 결혼 생활과 사랑, 상실, 시련, 고생이 아로새겨져 있었다. 두 분의 얼굴은 곧 그들 삶의 지도였다.

다다 할아버지는 약간 뻣뻣하게 앉아 찌푸린 얼굴로 사진 장비들을 둘러보았다. 아프가니스탄 전통 의복을 차려입고, 벗어진 머리엔 울긋불긋한 모자를 쓴 모습이었다. 옆에 앉은 아바이 할머니는 카메라를 피해 숨고 싶은 듯 얇은 흰색 스카프를 두른 어깨와 목을 자꾸만 움츠렸다. 파디가 정해 준 대로 두 분은 무성하게 자란 장미 덤불 그림자를 배경으로 낮은 벤치에 나란히 앉아 계셨다. 사진 필름은 사람의 눈과 달라서 새하얀 색과 새까만 색을 잘 받아들이지 못한다. 파디는 이런 사실을 고려하여 프레임을 구성했다. 빛이 필름에 좀 더 잘 흡수되도록 장미 덤불 그림자로 다양한 회색빛 농담(濃淡, 색깔이나 명암 따위의 짙음과 옅음 ― 옮긴이)을 만들어 낸 것이다. 그리고 두 분의 얼굴을 더 밝게 비추기 위해 손전등까지 동원했다.

"내가 더 도울 일은 없어?"

안이 물었다. 잘마이는 여분의 필름을 들고 뒤에서 서성이고 있었다.

"아니, 지금 딱 좋아. 고마워."

이렇게 대답한 다음 파디는 사촌 동생들에게 집 안으로 들어가라고 손짓을 했다. 집 뒷마당에서 뭔가 신 나는 일이 생기는 줄 알고 쪼르르 나온 녀석들이었다. 방해하지 말라며 파디가 나눠 준 사탕을 쪽쪽 빨며 그 애들은 호기심 가득한 눈으로 뒷마당의 촬영 현장을 구경했다.

파디는 뷰파인더에 눈을 갖다 대고 노부부의 모습을 작고 네모난 프레임에 담았다. 사진을 찍는 이들이 자주 빠지는 함정이 있다. 즉 피사체의 머리끝부터 발끝까지 몸 전체를 프레임에 넣으려고 하는 것이다. 하지만 파디는 그게 함정이라는 사실을 알고 있었다. 인물 사진을 찍을 때는 얼굴, 특히 눈과 입이 핵심이다. 그래서 파디는 두 분의 머리가 뷰파인더 화면에 가득 차도록 조정한 후에 줌으로 천천히 밀어내다가 프레임에 두 분의 어깨까지 들어오는 시점에서 딱 멈췄다. 아바이 할머니와 다다 할아버지의 얼굴에 팬 주름 하나하나가 선명하게 보였다. 기쁨과 고통, 도전과 승리로 가득 찬, 두 분이 살아온 인생이 프레임 안에 오롯이 담겼다. 그 순간, 파디는 셔터를 눌렀다. 열 번 넘게 더 눌렀다.

'뭔가 찜찜한데.'

그랬다. 두 분의 표정이 너무 딱딱했다. 저기에 앉아 사진 찍히는 게 싫다는 듯 불편한 표정이었다. 파디가 두 분을 불렀다.

"할머니, 할아버지, 긴장 좀 푸세요. 뭔가 재밌는 거, 아니면 웃기는 걸 떠올려 보세요."

다다 할아버지는 끄덕이며 미소를 지었고 아바이 할머니는 입가를 덮은 스카프를 끌어내렸다. 그러곤 긴장한 얼굴로 카메라를 쳐다보았다. 파디는 몇 번 더 셔터를 눌렀다. 이번엔 한결 나았다. 하지만 아주 훌륭하진 않았다.

파디는 다른 수를 써 보기로 했다.

"사하르, 할머니 할아버지한테 춤 솜씨 자랑해 볼래? 재롱을 피워 보든가?"

사하르는 뾰로통하게 볼을 부풀리며 설레설레 고개를 저었다.

"에이, 그러지 말고. 오빠가 싱 아저씨 트럭에서 아이스크림 사 줄게."

꼬맹이들이 마주 보곤 서로 소곤거렸다. 파디는 점점 어두워지는 하늘을 올려다보며 초조하게 발끝을 동동거렸다.

"아이스크림 두 개."

사하르가 말했다.

'날강도가 따로 없군.'

파디는 마지못해 끄덕였다. 정말, 정말로 시간이 없었다.

녀석들이 미닫이 유리문을 열고 나와 조명등 아래에 섰다. 곧 꼬맹이들의 원숭이 쇼가 시작되었다. 겨드랑이를 긁어 대며, "우, 우, 우!" 하고 괴성을 질러 대며.

손주들의 재롱이 노부부의 웃음을 이끌어 냈다. 잔뜩 굳어 있던 두 분의 표정도 조금 풀어졌다.

'아, 망했다. 내가 원하는 표정이 아니야.'

그래도 파디는 계속해서 사진을 찍었다. 중간에 한 번 필름을 새로 바꿔 끼웠다. 태양이 지평선 너머로 가라앉기 시작할 무렵, 마침내 파디는 촬영을 끝내기로 했다. 이제 됐다. 나름 만족스러운 촬영이었다. 파디가 두 분에게 외쳤다.

"고마워요, 할아버지, 할머니. 다 찍었어요."

두 분은 드디어 해방이라는 듯 안도한 얼굴로 벤치에서 일어났다. 그 와중에 아바이 할머니의 스카프가 장미 덤불에 걸렸다. 그 모습을 본 다다 할아버지는 하얀 이를 환히 드러내며 크게 웃어 젖혔다. 관절염에 시달리는 쭈글쭈글한 손으로 할아버지는 할머니의 스카프를 잔가지에서 떼어 주고는 내친 김에 큼지막한 노란 장미 한 송이도 꺾어 건넸다. 할머니는 수줍은 아가씨처럼 키득거리며 장미를 받아 들고 꽃향기를 맡았다.

그 순간, 파디는 전율했다.

'저거야, 완벽해.'

지평선에 걸린 태양이 완전히 넘어가기 직전, 마지막으로 세상에 황금빛을 뿌리고 있었다. 파디는 허겁지겁 렌즈 초점을 다시 맞추고 정신없이 셔터를 눌러 댔다. 노부부는 세상모르고 서로만을 바라보며 둘만의 대화에 빠져 있었다.

찰칵. 찰칵. 찰칵.

다다 할아버지의 미소에 아바이 할머니의 얼굴에도 행복한 미소가 피어올랐다. 파디는 덩실덩실 어깨춤이라도 추고 싶은 기분이었다. 자신 있었다. 이거야말로 '생애 최고의 사진'이 될 것이다.

*

파디는 점심 쟁반을 들고 시끌벅적한 식당을 가로질렀다. 주위의 소음도 파디의 귀엔 들리지 않았다. 방금 베순 선생님께 참가 신청서와 사진을 넘겨 드리고 온 터였다. 주어진 마감 기한보다 다섯 시간이나 앞서서. 몸은 노곤했지만 마음은 신 나고 설레었다.

'내가 우승할 거야. 안 봐도 비디오지.'

파디는 자판기 앞에 멈춰 서서 평소 안과 존, 라비, 그리고 사진부 애들 몇몇과 같이 앉는 테이블로 눈길을 주었다. 아무도 없었다. 맨 먼저 도착한 것이다. 그리로 가서 앉으려는데 뒤쪽에서 누가 파디의 이름을 불렀다. 파디는 소리가 난 쪽으로 돌아섰다. 과학 발표회에 목숨을 거는 괴짜들 옆, 교내 야구 선수들이 앉은 테이블 너머로 시선을 던졌다.

"파디."

또 같은 목소리.

밴드 활동을 하는 애들 옆에 남자애들 몇 명이 모여 앉아 있었다. 파디를 부른 아이는 마수드였다. 아버지와 함께 시장에 갔던 날, 어른들끼리 싸움이 벌어지려던 순간에 아버지가 나서서 말렸던 그날, 그 가게에서 마주쳤던 아프가니스탄 출신의 또래 아이.

수학 수업을 같이 듣는 또 다른 아프가니스탄 아이가 말을 걸었다.

"안녕, 파디. 넌 파슈툰족이지?"

순간 파디는 긴장했다. 두 녀석 모두 타지크족이었다. 그 테이블에 둘러앉은 아이들 전부 다 타지크족 아니면 우즈베크족이었다. 아무래도 녀석들은 파디를 겁주거나 때리려고 부른 것 같았다. 그때 가게에서 아버지가 한 말을 마수드가 애들한테 퍼뜨렸겠지. 목덜미에 진땀이 났다. 아프가니스탄이 위험하고 문제 많은 나라가 된 것, 미국에 테러 사건이 터진 것, 저 애들은 그게 다 탈레반과 파슈툰족 때문이라고 여길 것이다. 파디는 조심스레 한 발짝 물러섰다. 여차하면 그대로 뒤돌아 달아날 생각이었다.

"파디."

마수드가 또 불렀다. 자기들 테이블로 오라고 성마르게 손짓까지 하면서.

파디는 혼잡한 식당 안을 둘러보며 속으로 자신을 다그쳤다.

'인마, 자부심을 가져. 쫄지 마. 사람이 이렇게 많은데 쟤들이 다짜고짜 날 두들겨 패진 않을 거 아냐.'

마음을 다잡으며 심호흡을 하고 짧은 기도를 올린 후, 파디는 성큼성큼 테이블로 걸어갔다.

"그래, 나 파슈툰족이다."

파디는 꼿꼿하게 서서 마수드의 까만 눈동자를 똑바로 마주 보며 호기롭게 말했다.

"역시 강해, 파슈툰족은."

'캘리포니아' 로고가 박힌 특대형 스웨터 차림의 땅딸막한 녀석이 칭찬 비슷한 말을 하고는 "난 자이드야"라면서 손을 흔들었다.

"어, 어어, 안녕, 자이드."

파디는 조금 당황스러워 말을 더듬었다.

"여기 앉아."

마수드가 옆으로 비켜 앉으며 자리를 만들어 주었다. 파디는 마수드와 자이드 사이에 쟁반을 놓고 앉았다.

"아이크랑 펠릭스한테 당했다며?"

마수드의 물음에 파디는 말없이 고개만 주억거렸다. 얼굴에 멍든 부위가 옅은 자주색과 노란색 얼룩으로 아직 흐릿하게 남아 있었다.

자이드가 벙긋 웃으며 말했다.

"근데 당한 것만은 아니라며? 너도 그 자식들한테 쓴맛 제대로 보여 줬다며?"

"그놈들은 당해도 싸."

건너편에 앉은 아이가 케밥 샌드위치를 입안에 왕창 욱여넣고 우물거리며 말했다. 또 다른 아이도 끼어들었다.

"두말하면 잔소리지. 야, 아이크 녀석 입술 터진 거 봤냐?"

"몇 년 전부터 자기들이 대장인 것처럼 으스대고 괜히 애들 괴롭히고 그랬잖아. 게다가 요새는…… 요새 들어선 더해."

마수드의 말에 다른 녀석이 맞장구를 쳤다.

"아무한테나 테러리스트래. 인도계랑 멕시코계 애들한테도 막 그래."

"걔들이 하는 건 일종의 '탄압'이야. 안 그래?"

녀석은 여전히 케밥 샌드위치를 우물거리고 있었다.

파디는 고개를 *끄덕끄덕*하며 오렌지 주스 팩 입구를 천천히 뜯어 열었다.

'탄압. 맞는 말이네.'

지난주에 펠릭스 녀석은 라비를 을러메어 돈을 뜯어 내려고 했다. 불쌍한 라비는 하도 무서워서 하마터면 바지에 오줌을 지리고 기절해 버릴 뻔했다.

생각에 잠긴 파디의 등에 마수드의 손이 닿았다.

"동지들, 우리가 힘을 합칠 때다. 놈들한테 인생의 쓴맛을 톡톡히 보여 줄 때가 왔도다."

드디어 복수할 기회가 왔다. 파디는 동지들을 둘러보며 씩 웃었다.

"동지들 생각은 어떤가?"

# 기다림

새벽 4시에 울리는 전화벨 소리에 파디는 움찔하며 잠에서 깨어났다. 그러곤 곧바로 "히잉!" 하고 신경질을 부리며 담요를 얼굴까지 홱 끌어당겼다.

"따르르릉!"

요란한 전화벨 소리가 다시 온 집 안을 뒤흔들었다. 두 번이나 단잠을 방해받은 파디의 뇌가 몸으로 움직이라는 명령을 보내기도 전에, 다른 누군가의 발소리가 복도를 쿵쿵 울렸다.

하비브가 한달음에 거실로 달려와 잠에서 덜 깬 쉰 목소리로 전화를 받았다.

"여보세요."

침침한 어둠 속에 아버지의 면도 안 한 얼굴이 흐릿하게 보였다. 졸음이 채 가시지 않은 얼굴로 아버지는 수화기에 귀를 대고 잠자코 상대방의 얘기를 듣기만 했다. 심상치 않은 분위기에 목덜미의 털이 쭈뼛 곤두섰다. 파디는 살짝 실눈을 뜨고서 어둠 속의 아버지를 곁눈질했다.

"나르기스, 확실합니까?"

하비브는 안락의자 팔걸이에 손을 짚고 앉았다.

파디는 눈을 깜빡였다. 잠은 이미 멀찌감치 달아난 후였다.

'무슨 일이지?'

좀 더 밝으면 좋겠는데. 아버지의 표정을 제대로 살펴보고 싶은데.

"예예, 정말 기쁜 소식이네요."

아버지의 목소리에 파디의 마음에도 반짝 빛이 들었다.

'마리암을 찾았나 봐!'

다시 몇 분 동안 아버지는 말이 없었다. 수화기 너머로 나르기스 이모의 작은 목소리만 옹알옹알 울릴 뿐이었다.

이윽고 아버지가 한층 밝아진 목소리로 대답했다. 벅찬 기쁨을 간신히 억누르는 듯한 기색이었다.

"흠, 그렇다면 저번 달보다 한 발짝 더 다가간 셈이네요. 내일 다시 전화하겠습니다. 먼저 집사람한테 소식을 전해야겠네요. 자세히 듣고 싶어 할 겁니다."

작별 인사를 하고 전화를 끊은 후에도 아버지는 바위처럼 꿈쩍도 않고 앉아 있었다.

파디는 담요를 옆으로 휙 젖히며 벌떡 일어나 아버지의 팔을 붙들고 흔들었다.

"무슨 일이에요?"

"마리암을 데려갔다던 가족을 찾았다는구나."

"마리암은 어디에 있대요?"

심장이 마구 뛰었다. 뜨거운 피가 온몸의 혈관을 타고 기운차게 흐르는 것 같았다.

"그분들하곤 헤어졌다더라."

이번엔 온몸의 피가 얼어붙는 것 같았다.

"네에? 어떻게 된 거예요?"

아버지는 한숨을 푹 내쉴 뿐 선뜻 대답해 주지 않았다. 애타는 파디의 속을 아는지 모르는지 아버지는 한참 동안 생각을 가다듬은 후에야 다시 입을 열었다.

"나르기스 이모님이 페샤와르에 있는 난민 수용소 수십 군데를 수소문한 끝에 한 곳에서 그 가족을 찾아냈다더구나. '니사르'라는 분의 가족이었대. 9월 중순에 파키스탄으로 건너오셨다더라."

9월 중순이라. 잘랄라바드가 폭격을 맞기 직전이었다.

"파키스탄 군인들 몇 명한테 돈을 쥐여 주면서 지프에 태워 달라고 했대. 페샤와르에 도착해서는 난민 수용소 한 군데에 정착

했고. 거기서 텐트와 담요, 음식을 제공해 주니까. 그런데 부부가
입소 신청을 하러 중앙 관리소에 간 사이에 마리암이 사라졌다
는구나."

"사라졌다니 그게 무슨 뜻이에요?"

너무 놀라서 목소리도 잘 나오지 않았다. 수십 가지 불길한 상
상이 우후죽순 격으로 솟아나 머릿속을 어지럽혔다.

'설마…… 유괴된 거야?'

"도망갔다더라. 그 집 막내아들한테 미리 다짐을 받았대. 자
긴 떠날 건데 자기가 없어지기 전엔 부모님한테 얘기하지 말라
고 했대. 도와주신 건 고맙지만 자기도 가족을 찾아야 한다면
서……."

"도망갔다고요?"

파디는 멍청한 앵무새처럼 멍하니 되뇌었다.

"그래. 그래서 애가 사라졌다고 신고하려고 니사르 씨 부부가
관리소에 갔는데 부인이 실종자 게시판에 붙은 마리암 사진을
보신 거야. 관리소장한테 자기들이 잘랄라바드에서 저 사진 속
여자애를 데려왔다고 얘기했다더구나. 그런데 애가 말한 이름은
마리암이 아니라 누르였다고."

"쓸데없이 왜 그랬대요?"

"휴우……. 글쎄, 모르겠다. 본명을 얘기하고 싶지 않나 봐.
그래서 대신 언니 이름을 댄 거지."

"그러게요. 아마 진짜 신분을 밝히면 안 된다고 생각했을 거예요."

"그 수용소 관리소장님이 나르기스한테 연락해서 니사르 씨 얘기를 전한 모양이야. 어쨌든 마리암이 국경을 넘은 사실은 확인한 거지."

파디는 끄덕였다. 안도감이 몰려왔다.

'살아 있어. 그 애가 페샤와르에 있어.'

내가 찾을 거야. 난 알아. 그러니까 이제 비행기 표만 있으면 돼.

워낙 엄청난 소식을 들은 터라 하비브도 파디도 더는 잠이 오지 않았다. 두 사람이 시리얼을 먹으며 옛날 흑백 영화를 보고 있을 때 자푸나와 누르가 일어나 나왔다. 하비브와 파디는 1초도 지체하지 않고 이 기쁜 소식을 얼른 전했다.

*

"살람 알라이쿰."

굴 칸의 호쾌한 인삿말이 카이버 패스로 들어서는 하비브와 파디를 맞이했다. 금요 예배를 마친 후에 아민 이모부, 잘마이와 거기서 만나기로 약속한 터였다.

하비브도 인사를 건넸다.

"왈라이쿰 아살람, 굴 형제. 우리 파디하고 내가 이 식당의 차플리 케밥* 맛을 얼마나 그리워했는지 아나?"

"이 식당의 차플리 케밥, 곧바로 대령합지요."

굴 칸은 싱글벙글한 얼굴로 불룩한 배를 흔들어 댔다.

파디가 주방에서 솔솔 풍기는 찐득한 고기 냄새를 실컷 들이마시자 배가 꼬르륵하고 바로 반응했다. 마리암이 무사히 페샤와르로 건너왔다는 소식을 듣고 나서는 부쩍 식욕이 왕성해졌었다. 그런데 그 후로 한 달하고도 보름 정도 더 지난 요즘은 다시 식구들 사이에 불안감이 자라고 있었다. 나르기스 이모가 페샤와르의 지인들에게 부탁해 그곳을 샅샅이 뒤져 보게 했지만 지금껏 마리암의 행방에 대한 단 하나의 단서도 찾지 못했다. 미국이 잘랄라바드에 폭탄을 퍼부은 뒤로 페샤와르로 쏟아지는 난민의 수가 열 배로 늘어났다고 했다. 그 탓에 국경 근처는 전보다 더 혼잡해져 아비규환이 따로 없다는 것이었다. 파디는 마리암이 나르기스 이모님의 진료소에 '짠' 하고 나타나는 기적 같은 날을 손꼽아 기다렸지만 그런 날은 오지 않았다. 그래서 오늘 사원에선 평소보다 더 오래 기도용 깔개에 무릎을 꿇고 앉아 알라께 거듭 기도했다. 마리암을 보호해 주세요, 사진 대회에서 제가 우승하게 도와주세요, 라고.

---

* 차플리 케밥(chapli kebob) - 아프가니스탄과 파키스탄의 파슈툰족이 즐겨 먹는 음식으로, 잘게 다진 쇠고기나 양고기에 향신료를 더하여 커다란 철판에 볶아 만든다.

이번 주 이맘의 쿠트바는 파디에게 희망을 주었다. 주제는 예언자 욥의 인내와 신을 향한 헌신이었다. 욥은 그 어떤 고난에도 굴하지 않았다. 온몸이 심한 상처와 종기로 뒤덮였을 때조차도. 그의 인내와 헌신은 결국 신의 보상을 받았다. 알라께서 그에게 건강과 가족과 부로써 보답하신 것이다.

베순 선생님은 사진 대회 주최측이 이번 주 초에 대회 결과를 발송했다고 알려 주셨다. 인내하고 싶었지만, 그러려고 무진 애를 썼지만 파디는 점점 커지는 초조함을 억누를 수가 없었다.

'긍정적으로 생각해. 내 사진 기술에 안의 도움까지 더했으니까 우승자는 당연히 나야.'

파디는 창가 테이블, 아버지 맞은편에 앉았다.

칸 아저씨가 따끈한 빵과 샐러드 접시를 가져와 내려놓으며 하비브에게 말했다.

"흠, 하미드 카르자이가 임시 정부 대통령에 당선된 얘기로 요즘 동네가 떠들썩해."

"그러게 말이야."

"자네, 그 양반 남동생이 샌프란시스코에서 아프가니스탄 식당을 운영하는 거 아냐? 형이 대통령이니 장사가 아주 잘될 거야."

칸 아저씨는 못내 부러운 기색이었다.

"살람, 굴 칸."

아민 이모부가 식당으로 들어서며 우렁차게 외쳤다. 칸 아저씨도 유쾌하게 응했다.

"왈라이쿰 아살람. 이리 와서 앉아요. 끝내주는 케밥이 금방 나옵니다."

아민은 먼저 볼일을 봐야겠다며 화장실로 가고 잘마이만 와서 파디 옆에 앉았다. 하비브가 아프가니스탄 신문을 가지러 자리를 뜬 사이, 녀석이 기다렸다는 듯 신 나게 나불거렸다.

"형, 소문 돌더라? 형이 아이크랑 펠릭스 형들 손봐 줄 거라며?"

파디는 얼굴을 찌푸렸다.

'벌써 동네방네 소문 다 났군.'

파디는 작게 속삭였다.

"걔들하고 싸우거나 해코지하거나 그런 거 아냐. 하지만 녀석들이 자꾸 애들을 괴롭히니까 우리가 어떻게든 해결을 보려고."

항상 즐거운 잘마이의 얼굴이 걱정으로 흐려졌다.

"난 모르겠다, 형. 그 형들하고 원수지면 안 좋을 텐데. 펠릭스 형네 부모님이 되게 유명한 변호사래. 샌프란시스코 시내에 엄청 큰 사무실도 있대."

"아."

그건 몰랐다.

"그렇다니까? 여기 사는 필리핀 사람들 법률 문제는 그분들이다 해결하신대."

"쉿, 조용."

파디와 잘마이가 입을 다무는 동시에 하비브가 신문을 가지고 돌아와 앉았다. 카라쿨 모자*를 쓴 수염 난 아저씨 사진이 1면에 커다랗게 박혀 있었다.

"아프가니스탄 반대 세력이 독일의 본에 모여서 파슈툰족 인물을 대통령으로 뽑았다니 이게 무슨 일이래요? 형님은 믿어지십니까?"

화장실에서 돌아온 아민이 거침없이 말했다. 하비브는 미소를 지으며 대답했다.

"파슈툰족이기 이전에 꽤 괜찮은 사람이야. 아프가니스탄의 부족 대표 전부가 모인 지르가**에서 선출된 사람이잖나. 심지어 북부동맹도 참석했다던데."

"그건 그렇죠. 글쎄 그 지르가에서 카르자이를 뽑았다는 게 전 놀랍습디다. 한때나마 탈레반을 옹호했던 양반 아닙니까."

"시대가 변했으니까. 한때나마 탈레반에게 희망을 건 사람이 어디 한둘인가. 우리나라에서 소련을 몰아낸 후에 카르자이가

---

* 카라쿨 모자(karakul cap) - 카라쿨 품종의 양털로 만든 챙 없는 모자로, 중앙아시아와 남아시아의 이슬람교도 남성들이 많이 착용한다.
** 지르가(jirga) - 파슈토어로 '대의원회'를 뜻하는 용어. '로야 지르가(loya jirga)'란 새 국왕 선출, 새 국법 도입 등 중요한 정치적 사안과 분쟁을 논의하는 아프가니스탄의 부족 대표 회의다.

탈레반에 협조한 건 사실이지. 그런데 탈레반 놈들이 그 양반 신경을 건드렸잖나. 카르자이 본인도 탈레반 대표로 유엔 대사직을 맡길 거부했고."

아민이 너털웃음을 터뜨렸다.

"그놈의 유엔 대사 자리, 더럽게 안 채워지네요."

하비브의 미소가 점차 더 크게 번졌다. 그는 웃는 표정에 눈살만 찌푸리며 "그러게나 말일세" 하고 맞장구쳤다.

"어쩌면 이제야 진정한 평화가 찾아올 것도 같습니다."

희망과 갈망이 동시에 아민의 얼굴을 뒤덮었다.

"카르자이는 좋은 사람이에요. 공정한 사람이죠."

"믿습니다, 형제님."

굴 칸이었다. 그가 케밥과 쌀밥이 담긴 접시를 들고 와서 테이블에 내려놓았다.

'그래, 나도 믿어.'

파디는 생각했다. 파디는 아프가니스탄 과도 정부를 향한 카르자이의 희망을 담은 기사를 물끄러미 바라보았다. 어쩌면 아프가니스탄 상황이 좀 나아질지도 몰라. 6개월만 더 버텼더라면, 어쩌면 굳이 조국을 등지고 떠나오지 않아도 됐을 거야. 그랬다면 어쩌면 마리암을 잃어버리지 않았을지도……. 파디는 한숨을 쉬었다. '어쩌면'이 너무 많이 필요하잖아.

# 결과

마음이 급했다. 점심시간을 알리는 종이 울리자마자 파디는 재빨리 교실에서 튀어 나가 추수 감사절 장식이 주렁주렁 매달린 복도를 내달렸다. 사진부 전원이 미술실에 모일 예정이었다. 전날 베순 선생님이 대회 결과를 받았다며 오늘 이 시간 미술실에 집합하라고 연락을 돌렸던 것이다.

'드디어! 오늘이다.'

파디는 날듯이 모퉁이를 돌다가 그만 종이 칠면조 장식을 머리로 들이받고 말았다. 칠면조가 쫙 찢어졌지만 뒤도 돌아보지 않고 계속 달렸다. 미술실 문 앞에 이르러서야 달음박질을 멈추고 마구 헝클어진 머리칼을 손으로 대충 빗으면서 숨 고르기를 했다. 교사 책상 옆으로 빨간색, 은색이 섞인 베순 선생님의 단화가 언뜻 보였다.

간밤엔 정말 한숨도 못 잤다. 완전히 뜬눈으로 지새웠다. 아버지와 함께 비행기를 타는 것 말곤 아무 생각도 나지 않았다. 파디의 마음은 이미 인도에 가 있었다. 아니, 인도에서 페샤와르로 날아가는 비행기 안에 있었다.

'마리암이 페샤와르에 있어. 내가 찾아서 데려올 거야.'

파디는 마지막으로 심호흡을 하고 문 안으로 성큼 들어섰다.

베순 선생님이 헛기침을 하며 다들 자리에 앉으라고 손짓했다.

"에헴."

뜸 들이듯 한 번 더 헛기침을 하고 나서 선생님은 입술을 꾹 다문 채 왼손에 쥔 커다란 서류 봉투를 만지작거렸다.

"드디어 올 것이 왔네."

안의 속삭임에 파디는 술 취한 칠면조처럼 엉성하게 끄덕끄덕하며 옆자리에 앉았다.

기대감으로 눈을 반짝반짝 빛내며 안은 "행운을 빌어, 파디"라고 속삭였다.

"너도."

어찌나 애가 타는지 마치 땅콩버터 한 통을 다 핥아먹은 것처럼 혀가 바싹 말라 입천장에 쩍쩍 들러붙었다.

미술실에 모인 아이들의 긴장한 얼굴, 열렬한 눈길이 일제히 베순 선생님의 책상으로 향했다. 라비는 오지 않았다. 녀석은 이런 분위기에 취약해서 너무 긴장한 나머지 그대로 속을 게워 내기 일쑤였기 때문이다. 심리적 압박이 심한 시험 기간엔 교실 맨 구석이 라비의 전용 좌석이었다. 만약을 대비해 항상 책상 옆에 쓰레기통이 함께 놓였다. 녀석은 도저히 이 자리에 올 수 없다면서 파디에게 자기 전화번호를 알려 주었다. 나중에 결과만 전화로 알려 달라는 것이었다.

베순 선생님이 목청을 가다듬었다.

"자, 결과를 발표하기에 앞서, 수상 여부에 상관없이 여러분 모두 정말 환상적인 작품을 제출했다는 사실을 명심하길 바라요. 경쟁이 몹시 치열했다고 해요. 출품작 수가 1000점이 넘었답니다."

실로 어마어마한 규모였다. 여기저기서 탄식이 새어 나왔다. 파디도 마른 침을 꿀꺽 삼켰다.

'우승 확률이 0.1퍼센트도 안 된다고?'

"앞으로 2주간 샌프란시스코 과학관에서 대회 출품작 전시회가 열려요. 우리도 토요일에 단체 관람을 할 예정이에요. 대회 결과하곤 상관없이 다 같이 가는 거예요. 그러니까 금요일 오후까지 부모님 동의서를 제출하도록 해요."

"예, 예, 알겠습니다! 사설은 건너뛰고 얼른 본론으로 들어가시죠."

안이 파디의 귀에 대고 속삭였다. 얘도 어지간히 초조한 모양이다. 실눈을 뜨고 손가락 관절을 뚝뚝 꺾어 대고 있었다.

드디어 베순 선생님이 봉투를 뜯어 안에 든 서류를 꺼냈다. 파디의 시선은 내내 선생님의 손을 떠나지 않았다. 선생님이 표지를 팔랑 넘기고 다음 장에 인쇄된 표를 눈으로 훑어 내리는 동안, 파디의 심장은 점점 더 빨리 뛰었다.

"에헴."

또 헛기침. 이어서 고요한 실내에 선생님의 낭랑한 목소리가 울려 퍼지기 시작했다.

"3등상, 에밀리 존스턴. 새크라멘토, 델 캄포 고등학교 9학년."

"좋았어."

안이 소곤거리곤 파디에게 찡긋 윙크하며 "3등 따위 해서 뭘 해?"라고 덧붙였다.

파디는 슬쩍 억지 미소로 답했다.

'그래, 뭐. 3등상 타 봤자 나한텐 아무 소용없으니까.'

표를 내려다보던 베순 선생님의 눈이 휘둥그레 커졌다.

"2등상은⋯⋯."

선생님의 시선이 파디 쪽을 향했다. 파디는 그만 심장이 멎을 것만 같았다.

"안 홍. 프리몬트, 브루크헤이븐 중학교 6학년!"

순간 "와아!" 하는 함성과 박수가 터져 나왔다.

"아자! 됐다!"

파디도 기쁘게 외치며 돌아 앉아 안을 덥석 껴안았다.

안은 얼떨떨한 얼굴로 앉은 채 꼼짝도 하지 못했다. 말문마저 막힌 모양이었다. 천하의 수다쟁이 안 홍이 말을 못 잇다니, 아마 평생 처음 있는 일일 것이다.

"역동적인 순간이 제대로 담긴 진짜 멋진 사진이었어."

파디는 진심 어린 축하의 표시로 안의 등을 두드려 주었다.

드디어 안의 말문이 다시 터졌다. 아직은 중얼거리는 정도였지만.

"와, 말도 안 돼……."

한바탕 소란이 휩쓸고 지나간 뒤, 베순 선생님도 한마디 하셨다.

"정말 잘했다, 안. 부상으로《소시에테 지오그라피크》지 1년 무료 구독권, 코닥 필름 1년 무료 이용권, 과학관 1년 가족 회원권이 주어진다는구나."

"무지 좋아요, 선생님."

안이 명랑하게 대답했다. 그러곤 파디만 들을 수 있도록 "하지만 비행기 표는 안 주죠"라고 아주 작은 소리로 덧붙였다.

파디의 기분이 갑자기 팍 가라앉았다.

'같은 학교에서 두 명이 상을 탈 확률이 과연 얼마나 되겠어? 완전 희박하잖아.'

파디는 침을 삼켰다.

베순 선생님이 종잇장을 넘기며 발표를 이어 갔다.

"1등상은 마커스 샐. 벨몬트, 카이퍼 중고등학교 7학년. 이제 마지막, 대상은……."

'이거야. 내 마지막 기회. 페샤와르로 가는 비행기 표.'

파디는 자기 이름이 불리길 간절한 마음으로 빌었다.

"대상은…… 필버트 듀베리. 산호세, 캘버트 고등학교 11학년."

'뭐어? 안 돼!'

가슴에 차가운 납덩이가 쿵 내려앉았다. 파디는 눈을 휘둥그렇게 뜨고 헐떡이기 시작했다. 숨을 쉴 수가 없었다.

'대상은 내 거야, 내가 타야 한다고!'

안이 귓속말로 물었다.

"파디, 괜찮아? 얼굴색이 안 좋아."

배 속이 뒤집혔다. 토하고 싶었다. 파디는 눈을 감았다. 의자 등받이에 무너지듯 등을 털썩 기댔다. 대상을 놓치다니. 또다시, 또다시 마리암을 놓치다니.

"파디……. 파디……."

걱정스러운 안의 목소리가 귀 언저리에서 둥둥 떠다니다 멀어졌다. 동굴 안에 퍼지는 메아리처럼 느릿느릿 둔탁하게.

"파디, 얘, 괜찮니?"

베순 선생님이 놀라서 뛰어오셨다.

"결과를 받아들이기 힘든 모양이에요."

안이 대답하는 소리에 이어 베순 선생님의 목소리가 들렸다.

"파디, 네 작품도 등외상(정해진 순위 안에는 못 들었으나 우수성을 인정받은 작품 혹은 사람에게 주는 상 — 옮긴이)으로 뽑혔어. 클라이브 머레이 심사 위원이 네 작품을 적극 추천했대."

눈이 번쩍 뜨였다. 파디는 다급하게 물었다.

"제가 뭘 탔다고요?"

선생님이 눈살을 찌푸렸다.

"꼭 뭘 타야만 되는 건 아니잖니, 파디."

"선생님은 모르세요."

파디는 대들 듯이 차갑게 대꾸했다.

"꼭 뭘 타야만 해요. 출사지 비행기 표, 제가 타야 한다고요."

선생님은 어리둥절한 얼굴로 종이 맨 아랫부분을 다시 한 번 살펴보았다.

"안됐지만 등외상은 부상이 따로 없구나, 파디."

파디는 다시 등받이에 드러눕듯 기댔다. 가슴을 짓누르던 차가운 납덩이가 용광로 쇳물처럼 뜨겁게 달아오르기 시작했다. 차가운 무감각이 뜨거운 분노로 돌변했다.

'어떻게 내가 떨어져?'

부당해, 불공평하다고! 파디는 테이블을 주먹으로 쾅 내려치고 밖으로 뛰쳐나갔다. 베순 선생님과 안이 부르는 소리가 들렸지만 신경 쓰지 않았다.

## 최후의 일격

파디는 화장실 한 칸으로 들어가 문을 걸어 잠근 채 나오지 않
았다. 오후 수업은 모두 제쳤다. 변기 위에 무릎을 끌어당기고 앉
아 조각상처럼 꿈쩍도 하지 않았다. 하지만 파디의 머릿속은 만
화경처럼 어지럽게 움직였다. 색종이와 반짝이 대신 충격과 고
통, 실망감이 뒤섞여 끊임없이 빙글빙글 돌았다. 그렇게 한 시간
쯤 지나자 장딴지가 저려서 발을 바닥에 내려놓았다. 젖은 휴지
와 동전 몇 개가 들러붙은 지저분한 바닥을 내려다보며 괴로운
생각을 떨쳐 내려고 애써 보았다. 뭐든 좋으니 다른 생각을 하
자…….

정처 없이 이런저런 생각들을 떠올려 보다 클로디아와 그 동
생 생각에 이르렀다. 그들 남매도 화장실에 숨었지. 메트로폴리

탄 미술관에서 숨어 지낼 때 말이다.

'하지만 클로디아는 결국 행복한 결말을 맞이했잖아. 반면 내 결말은 끔찍한 재앙이고.'

클로디아는 미술관에서 신 나는 모험을 즐겼고, 프랭크와일러 부인을 만나 조각상의 비밀을 밝혀냈다. 그런 다음엔 동생과 함께 무사히 집으로 돌아갔다. 하지만 파디가 사는 세상은 그렇게 호락호락하지 않았다. 당최 원하는 대로 풀리는 일이 없었다. 마리암을 되찾는 일조차.

'이번에도 마리암을 되찾아 오는 데 실패했어, 난.'

오늘 일과가 끝났음을 알리는 종이 울리기 몇 초 전에 아무도 몰래 학교에서 빠져나와 초등학교 운동장으로 터덜터덜 걸어갔다. 정글짐을 바라보는 위치에 놓인 벤치에 앉아, 나무늘보처럼 거꾸로 매달린 2학년 꼬맹이들을 구경했다. 문득 밝게 튀는 분홍색 점 하나가 눈에 띄었다. 보행로에 놓인 '헬로 키티' 도시락. 슬픔과 울화가 동시에 북받쳐 눈을 질끈 감아 버렸다. 미술실에서 뛰쳐나온 후에는 무조건 숨고만 싶었다. 안은 물론이고 아는 사람 그 누구와도 마주치고 싶지 않았다. 학생 식당 같은 데는 죽어도 가기 싫었다. 그런데 지금은 집에 가기가 싫었다. 이 일을 누나에게 어떻게 말한단 말인가. 대회에서 우승하지 못했다고, 누나가 준 돈을 헛되이 써 버렸다고 어떻게 말하느냔 말이다.

슬픔과 울화에, 반갑지 않은 수치심까지 더해졌다. 이 모든 게 얽히고설켜 핏줄을 타고 온몸 구석구석으로 퍼졌다. 돌이켜 볼수록 후회가 밀려왔다. 뭘 믿고 그렇게 멍청하게 굴었을까.

'베순 선생님한테 그렇게 무례하게 대들고, 갓난쟁이처럼 징징 울면서 뛰쳐나오다니……. 믿을 수가 없군.'

하지만 역시 아직도, 대상을 타지 못했다는 사실이 가장 믿기지 않았다.

'그렇게 기도했는데, 예언자 욥처럼 인내했는데 다 부질없는 짓이었어.'

"야, 파디."

운동장 건너편에서 익숙한 목소리가 들려왔다.

순간 움찔한 파디는 어떻게든 피할 방법을 찾았다. 부른 사람이 누구건 지금은 만나고 싶지 않았다. 얼른 학교로 도로 뛰어들어갈 생각으로 자리에서 벌떡 일어났지만 너무 늦었다. 남자애들 한 무리가 그를 보고 다가왔다. 파디는 신경질이 나서 인상을 팍 구기고 녀석들을 쏘아보았다.

"야, 파디!"

코맹맹이 목소리. 존이었다.

'왜 왔어? 원하는 게 뭐야?'

녀석들은 계속 이리로 다가왔다. 존과 마수드, 자이드, 라비, 그리고 카를로스가 있었다. 카를로스는 세계사와 문명화 수업을 같이 듣는 녀석이다. 파디가 모르는 애들도 대여섯 명 섞여 있었다.

마수드가 잔뜩 힘이 들어간 목소리로 말했다.

"때가 됐어."

"어?"

"30분 후에 아이크하고 펠릭스가 엘리자베스 호수공원에서 라비랑 만나기로 했어."

"왜?"

"이번엔 돈 달라는 대로 다 주겠다고 했거든."

라비가 홍조 띤 얼굴로 대답했다. 콧잔등에 얹은 뿔테 안경이 비뚜름하게 기울어 있었다.

"그래, 그렇게 약속을 잡았지. 근데 우리도 다 같이 가서 놈들을 기다릴 거야."

자이드가 주먹 쥔 오른손으로 왼쪽 손바닥을 팡팡 치며 허세를 부렸다.

그래, 복수. 안 그래도 성질나 죽겠는데 화풀이로 딱이로군. 드디어 바달*을 행할 때가 된 거야. 조금씩 커져 가는 흥분을 느끼며 파디는 짐짓 거들먹거렸다.

"왜 나한텐 진작 얘기 안 했어?"

---

* 바달(badal) - 파슈툰왈리에 속하는 규범으로, '피의 복수'를 뜻한다.

라비가 대답했다.

"어젯밤에 전화했어. 계속 통화 중이던데?"

'그런가. 하긴, 어제 저녁 내내 누나가 전화통을 붙들고 놓질 않았으니.'

마수드가 이어 말했다.

"그리고 오늘 점심시간엔 네가 식당에 안 왔잖아. 뭐, 아무럼 어때. 지금 만나서 얘기했으면 된 거지. 가자."

파디는 배낭을 챙겼다.

"그래, 가자."

*

남자아이 열 명이 덤불 속에 숨는 건 쉬운 일이 아니었지만 어쨌든 해냈다. 라비가 약속 장소 근처에서 서성이는 동안, 파디와 나머지 동지들은 잎이 무성한 잔가지 뒤에 잔뜩 웅크린 채 부대껴 앉았다. 후미진 산책로 안쪽으로 더 깊이 들어간, 인적이 아주 드문 곳이었다. 까불기 좋아하는 비만 오리들 천지인 호수와는 몇 미터 거리였다.

라비는 덜덜 떨면서 초조하게 자꾸만 덤불 쪽을 흘깃거렸다. 어쩌다 잔가지 하나가 '톡' 부러졌는데 녀석은 그 소리에도 놀라 펄쩍 뛰었다.

"쫄지 마, 라비."

파디가 속삭였다. 저런 녀석한테 '너는 사진 대회에서 상 하나도 못 탔다'는 소식을 전해야 한다니 앞이 캄캄했다. 하지만 뭐, 입장이 서로 바뀌었다면 저 녀석도 앞이 캄캄하긴 마찬가지였을 것이다.

라비는 안경을 밀어 올리고 고개를 끄덕했다. 그러곤 계획대로 손에 묵직한 종이 봉투를 들고서 산책로 쪽에 시선을 고정시켰다. 아이크와 펠릭스는 저 봉투에 한 달 치 점심 값에 해당하는 돈이 든 줄 알 것이다. 실상은 구슬만 왕창 들었지만.

"3시 58분이야."

마수드가 속삭였다. 녀석이 손목시계를 확인하고 알려 준 것도 이번이 벌써 다섯 번째였다.

"왜 이렇게 늦어."

카를로스가 툴툴거리자 존이 톡 쏘아붙였다.

"라비가 기다리거나 말거나 놈들이 픽이나 신경 쓰겠다?"

픽 얌전한 녀석이었는데 지금은 태도가 180도 바뀌었다. 유독 의욕이 넘쳐 보였다.

파디가 "쉬잇!" 하면서 덤불 틈으로 산책로 쪽을 살폈다.

아이크와 펠릭스가 굽은 길을 돌아 나타나자 덤불 속도 쥐 죽은 듯 조용해졌다.

"야, 라비, 돈은 가져왔겠지?"

펠릭스 녀석이 떵떵거리며 어슬렁어슬렁 다가왔다.

라비는 꿀꺽 침을 삼키고는 쥐어짜는 목소리로 "으응" 하고 대답했다. 그리고 팔을 부들부들 떨면서 구겨진 봉투를 들어 보였다.

구슬끼리 부딪치는 소리가 파디의 귀에까지 들렸다. 긴장되는 순간, 파디는 동지들과 함께 짠 행동 계획을 머릿속으로 다시 한 번 확인했다. 아이크와 펠릭스가 지금 라비가 있는 나무 밑에 이르는 순간, 다 같이 뛰쳐나가 덮치는 거다.

아이크가 불량기 가득한 얼굴로 윽박지르기 시작했다.

"그런데 뭐 하냐? 냉큼 가져와라. 이 형님이 비디오 게임 하나 봐 둔 게 있거든."

라비는 꼼짝도 하지 않았다. 나무 밑에서 한 발짝도 벗어나지 않는 게 라비의 임무였기 때문이다. 매복 기습 작전을 펼치기엔 거기가 최적의 장소였다.

"야, 사람 인내심 시험하냐?"

펠릭스가 딱딱거리며 라비 옆으로 성큼 다가와 손을 뻗었다. 아이크도 나란히 서서 팔짱을 딱 꼈다.

라비가 펠릭스의 손에 봉투를 홱 떠밀었다.

"지금이야."

파디의 짧은 외침을 신호로 남자아이들이 일제히 뛰어나와 나무를 에워쌌다. 아이들은 빈틈없이 둥글게 서서 굳은 표정을 지었다.

"이건 또 뭐…….."

아이크가 퉁명스레 내뱉었다. 두 녀석은 거칠거칠한 나무 기둥에 등을 바짝 댔다.

라비가 이제야 마음 놓고 미소를 지으며 카를로스와 존 사이로 쏙 들어갔다. 녀석은 친구들의 어깨를 방패 삼아 호기롭게 고함쳤다.

"너희 둘이서 뻐기면서 다니는 거 꼴 보기 싫어! 우리도 당할 만큼 당했어!"

"우리한테서 돈 뜯어내는 거, 이유 없이 패는 거, 욕하는 거, 더는 못 참아."

마수드가 한 걸음 다가서며 몰아붙였다.

"못 참으면 어쩔 건데?"

펠릭스가 허리를 곧추세우고 머리를 빳빳이 쳐들었다. 키가 파디보다 15센티미터는 더 컸다.

"네놈들한테 인생의 쓴맛을 보여 줄 거다, 왜?"

자이드가 맞받아쳤다. 파디도 한 걸음 나섰다.

"감히 내 카메라를 부쉈겠다?"

생각보다 위협적인 목소리가 나와서 파디 자신도 놀랐다. 그런데 그 기분이 썩 괜찮았다.

"아버지한테 물려받은 카메라였어. 네놈들이 뭔데 날 공격하고 내 물건을 망가뜨려? 너희들한테 그럴 권리는 없……."

"난 터번말이가 아냐."

카를로스가 끼어들었다.

"그렇게 인종차별주의자가 되고 싶다면 뭘 제대로 알고나 해. 난 자랑스러운 멕시코인이야, 자식들아. 그래 뭐, 네놈들은 한 쌍의 멍청한 불량배에 불과하니까. 멍청이들 하는 말을 누가 새겨듣기나 하겠어?"

"그래, 맞아."

존이 맞장구를 쳤다. 포로가 된 악당들을 쏘아보는 녀석의 눈빛이 제법 매서웠다.

"네놈들 말을 누가 신경이나 쓴대? 야, 아이크! 넌 그저 잘난 척하는 인간쓰레기일 뿐이야."

다음으로 파디가 모르는 애가 불쑥 한 걸음 내디뎠다. 얼마 전에 전학 온 사모아 제도 출신 아이들 몇 명 중 하나인 것 같았다. 녀석은 펠릭스를 지목했다.

"너, 부모님이 꽤 부자라며? 공부도 엄청 하셨다며? 그런데 어떡하냐, 그렇게 훌륭한 부모님의 자식이 글도 제대로 못 깨친 팔푼이라서?"

남자애들이 일제히 와하하 하고 웃어 젖혔다. 파디도 같이 신나게 웃었다. 와, 진짜 짜릿했다. 권력을 손에 쥐는 것, 주도권을 잡고 상대방을 뒤흔들 수 있다는 것, 그게 이렇게 기분 좋을 줄

이야.

"나한테 막말하지 마!"

펠릭스가 발끈하여 주먹을 쥐고 한 발짝 나섰다.

"팔푼이!"

사모아 소년이 보란 듯이 외쳤다.

"팔푼이, 팔푼이, 팔푼이!"

나머지 소년들도 합세해 계속해서 약을 올렸다.

펠릭스는 얼굴이 새빨개져서는 더 나서지 못하고 슬금슬금 아이크 쪽으로 물러섰다. 두 녀석 모두 겁에 질린 얼굴이었다. 그 표정을 보고 파디는 더더욱 신이 났다.

'뿌린 대로 거두는 거야. 이제 네놈들이 당할 차례라고.'

"더 떠들어 봤자 입만 아프지. 다들 뭐 해? 저놈들한테도 따끔한 주먹맛을 보여 줘야지!"

자이드가 격하게 소리쳤다. 하지만 표정은 약간 주저하는 것처럼 보였다.

파디도 그랬다. 위협하고 겁주는 것과 진짜로 두들겨 패는 것은 전혀 다른 문제였다.

하지만 마수드는 준비 운동을 하듯 두 발을 번갈아 구르며 동지들을 독려했다.

"이야, 좋아. 해치우자고!"

소년들은 나무를 중심으로 서서히 원을 좁혀 가기 시작했다.

라비는 대담하게도 포로들 코앞에서 춤까지 춰 대며 깐족거렸다.

"야, 둘, 덤벼라 덤벼. 먼저 쳐 봐, 한 대 쳐, 응?"

포로들의 욱하는 표정에 라비가 움찔하고 물러서자 이번엔 존이 한 걸음 나섰다. 파디는 눈을 부릅뜨고 인상을 썼다. 존 녀석, 등 뒤로 뭔가를 질질 끌고 가는 게 아닌가.

"존, 안 돼!"

등골이 오싹했다. 존이 아등바등 끌고 가는 그것은 엄청 큰 나뭇가지였다.

존이 그 깡마른 팔을 힘껏 올려 펠릭스의 질겁한 얼굴을 향해 날카롭고 묵직한 나뭇가지를 휘두르려는 찰나, 마수드가 먼저 존의 팔을 붙잡았다.

"왜 이래, 그냥 겁만 주려는 건데!"

존이 불만스럽게 항변했지만 마수드는 고개를 저었다.

"안 돼, 존."

마수드는 존의 팔을 비틀어서 억지로 나뭇가지를 떨어뜨렸다.

한없이 뜨겁게 끓어오르던 파디의 승리감이 시뻘겋게 달군 숯을 찬물에 떨어뜨렸을 때처럼 '치익' 하고 한순간에 식어 버렸다. 파디는 도리어 불량배가 된 친구들에게서 포로들에게로 시선을 돌렸다. 두려움에 압도되어 나무 발치에 주저앉은 아이크와 펠릭스의 애처로운 표정이란. 파디의 머릿속을 가득 채웠던 복수심마저 사그라졌다.

'쟤들을 실컷 때린다고 해서 문제가 해결되는 건 아니야. 그런다고 망가진 내 카메라가 멀쩡해지진 않아.'

"이건 너무 심해. 점점 감당이 안 되잖아."

혼잣말처럼 중얼거렸는데 모두의 시선이 일제히 파디에게로 쏠렸다.

존과 자이드는 고개를 저었지만 나머지 아이들은 모두 주억거렸다.

"때리면 안 돼. 쟤들을 때리면 우리도 똑같이 나쁜 놈들이 되고 말아."

"하지만 저놈들이 그동안 우리한테 어떻게 했는데! 우리가 얼마나 오랫동안 당했는데!"

자이드는 좀처럼 쉽게 수긍하지 못했다.

"맞아, 이건 정당한 복수야."

존도 마찬가지였다.

마수드가 한숨을 푹 쉬고는 타이르듯 말했다.

"아니야. 쟤들을 두들겨 팬들 아무것도 해결되지 않을 거야."

파디는 둥그렇게 둘러선 아이들 한 명 한 명과 눈을 맞추었다. 대부분은 동의한다는 의미로 고개를 끄덕여 보였다.

사모아 소년은 찌푸린 얼굴로 버텼지만 결국은 두 손을 들었다.

"알았어, 알았다고."

파디는 마지막으로 아이크와 펠릭스에게 경고했다.

"똑똑히 기억해 둬. 또다시 학교에서 애들 괴롭혔다간 진짜로 우리한테 혼쭐날 줄 알아. 네놈들 하는 짓거리가 어떤지 스스로 진지하게 되돌아보길 바란다."

펠릭스와 아이크는 빠져나갈 구멍을 찾아 눈동자로 두리번거리며 경련하듯 끄덕거렸다.

파디는 친구들을 둘러보았다.

"동지들! 우리 이 녀석들한테 따끔한 주먹맛 대신 정신 번쩍 들게 차가운 물맛을 보여 주는 게 어떨까? 오늘 나눈 즐거운 대화를 애들이 두고두고 기억할 수 있게 말이야. 어때?"

마수드가 씨익 웃었다. 소년들은 버둥거리는 아이크와 펠릭스를 번쩍 들어 올려 호수로 냅다 던져 버렸다.

## 고백

토요일 아침, 사진부 학생들은 베순 선생님을 따라 고속전철
역으로 갔다. 도시는 너무 위험하다며 어머니가 동의서를 써 주
시지 않은 라비만 빼고 나머지 부원 열한 명이 전부 모였다. 파
디는 중고 모직 코트와 헐렁한 장갑 등으로 온몸을 꽁꽁 싸매고
나왔다. 답답했다. 파디는 까슬까슬한 재질의 간지러운 목도리를
느슨하게 풀었다. 찜통 안에서 서서히 익어 가는 바닷가재가 된
기분이었다. 베순 선생님 탓이다. 샌프란시스코 베이 에어리어가
주변 지역보다 더 춥다면서 옷을 여러 겹 껴입고 나오라고 당부
하셨기 때문이다. 12월에 프리몬트의 기온은 섭씨 18도 언저리
인데, 안개 자욱한 태평양을 옆구리에 낀 샌프란시스코의 기온
은 영하로 떨어지기도 한다나.

파디는 승강장에 서서 고개를 쭉 빼고 선로를 내려다보았다.
엄청 두꺼운 전선이 제3의 선로인 양 진짜 선로와 나란히 놓여
있었다. 저 전선이 열차에 900볼트의 전기를 제공한다고 한다.

'어후, 저 위로 떨어지면 진짜…….'

생각만 해도 몸서리가 쳐졌다.

고개를 돌려 베순 선생님을 바라보았다. 선생님은 선홍색 입
술을 달싹이며 학생들 머릿수를 세고 계셨다. 그러다 파디와 눈
이 마주치자 슬며시 윙크를 해 주셨다. 파디도 멋쩍은 미소로 답
했다. 이제는 다 이해한다는 선생님의 눈길에 자기도 다 안다고
답하는 눈길을 보내면서.

*

'동지들'이라 부르는 친구들과 힘을 합쳐 아이크와 펠릭스를
호수에 풍덩 빠뜨린 다음 날, 파디는 미술실로 이어지는 익숙한
길을 터덜터덜 걸었다. 다다 할머니의 정원에서 꺾은 장미 다발
을 들고서 파디는 베순 선생님의 책상 앞에 섰다. 부끄럽고 죄송
한 마음에 차마 고개를 들 수가 없었다.

"선생님, 어제는 제가 너무 무례했어요. 죄송합니다."

베순 선생님은 꽃다발을 받아 들고 파디에게 책상 맞은편 의
자에 앉으라고 권했다.

"흠, 그래…… 네 행동에 놀란 건 사실이야."

흠, 그래…… 그런데 왜 그랬니? 파디를 응시하는 선생님의 눈
길이 그렇게 묻고 있었다.

'지금이야. 말씀드려야 해. 사실대로 털어놓아야 해.'

파디는 입안의 침을 꿀꺽 삼켰다. 혓바닥에 땅콩버터를 처덕
처덕 바른 듯 입이 잘 떨어지지 않았다.

"왜 그랬냐면…… 그게요…… 전 꼭 우승해야 했거든요. 저한
텐 그게 무척 중요했어요."

"그래……."

선생님이 책상 위에 깍지 낀 두 손을 얹자 여러 겹의 은팔찌가
챙그랑 하고 맑은 소리를 냈다.

파디는 크게 심호흡을 하고 이야기를 시작했다. 마리암을 잃
어버린 이야기를 차근차근 이어 갔다. 시간이 지날수록 선생님
의 얼굴이 양쪽으로 축 늘어지고 두 눈엔 눈물까지 그렁그렁 맺
혔다. 선생님은 너무 속상하다는 투로 몇 번이고 "어머나, 세상
에" 하고 안타깝게 되뇌었다. 한 번은 휴지를 톡 뽑아 코를 풀기
도 했다.

"그런데 이게 전부가 아니에요."

파디의 눈빛은 명료하고 또 진지했다.

"전부가 아니라면…… 또 무슨 일이 있었니, 파디?"

파디의 가슴속에서 곪아 가던 무거운 응어리가 또 한 번 요동

치며 폐를 찌르고 심장을 옥죄었다. 파디는 긴 한숨을 내쉬었다. 목이 메어 말을 잇기가 힘들었다.

"선생님, 제가요…….."

선생님은 울음을 참는 듯 입술을 오므리고서 고개를 끄덕끄덕했다. 마음 놓고 얘기하렴, 모두 털어놓으렴, 하고 다독여 주는 것처럼.

'말씀드려. 그래야 돼.'

마음을 다잡고 목청을 가다듬은 다음, 파디는 고백하기 시작했다.

"트럭에 올라타려고 막 뛰어가던 순간에 마리암이 저랑 같이 있었어요. 그 애를 챙기는 건 제 몫이었어요. 그런데 애가 달리다 말고 갑자기 멈춰 서는 거예요. 자기 바비 인형을 제 가방에 넣어 달라고 조르더라고요. 그런데 그땐 정말 시간이 없었어요. 갑자기 탈레반이 나타나서…… 정신없이 달렸어요. 하지만 사람들이 너무 많아서…… 다들 트럭에 타려고 서로 밀고 당기고……. 그러다가…… 그 와중에…… 제가 그 애 손을 놓쳤어요. 그 바람에 마리암은 넘어졌고요."

베순 선생님의 눈이 커다랗게 벌어졌다.

"그러니까 제 말은…… 저 때문에 그 애가 혼자 거기에 남게 된 거예요. 제가 그 애를 책임지지 못해서……. 제 탓이에요."

말을 마친 파디의 눈길이 선생님의 기다란 갈색 손가락 언저리를 맴돌았다. 파디는 마음을 단단히 먹었다.

'사실을 아셨으니 이제 날 야단치시겠지.'

"파디."

베순 선생님의 부름에 파디는 놀라서 번쩍 고개를 들었다. 화가 나서 야단치는 게 아니라 그저 애처롭게 부르는 목소리였기 때문이다.

선생님의 두 뺨이 새빨갛게 상기돼 있었다.

"그런 생각 하면 못써!"

야단치시는 건 맞는데 파디의 예상과는 전혀 다른 얘길 하시는 게 아닌가. 파디는 어리둥절한 얼굴로 입을 멍하니 벌린 채 선생님을 마주 보았다.

"막내 동생을 잃어버린 건 네 잘못이 아니야."

"하지만 서, 선생님…… 어, 어떻게 그런 마, 말씀을 하세요?"

하도 당황한 나머지 파디는 말까지 더듬었다.

"그 애를 챙기는 건 제 책임이었어요. 그 애 손을 잡고 달린 건 저라고요. 그 망할 놈의 바비 인형만 제 가방에 넣어 줬어도…… 마리암은 여기에 있겠죠."

베순 선생님은 파디를 똑바로 응시하며 책상에 얹은 손 위로 상체를 굽혔다.

"있잖아, 파디, 착한 사람들에게도 나쁜 일은 일어난단다. 그때의 너도 정말 정말 나쁜 상황에 처했던 거야. 그 '망할 놈의' 바비 인형을 네 가방에 넣어 주다가 둘 다 트럭에 못 타고 남았으면 어떡할 뻔했니?"

"아아."

듣고 보니 그랬다. 그런 식으로는 한 번도 생각해 본 적 없었는데.

"지나간 일로 자책하고 혼자 속 끓이고…… 그러면 안 돼, 파디. 어떤 일의 결과를 정하는 건 결국 운명이야."

파디는 끄덕였다. 여러 가지 생각들이 머릿속을 어지럽혔다. 그래, 어쩌면 순전히 파디 자신의 잘못만은 아닐지도 모른다. 그때 그 상황에선 정말 어쩔 수가 없었으니까……. 베순 선생님 말씀처럼 그건 '운명'이었을지도.

"이제 나도 네가 왜 그렇게 그 비행기 표에 목숨을 걸었는지 알겠구나."

파디는 또 잠자코 끄덕였다. 주체할 수 없을 만큼 커다란 안도감이 밀려들면서 온몸에 힘이 쭉 빠졌다. 마치 뒤집힌 채 접시 위로 떨어져 허물어질 듯 흔들거리는 젤로처럼 몸속의 근육과 뼈가 온통 흐늘거리는 것 같았다. 파디는 이만 가야겠다고 생각하며 비틀비틀 자리에서 일어났다. 선생님도 얼른 일어나 파디를 따스하게 안아 주었다.

"파디, 방금 생각난 건데……."

베순 선생님은 검붉은 매니큐어를 칠한 손톱으로 아래턱을 톡

톡 두드렸다.

"너를 위한 모금 운동을 펼치면 어떨까 하는데."

무슨 얘긴지 도통 못 알아듣겠다는 제자의 표정을 보고 선생님은 "페샤와르행 비행기 표 살 돈을 모으는 거야"라고 설명했다.

"정말 그래도 될까요?"

파디의 가슴이 다시 한 번 희망으로 부풀어 올랐다.

"안 될 거 없지. 모금함을 설치하거나, 세차 아르바이트를 하거나, '빙고의 밤' 행사를 열어도 좋고. 우리 학교에 모금 활동 하는 애들이 좀 많니? 별의별 다양한 이유로 모금하잖아. 네 동생을 찾는 일이라면 우리 학교 선생님, 직원, 학생들 모두 발 벗고 나서서 도와줄걸?"

파디는 어리벙벙한 미소와 함께 선생님께 감사 인사를 드렸다. 집으로 돌아가는 발걸음이 날아갈 듯 가벼웠다.

파디는 모금 아이디어를 안과도 상의해 보았다. 안은 기똥찬 아이디어라며 대찬성했다. 뿐만 아니라 '마리암을 집으로' 캠페인을 맡아서 진행하겠다고 자청하기도 했다. 빵과 과자를 구워 팔거나 세차 아르바이트를 하면서 돈을 모으려면 몇 달이 걸릴 수도 있었다. 하지만 어쩌면, 정말 어쩌면 딱 필요한 만큼의 돈을 모을 수 있을 것이다. 어른 한 사람, 파디의 아버지가 비행기를 탈 수 있을 만큼의 돈이면 된다. 마리암을 찾아서 집으로 데려올 사람은 아버지여야 했다. 최선을 다해 모금 운동을 펼치는 것이 파디의 몫이듯 막내를 찾으러 가는 건 아버지의 몫이었다. 그렇게 해야 아버지와 아들이 함께 명예를 회복할 수 있었다. 학교 끝나고 집으로 돌아가는 파디의 발걸음은 지난 몇 달 동안 잃어버렸던 편안함을 되찾았지만 마음 한구석엔 아직도 죄책감이 자리하고 있었다. 이제는 식구들에게 말해야 한다. 마리암을 잃어버린 건 아버지, 어머니, 누나, 그 누구의 잘못도 아니라고.

*

시끄러운 신호음이 파디의 상념을 방해했다. 열차가 들어온다는 안내 방송이 울려 퍼지고 행선지 표지판에 '오클랜드 - 샌프란시스코'란 글자가 켜졌다. 파디는 얼른 안전선 안으로 물러섰다. 번쩍거리는 은색 열차가 바람을 몰고 들어오며 파디의 머리칼을 휙 날렸다. 안이 신은 에나멜 가죽 구두가 햇빛을 받아 반짝반짝 빛났다. 익숙한 몸짓으로 열차 안으로 폴짝 뛰어 들어가는 안을 따라 파디도 주춤주춤 열차 문을 통과했다. 안과 함께 창가의 빈자리를 차지하고 앉은 후, 파디는 창밖으로 휙휙 지나가는 프리몬트의 풍경을 내다보며 한숨을 쉬었다.

"재미있을 거야. 두고 봐."

안이 속삭이며, 간식으로 싸 온 사탕 봉지에서 감초 젤리를 꺼내어 내밀었다.

　젤리를 받아 입에 넣고 빨거나 씹으면서 파디는 심드렁하게 대꾸했다.

　"네가 그렇다면 그런가 보지……."

　실은 전시회에 가기 싫었다. 하지만 안이 매일 졸졸 쫓아다니며 하도 졸라 대는 통에, 그리고 안의 수상을 진심으로 축하해 주고 싶었기 때문에 하는 수 없이 아버지에게 동의서 서명을 받았다. 상 탄 친구 앞에서 계속 그렇게 상처 입은 패배자 티를 내면서 침울한 모습만 보여 주면 안 되는 것이니까. 알싸한 감초 향이 입안 가득 퍼지며 혀를 자극했다. 며칠 전 아버지와 나눈 대화 내용이 머릿속에 몽실몽실 피어올라 떠돌기 시작했다.


*


　자푸나와 누르는 닐루페르 이모네로 저녁을 먹으러 갔다. 하지만 파디는 수학 숙제가 산더미라는 핑계를 대며 집에 남았다. 창문에 후드득 떨어지는 빗방울 소리를 들으며 파디는 아버지와 함께 따뜻하고 아늑한 주방에 둘만의 간식 상을 차렸다. 파디가 먹을 간식은 평소와 다름없이 트윙키를 한 입 크기로 잘라서 땅콩버터를 덧바르고 얇게 썬 바나나 조각을 얹은 것이었다. 아버지 몫은 설탕 입힌 아몬드 한 줌과 녹차 한 주전자였다. 냉장고에서 우유 팩을 꺼내어 유리잔에 따르면서도 파디의 머릿속은 아버지에게 어떻게 말을 꺼내나 하는 생각으로 가득 차 있었다. 잔과 우유가 맞닿은 곳에 맺힌 하얀 잔거품이 유리잔 테두리로 올라오는 것을 보면서 파디는 한숨을 쉬었다.

'그냥 말하자.'

그렇게 결정하고는 입을 열었다.

"아버지…… 저 말이에요…… 사진 대회 우승 못 했어요."

아버지는 안타깝다는 듯 눈살을 찌푸렸다.

"아…… 뭐, 넌 최선을 다했으니까."

'최선을 다하는 것으론 부족했지요.'

파디는 가슴에 뻐근한 통증을 느끼며 생각했다.

"하지만 아버지, 그게 어떤 뜻인지 아세요? 제가 누나한테 50달러나 받아 쓰고서도 인도로 가는 비행기 표를 못 구했다는 의미예요."

아버지는 천천히 아몬드를 씹다가 전자레인지 옆에 나란히 꽂힌 책들 중에서 '루미(13세기 중동의 신비주의 시인이자 이슬람 법학자 — 옮긴이)'의 시집을 뽑았다.

"하나만 물어보자. 대회 출품작을 찍는 동안 즐거웠니? 그 과정에서 뭔가 배운 게 있어?"

파디는 평온한 아버지의 얼굴을 바라보았다. 선뜻 대답이 나오지 않았다. 아버지와 함께 샌프란시스코 시내를 돌아다니고 필모어 스트리트를 오르락내리락하며 느꼈던 흥분이 떠올랐다. 안과 잘마이, 아바이 할머니와 다다 할아버지와 함께했던 두 번째 촬영은 어떻게 지나갔는지도 모르게 정신없이 진행되었다. 해 질 녘에 촬영하는 것이 보통 까다로운 게 아닌데 마침내 그 어려운 촬영 기법을 제대로 이해할 수 있게 된 날이기도 했다.

"……네, 즐거웠어요. 새로운 기술도 익혔고요."

"그렇다면 더 바랄 게 없구나. 그게 가장 중요하단다, 파디. 대회에서 상을 타는 게 전부는 아니잖니. 여기 루미의 시를 보렴. '영혼으로 행할 때 내 안에 흘러드는 강물을 느낍니다, 환희를.' 그러니 파디, 네가 정말 하고 싶고 좋아하는 일을 해야 한다. 그런 일에 따르는 보상이 얼마나 큰지 넌 상상도 못 할 게야."

파디는 한숨을 쉬었다. 아버지의 철학이 파디에겐 현실과 너무 먼 얘기로만 들렸다.

'아버지, 그래도 이번만큼은 상을 타는 게, 아니 우승하는 게 전부였다고요.'

그리고 아직 할 말이 남았다. 그 얘기를 꺼내기 위해 파디는 용기를 쥐어짜 내야 했다. 마리암의 손을 놓친 장본인을 밝혀야 했다. 다시 한 번 마음을 굳게 먹고 얘기를 꺼내려는 순간, 하필 찻주전자가 물 끓는다고 휘파람을 불어 대며 아버지의 주의를 끌었다. 파디가 간신히 끌어모은 용기는 순식간에 흩어져 날아갔다.

누르도 눈 하나 깜짝하지 않았다. 아까 파디가 대회에서 우승하지 못했다고, 누나 돈을 허투루 날렸다고 털어놓았는데도 말이다.

"야야, 어쨌든 애는 썼잖아."

이렇게 별일 아니라는 듯이 대꾸하고는 뻐기듯 고개를 홱 쳐들고서 나가 버렸다. 파디로선 마리암 얘기를 꺼낼 틈도 없었다.

'왜 다들 이렇게 마음이 넓어? 길길이 뛰면서 화내고, 패배자라고 비난해야 마땅하잖아. 그래, 마리암을 놓친 게 나라는 걸 아직 모르기 때문이겠지. 처음에 내가 그 애 손을 놓쳤을 뿐 아니라 그 애를 찾을 수 있는 또 한 번의 기회마저 놓쳤다는 걸 아무도 모르니까.'

\*

흔들리는 열차 안에서 창밖을 내다보는 동안, 파디는 가슴이 답답해졌다. 안에서 무언가가 딱딱하게 굳는 것 같았다.

'솔직해져야 해.'

진실을 너무 오랫동안 숨겼다. 혼자만 간직한 비밀이 가슴속에서 썩어 가고 있었다. 베순 선생님께 말씀드린 건 잘한 일이었다. 아직 식구들에겐 말하지 못했지만 반드시 말해야만 했다. 단단한 결의가 가슴속에 자리 잡았다.

'명예심은 어디로 팔아먹었냐, 파디?'

파디는 허리를 딱 펴고 바른 자세로 고쳐 앉았다.

'아버지, 어머니, 누나한테 내 잘못이었다고 털어놓겠어. 마리암을 잃어버린 건 나라고 말하겠어.'

오늘 저녁 식탁에 온 가족이 둘러앉은 자리에서 파디는 말할 것이다. 아프가니스탄을 떠나던 그날 밤 정말로 무슨 일이 있었는지 고백할 것이다. 많이 늦었지만 마리암을 잃어버린 데 대한 책임을 기꺼이 짊어질 것이다.

# 사진 속의 소녀

파디가 드디어 식구들에게 진실을 밝히기로 굳게 마음먹고 그에 관한 생각들에 빠진 사이, 어느덧 웨스트 오클랜드 역에 도착한 열차가 서서히 속도를 줄였다. 오클랜드 시내로 들어가기 전, 이스트 베이에 있는 마지막 역이었다. 승강장에서 기다리던 승객들을 태우고 다시 문을 닫은 후, 열차는 내리막길로 된 터널로 미끄러져 들어갔다. 거의 동시에 열차 안의 전등이 깜빡깜빡하다 꺼져 버리고 터널 속 어둠이 승객들을 덮쳤다. 파디는 조금 무서워져서 좌석 모서리를 두 손으로 부여잡았다. 잠시 후 전등이 깜빡깜빡하다 다시 켜지고 열차는 한층 더 빠른 속도로 달려갔다.

'우우, 토할 것 같아.'

흘긋 위를 처다봤다가 하마터면 진짜 토할 뻔했다. 머리 위로 물이 어마어마하게 튀고 있었다.

"괜찮아, 파디."

안이 파디의 손을 토닥이며 속삭였다.

"생각해 봐. 꼭 미술 시간에 우리 조 작품 같잖아. 『해저 2만 리』말이야. 우린 노틸러스 호를 타고 해저를 누비는 거야."

파디는 나오지 않는 웃음을 억지로 짜냈다. 그래도 덕분에 몸의 긴장은 조금 풀어졌다. 고작 몇 분 만에 열차는 육지로 올라와 조금씩 속도를 줄이며 엠바르카데로 역으로 들어섰다. 베순 선생님이 학생들에게 여기서 내리라고 지시했다. 선생님은 학생들을 이끌고 전차 정거장으로 가서 마리나 디스트릭트행 4번 전차로 갈아탔다.

"아아, 난 이 도시가 정말 좋아!"

안이 한숨을 토해 내듯 혼잣말을 했다. 안은 차창에 코를 바짝 대고서 바깥 풍경에 흠뻑 빠져들었다.

과연 아름다운 도시였다. 알록달록 반짝반짝한 크리스마스 장식이 도시의 화려함을 더욱 돋보이게 했다. 가로수에 둘러친 조그만 색 전구들이 별빛처럼 예쁘게 깜빡거리고, 길가의 상점들은 서로 경쟁이라도 하듯 최고로 멋들어진 장식으로 축제 분위기를 자아냈다.

크리스마스 선물을 사러 나온 인파가 인도를 점령했다. 저마다 양손에 넘치게 쇼핑백을 들고 발길을 재촉하고 있었다.

"나한텐 너무 벅차다. 좀 복잡한 것 같아. 잔디밭 같은 데 없나? 탁 트인 데로 가고 싶어."

파디의 감상 평에 안은 조금 서운한 기색이었다.

"신 나지 않아? 구경거리도 많고 놀 거리, 먹을거리도 얼마나 많은데."

"날씨도 괴상해."

파디의 시선이 '뱅크 오브 아메리카' 건물 꼭대기를 향했다. 해가 중천인데 아직도 짙은 안개가 내려앉은 채 햇빛을 막고 있었다. 오클랜드는 햇빛이 쨍하니 청명한 날씨였는데 말이다.

도시에서 사는 게 좋은지 나쁜지를 두고 둘이서 사이좋게 티격태격하는 동안 전차는 부지런히 달려 목적지에 도착했다.

안이 말했다.

"저기 네가 원하던 잔디밭이다."

"우와."

전차에서 내리자마자 파디는 감탄을 토하며 길 건너 풍경을 바라보았다. 구불구불한 모양의 얕은 호수가 깔려 있고, 둥근 지붕을 얹은 그리스 신전이 호수 기슭의 거의 반을 차지하며 위풍당당하게 서 있었다. 물가의 갈대와 장밋빛 신전 기둥 사이로 우아하게 노니는 백조들도 보였다.

"짜잔! 바로 저기가 그 유명한 '예술 궁전'이야."

"멋지다."

안의 설명에 파디는 또 한 번 감탄사를 내뱉었다.

베순 선생님 말씀대로 샌프란시스코는 추웠다. 파디는 목도리를 다시 동여매고 나머지 학생들과 함께 팰리스 드라이브를 따라 걸었다. 과학관 입구는 두 블록 건너 리온 스트리트에 있었다. 으리으리한 '궁전'의 후문이 바로 과학관 입구였다.

길쭉한 타원형의 문들이 뻥뻥 뚫린 벽면에 알록달록 재미난 간판이 붙어 있었다. 베순 선생님은 학생들을 입구 쪽에 집합시키고 입장권과 이름표를 나눠 주었다.

가슴에 이름표를 다는 데 여념이 없는 파디를 안이 쿡 찌르며 바닥을 가리켰다. '물리학자 프랭크 오펜하이머 박사가 1969년에 설립함'이라고 적힌 안내판이 있었다.

안이 꿈꾸듯 말했다.

"진짜 대단한 분이야. 엄청 똑똑하셨지. 박사님의 형도 과학자셨어. 두 분이 제2차 세계 대전 때 원자 폭탄을 만드는 비밀 프로젝트에도 참여하셨대."

'아이고, 진짜로 앤 클로디아랑 완전 판박이야.'

파디는 슬며시 웃음을 지었다.

"자, 들어갑시다."

베순 선생님이 함박웃음을 머금고 말했다. 아이들은 선생님을 따라 폴짝거리며 유리문 안으로 들어갔다. 안내 부스를 지나자

광대한 로비가 펼쳐졌다.

'와아.'

파디는 감탄, 또 감탄했다. 이렇게 넓은 실내는 태어나 처음 보는 것 같았다. 아, 샌프란시스코 공항 입국장은 빼고. 여러 개의 화살표가 수백 점의 전시물이 있는 방향을 친절하게 일러 주었다. 관람객이 직접 손으로 만져 보고 체험할 수 있는 전시물이라고 했다. 로비 중앙엔 사진 대회와 전시회를 알리는 커다란 안내판이 세워져 있었다. 파디는 선생님과 아이들을 뒤따라 넓은 로비를 가로질렀다. 드디어 전시회장이었다. 안으로 들어서자마자 이젤에 얹혀 전시된 엄청 큰 사진들 수십 점이 눈에 들어왔다. 나머지 사진들은 천장부터 내려오는 줄에 매달려 있거나 전시판에 올려져 있었다. 전시장 안을 배회하며 친구들과 웃고 떠들거나 수상 작품을 자세히 들여다보거나 하는 아이들이 족히 수백 명은 되어 보였다.

"자, 여러분, 30분 후에 저기서 다시 모입시다."

베순 선생님이 오른쪽 구석에 있는 기둥을 가리키며 일렀다.

"전시장 옆 공간에서 열리는 시상식에 다 같이 갈 거예요. 가벼운 다과를 곁들인 축하 파티까지 즐기고 오후 2시에 프리몬트로 돌아갑니다. 그럼 이제 흩어지세요! 마음껏 즐겨요. 그리고 안, 너는 먼저 심사 위원들을 봬야 한다는구나."

"네, 선생님."

안은 냉큼 대답하고는 파디에게 귓속말로 소곤거렸다.

"나랑 만나서 뭘 하겠다는 건지 모르겠지만 후딱 갔다 올게."

"천천히 다녀와."

파디는 관계자 테이블로 후다닥 달려가는 안을 지켜보았다. 샌프란시스코 시의원 헨리 왓슨과 악수할 때의 안은 신 나고 떨려서 어쩔 줄 모르는 모습이었다. 물론 파디는 친구의 수상이 진심으로 기뻤다. 그래도 살짝 질투가 나는 것까지 막을 수는 없었다. 파디는 목도리를 느슨하게 하고 벙어리장갑을 벗어 코트 주머니에 쑤셔 넣었다. 일단 혼자라도 구경 좀 해야지. 파디는 먼저 원형으로 전시된 수상작 코너로 가서 안의 사진을 찾아보았다. 와, 엄청 컸다. 가로 120센티미터, 세로 180센티미터쯤 되는 것 같았다. 사진 아래에 안의 이름과 학교명이 적혀 있었다.

이렇게 크게 보니, 춤에 빠진 무용수들의 모습을 작은 것 하나 빠짐없이 아주 세세히 볼 수 있었다. 사진이 뿜어내는 강렬한 정서에 파디는 새삼 감동받았다. 안의 사진 왼쪽은 3등상으로 뽑힌 사진이었다. 수상자인 에밀리 존스턴은 세인트버나드(스위스가 원산지인 견종.『플랜더스의 개』의 주인공 파트라슈가 세인트버나드종이다. ─ 옮긴이) 머리 꼭대기에 떡하니 앉은 조그만 새끼 고양이를 찍었다. 그리고 딱 필요한 부분까지만 절묘하게 프레임 안에 넣었다. 세인트버나드의 시선은 위를 향하고 고양이는 아래를 향해서, 사진을 보는 사람의 시선은 저 둘의 표정에 집중하게 되었다.

'귀엽네. 하지만 너무 빤하잖아.'

파디는 빙글 돌아서, 마커스 샐이 찍은 1등상 작품을 감상했다. 1등상 수상자는 광활한 태평양을 배경으로 고독하게 홀로 우뚝 선 삼나무 고목을 찍었다.

'멋진데.'

파디는 조금 더 가까이 다가가 자세히 들여다보았다. 비옥한 토양을 뚫고 지면으로 밀려 올라온, 근사하게 휜 나무 뿌리. 그 너머에서 넘실거리는 파도. 정말로 찝찔한 바닷바람을 맞는 것 같은 착각마저 들었다.

'진짜 멋지다. 하지만 1등상감으론? 글쎄올시다. 하긴, 아무렴 어때. 내가 심사 위원도 아니고.'

대상 수상자, 캘버트 고등학교의 필버트 듀베리가 자기 작품 옆에 서 있었다. 꽁지깃을 펴고 으스대는 공작새처럼, 자랑스러워 죽겠다는 표정으로. 나비넥타이를 너무 자주 고쳐 매고 새하얀 이를 드러내며 싱글거리는 꼴이라니.

파디는 조금 아니꼬운 속내를 감추며 축하 인사를 건넸다.

"축하해요."

"고맙습니다."

대답하는 순간에도 필버트는 자랑스레 가슴을 쑥 내밀었다.

여자애들이 우르르 몰려와서 파디가 자리를 비켜 주었다. 대상 작품을 마주 본 파디의 입에서 절로 휘파람이 새어 나왔다. 인정. 파디의 눈에도 대상으로 뽑힐 만한 작품이었다. 스카이다 이버가 수정처럼 맑고 광활한 하늘을 향해 거꾸로 뛰어드는 순간을 포착한, 실로 독창적이고 역동적인 사진이었다. 프레임 안에 비행기 문이 걸쳐져 있어 마치 3D 화면처럼 보이는 효과를 냈다. 스카이다이버의 표정도 정말 재미있었다. 간결함, 구도, 빛까지. 과연 모든 요소가 고루 녹아든 걸작이었다.

'상처 입은 패배자 놀이는 그만.'

파디는 속에서 다시 솟아나는 자괴감을 몰아내며 사진들이 일렬로 쭉 걸린 벽을 향해 발길을 돌렸다. 사진들 위에 '상위 작품 50선'이라 적힌 표지판이 박혀 있었다.

'좋아.'

파디는 맨 위부터 감상하기 시작했다. 퍽 훌륭한 작품들이었다. 어떤 건 웃음을 자아냈고, 어떤 건 진지했으며, 또 어떤 건 슬프면서도 강렬했다. 그러던 어느 순간, 파디의 심장 박동이 미친 듯이 빨라졌다. 왼쪽 맨 아래, 아바이 할머니에게 장미꽃을 건네는 다다 할아버지가 있었다. 파디는 허리를 굽혀 아련한 황혼의 빛이 자아내는 부드러운 그림자를 자세히 들여다보았다.

'어쨌든 50위 안에는 들었군.'

"이 작품이 참 마음에 들었는데 말이야."

등 뒤에서 들리는 굵직한 목소리에 파디는 깜짝 놀라며 뒤돌아보았다.

"이런, 미안. 놀라게 할 생각은 없었는데."

회색 콧수염을 가진 아저씨였다. 색 바랜 트위드 재킷과 청바지 차림이었다.

파디도 아는 사람이었다. 지금껏 사진으로만 본 사람. 클라이브 머레이.

긴장한 파디는 침을 꿀꺽 삼키고 쭈뼛쭈뼛 인사를 건넸다.

"아…… 안녕하세요. 머레이 선생님."

"편하게 이름으로 부르렴."

서글서글한 미소를 머금은 얼굴로 클라이브 머레이는 파디의 이름표를 흘깃 쳐다보았다.

"아, 네가 파디였구나?"

"어어…… 네."

"흠, 난 이 사진의 구성이 참 좋아. 피사체의 모습이 아주 자연스럽잖아? 자신들이 사진 찍히는 중이라는 사실조차 모르는 것 같아."

"감사합니다."

마음이 따뜻해지는 것을 느끼며 파디는 수줍게 말했다.

"내가 개인적으로 인물 사진을 특별히 좋아하기도 하고. 어디서건 가던 길을 멈추고 사람들 모습을 찍으려고 한단 말이지. 심지어 교전 지역이나 전쟁터에서도 그래. 내 눈엔 사람들의 얼굴에서 진짜 이야기가 보이더라고."

"쉽진 않았어요. 빛이 자꾸 바뀌어서."

"빛이란 게 친구도 원수도 될 수 있지."

클라이브가 쿡쿡 웃었고 파디도 동감하며 끄덕였다.

"해 질 녘에 특히 그렇죠."

"꾸준히 연습해라. 위험도 감수해 보고. 원래 실수하면서 배우는 거야. 나도 아직까지 실수를 범하는걸."

"정말요?"

클라이브 머레이가 실수를 한다니 파디로선 상상도 할 수 없었다.

"이리 와라. 직접 보여 줄게. 너 같은 미래의 작가들에게 보여 주려고 모아 둔 자료가 있단다. 보고 배우라고."

파디는 클라이브를 따라 전시장 안쪽에 놓인 테이블로 갔다. 테이블 앞면에 '소시에테 지오그라피크' 로고가 박힌 현수막이 걸려 있었다.

클라이브가 커다란 앨범을 가리켰다.

"이건 내 최근 작품들을 모은 앨범이야. 얼마 전에 다녀온 아프리카와 아시아에서 찍은 사진들이지. 자 그럼, 내가 사람들 머리통을 소재로 과연 '걸출한' 작품을 뽑아냈는지 어디 한번 찾아볼까?"

파디는 웃으며 앨범을 펼쳤다. 첫 사진은 저 멀리 산 너머에서 폭탄이 터지는 와중에도 논일에 여념이 없는 여인들을 찍은 것이었다.

'전쟁 중에도 사람은 먹어야 하지.'

파디는 서글픈 현실을 한탄하며 다음 사진으로 넘어갔다. 아프가니스탄 어딘가의 흙먼지 풀풀 날리는 도로에서 큰 칼을 차고 행군하는 군인들 사진이었다. 그다음 사진의 주인공은 머리에 터번을 두르고 손엔 소총을 들고 선 한 청년이었다. 청년의 의외로 앳된 얼굴에 놀란 파디는 눈을 깜빡깜빡하며 몇 번이고 그 사진을 다시 들여다보았다. 그다음 사진은 꾀죄죄한 부르카를 뒤집어쓰고 흙먼지를 날리며 길을 걸어가는 여인들의 모습이었다. 파디는 나직한 목소리로 물었다.

"이거 어디서 찍으셨어요?"

"파키스탄과 아프가니스탄이 만나는 국경 지대. 최근에 거기서 발발한 전투를 취재하러 갔다 왔어."

"아아."

파디는 별다른 대꾸 없이 책장을 넘겼다.

순간 파디의 눈이 휘둥그레 커졌다. 들이마신 숨이 폐에서 얼어붙는 것 같았다. 난민 수용소 사진이었다. 파디의 시선이 사진 속의 한 지점에 콕 박힌 채 움직이지 않았다. 텐트로 둘러싸인 좁은 공터에서 뛰노는 아이들. 그중 한 소녀가 찢기고 더러워진 꽃분홍색 부르카를 입은 인형을 꼭 끌어안고 있었다.

비행기 표는 필요 없었다. 누가 페샤와르로 날아가 마리암을 찾아 헤맬 필요도 없었다. 마리암은 클라이브 머레이가 찍은 사진 속, 바로 그 난민 수용소에 있었다. 그날 밤 하비브는 미국 영사관과 나르기스에게 전화를 걸어 마리암이 있는 곳을 알려 주었다. 그로부터 24시간이 채 지나지 않아 그들이 마리암을 찾아냈고 마리암은 미국 총영사관의 배려로 곧장 샌프란시스코행 비행기에 몸을 실었다. 이틀 후, 아바이 할아버지와 다다 할머니를 제외한 가족 전부가 샌프란시스코 국제공항으로 향했다. 하비브는 꽃다발을, 아민은 헬륨을 채운 풍선을 들었다. 잘마이를 비롯한 사촌들은 환영 문구가 적힌 팻말을 들었고, 누르는 신나서 난리법석인 사촌 동생들을 진정시키고 마중 인파 앞에 놓인 분리선 안으로 들어가지 못하게 막느라 진땀을 뺐다. 닐루페르와 자푸나는 두 손을 서로 부여잡은 채 유리문과 가장 가까운 곳에서 서성였다. 파디는 어지러운 난장을 피해 조금 떨어져서 기다렸다. 한쪽 어깨에 걸머진 배낭 속엔 마리암의 보물인 낡은 꿀 깡통과 새로 산 바비 인형 세 개, 최고급 초콜릿 한 상자가 들어 있었다. 파디의 눈길은 세관과 통하는 유리문을 떠나지 않았다. 문이 열릴 때마다 바짝 긴장하고 숨을 멈췄다가, 모르는 사람이 나오는 걸 보고 한숨 토해 내기를 몇 번이나 반복했는지 모른다. 그렇게 모두가 떨리는 마음으로 한 사람을 애타게 기다리는 가운데…… 저기, 유리문 안에 언뜻 분홍빛이 비치나 싶더니 그다음 순간, 드디어 마리암이 나타났다! 유리문 가까이 이르자 마리암은 지금껏 자상하게 자신을 챙겨 준 세관원의 손도 뿌리치고 깡충깡충 뛰어 한달음에 문밖으로 나왔다. 그러더니 마치 오빠가 어디에 있는지 탐색하듯 문 앞에 오도카니 서서 두리번거렸다. 단 몇 초 만에 마리암의 몽롱한 눈길이 오빠를 발견해 냈다. 반갑게 달려오는 마리암을 하비브가 가로챘다. 아버지는 감격에 겨운 힘찬 포옹으로 막내딸을 맞이했고 어머니는 기쁨에 겨워 뜨거운 눈물을 하염없이 흘렸다.

그날 밤, 아민과 닐루페르의 집에선 떠들썩한 축하 파티가 열렸다. 마리암이 함께한 저녁 식사 시간, 몇 달 만에 파디는 만두한 접시를 싹싹 비웠다. 한 입 한 입, 그 맛을 실컷 음미하며 꼭 꼭 씹어 먹었다. 졸지에 가족과 생이별하고 홀로 남겨진 마리암을 곁에서 지키느라 부쩍 더 늙어 버린 굴미나는 그 공로를 인정받아 마리암과 파디 사이에 당당하게 자리했다. 마리암은 혼자 남겨진 후 국경을 넘어 페샤와르로 가기까지의 이야기를 굉장한 모험담이라도 되는 양 신 나게 떠들어 대고 있었다. 파디는 쉴 새 없이 조잘거리는 동생의 옆모습을 흐뭇하게 바라보았다. 많이 말랐고 얼굴도 여위었다. 하지만 분명 마리암이었다. 파디는 물론이고 온 가족이 그토록 그리워하던 귀염둥이 막내딸, 마리암. 마리암의 손가락이 부드러운 카펫이 깔린 바닥 위를 슬금슬금 기어 오기 시작했다. 굴미나의 등 뒤로 뻗은 마리암의 손을 파디의 손이 감싸 쥐었다. 마리암은 슬쩍 고개를 돌려 오빠를 향해 생긋 웃어 보이고는 다시 가족들을 둘러보며 이야기보따리를 풀어 놓았다. 파디는 마리암의 조막만 한 손을 꼭 쥐었다. 따스하고 충만한 기운이 기분 좋게 온몸으로 퍼져 갔다.

작가의 말

난 이 소설을 쓰고 싶지 않았다. 정말이다. 싫었다. 쓸까 말까 몇 년이나 고민했다. 아니, 쓰지 않겠다고 버텼다. 왜냐고? 민감한 내용, 개인적인 경험담을 담아야 했기 때문이다. 9·11, 테러와의 전쟁, 이슬람 문화, 아프가니스탄의 문화와 정치를 다뤄야하고, 카불에서 탈출해 미국으로 망명한 우리 남편 가족의 과거사를 드러내야 했기 때문이다. 하지만 그토록 무시하고 밀어내려 하는데도 이 이야기는 한사코 머릿속을 맴돌며 끊임없이 나를 괴롭혔다. 그래서 결국 내가 졌다. 머리를 싸매고 엄청나게 고민한 끝에 남편의 과거사를 허구의 이야기로 다시 매만지되 복잡 미묘한 아프가니스탄 문화와 정치를 최대한 쉽게 설명하여 독자들의 이해를 돕기로 했다.

1970년대 말, 내 남편의 아버지 즉 나의 시아버지는 카불 대학의 교수셨다. 파디의 아버지처럼 그분도 매디슨의 위스콘신 대학에서 농학 박사 학위를 취득하셨다. 그런데 1979년에 소련이 침공하여 아프가니스탄 정부를 공산주의의 꼭두각시로 만들었다. 이런 상황에서 우리 시아버지 같은 지식인층 인사는 선택을 강요받게 되었다. 즉 현 정부에 힘을 보태거나, 감옥에 갇혀 고문당하거나, 그것도 아니면 나라를 떠나는 수밖에 없었다. 이 책에서 파디의 아버지도 비슷한 선택의 기로에 섰다. 우리 시아버지와 하비브 누르자이의 망명은 시기와 경로가 다르지만 두 사람 모두 목숨을 걸고 가족과 함께 미국행을 감행했다. 시아버지는 아내와 두 아들을 데리고 망명길에 올랐고, 다행히 내 남편의 남동생은 마리암과 달리 불의의 사고로 혼자 뒤처지는 불행을 겪지 않았다. 또한 남편의 가족과 파디의 가족은 미국에 도착해 새로운 삶에 적응하는 과정에서도 수많은 시련을 겪어야 했다는 점에서 서로 닮았다. 나의 남편도 파디처럼 미국에 난민으로 들어와 새 학교, 철없는 친구들의 괴롭힘, 차별 대우를 겪으며 자라야 했다. 그러나 둘 다 미국 생활에 훌륭하게 적응해 냈고, 친구도 사귀었으며, 꿈을 좇아 성공하기도 했다.

아프가니스탄은 과거 수천 년에 걸쳐 외세의 침략에 시달려 왔다. 알렉산더 대왕과 칭기즈칸이 군대를 이끌고 쳐들어왔고, 영국과 소련도 그랬다. 그러나 아프가니스탄 땅을 정복하려는 시도는 모조리 실패로 돌아갔다. 오랜 전쟁으로 피폐해진 이 나라에 이제는 미국이 나서서 뭔가를 하려고 한다. 이 시점에서 모두가 주지해야 할 교훈이 있다. 아프가니스탄은 아직 전쟁의 상흔을 씻어 내지 못했을 뿐 아니라 여러 부족(파슈툰족, 타지크족, 하라자족, 우즈베크족 등) 간의 갈등도 끊이지 않는 땅이다. 그러나 이 모든 상황에도 불구하고 아프가니스탄 국민은 여전히 강인하고 조국에 대한 자부심도 높다.

『오빠 손을 잡아』는 카르자이 대통령의 선출을 계기로 희망적인 미래를 예견한다. 2001년 말, 탈레반은 나라의 비주류로 밀려났고 아프가니스탄에도 희망이 새로이 싹텄다. 그러나 안타깝게도 10년이 채 지나지 않아 탈레반이 다시 일어나 활동을 벌이고 있다. 미국의 지원을 받아 카르자이 대통령이 이끄는 오늘날의 카불 정부는 자신들이 아프가니스탄의 중앙 정부임을 계속해서 강조하면서도 카불 외의 지역은 거의 방치하다시피 하는 실정이다. 깨끗한 물, 고용, 교육, 안전 등 아주 기본적인 것들 외엔 더 바라는 것도 없는 아프가니스탄 국민들로선 실망과 불안이 앞설 수밖에 없다. 우유부단한 지도자를 믿고 따르느냐, 아니면 또다시 갈등과 내전으로 얼룩진 나라가 되느냐. 아프가니스탄이 또 한 번 이런 선택의 기로에 놓였다는 사실이 나는 못내 서글프다. 아프가니스탄 국민은 강하고 꿋꿋한 사람들이다. 후대의 아이들만큼은 평화로운 나라, 전 세계로부터 존중받는 나라에서 살게 하고픈 꿈을 가진 사람들이다.

나도 그들도 아직 희망을 버리지 않았다. 언젠가는 아프가니스탄에도 평화와 안전, 번영이 찾아오리라. 인샬라.

놀 청소년문학은 10대들이 스스로 선택해서 읽고 싶은 재미있는 책들을 소개합니다.
책 속에서 나를 만나고, 나를 넘어선 세상과 만나게 이끌어 주는 새로운 성장문학선입니다.

**1**

### 리버보이 팀 보울러 지음

★카네기 메달 수상 ★2008 네티즌 선정 올해의 책

죽음을 앞둔 할아버지와 열다섯 살 손녀의 이별 여행을 통해 만남과 헤어짐, 삶과 죽음 뒤에 숨겨진 인생의 진실을 아름답게 그린 성장 소설. 전 세계 21 개국 10대들의 영혼을 두드린 최고의 성장 소설로 꼽힌다.

**2**

### 스타시커 1, 2 팀 보울러 지음

아버지를 잃은 상실감과 세상에 대한 반항심으로 마음을 닫아 버린 열네 살 소년이 서서히 마음의 문을 열고 상처를 치유해 나가는 과정을 담고 있다. 풍부하고 서정적인 풍경 묘사에 음악적 묘사와 미스터리가 결들여진 매혹적인 작품.

**4**

### 미안해, 스이카 하야시 미키 지음

★2009 한우리 선정 좋은 책 ★2008 우리교육 선정 좋은 책

아사히신문, 요미우리신문 등 일본 언론을 통해 화제가 되었던 열네 살 왕따 소녀의 실화 소설. 수많은 학교에서 권장 도서로 채택되었다. 청소년들에게 우정의 소중함과 스스로를 사랑하는 마음의 중요성을 가슴으로 전해 주는 작품.

**5**

### 스쿼시 팀 보울러 지음

세상의 잣대를 들이대며 성공만을 강요하는 아버지와 그 안에서 끊임없이 억눌리다가 마침내 자신의 진정한 목소리를 찾게 되는 한 아들의 이야기. 동시에 아픔을 지닌 아이들이 상처를 나누고 그 속에서 용기와 희망을 되찾아 가는, 우정에 관한 이야기이기도 하다.

**6**

### 꼬마 난장이 미짓 팀 보울러 지음

★뉴욕 도서관 청소년문학상 수상

뒤틀린 팔다리, 평균에 훨씬 못 미치는 키, 자신의 의사조차 제대로 표현할 수 없는 장애를 갖고 태어난 주인공 미짓. 그러나 미짓은 삶에 대한 희망을 놓지 않는다. 짜임새 있는 구성, 아름다운 서정성, 가슴을 적시는 여운……, 책을 덮는 순간 가슴이 먹먹해지는 감동적인 성장 소설.

**7**

### 마름모꼴 내 인생 배리언 존슨 지음

★뉴욕 도서관 선정 10대 권장 도서 ★언어 협회 선정 올해 최고의 성장 소설
★텍사스 도서관 협회 선정 고등학교 추천 도서

10대 소녀의 임신이라는 주제를 섬세하면서도 현실적으로 그려 낸 성장 소설. 작가는 너무 일찍 엄마가 되어 버린 특별한 10대들의 달콤살벌한 성장 이야기를 따뜻하고 건강한 시선으로 그려 냈다.

### 15 블레이드 1, 2, 3, 4 팀 보울러 지음

과거를 극복하고 미래로 나아가려는 한 소년의 투쟁을 속도감 있게 그려 낸 소설. 어두웠던 과거를 묻고 스스로 숨어 버린 소년 블레이드가 다시금 과거의 사건을 마주하고 이겨 내는 과정을 일인칭 시점의 독특한 구성으로 보여 준다. 성장 소설의 대가 팀 보울러의 새로운 스타일을 만날 수 있는 작품.

### 19 나의 완벽한 자살노트 산네 선데가드 지음

집단 따돌림을 견디지 못해 자살을 결심한 열네 살 소녀의 2주간을 그린 소설. 죽음을 앞두고 삶을 정리하기 위해 일기를 쓰기 시작한 주인공 아그네스가 자살의 유혹을 넘어 생을 이어 나갈 이유와 희망을 발견해 나가는 과정을 다른 어떤 소설보다도 유쾌하고 재기발랄하게 그려 냈다.

### 20 첫 키스는 사과 맛이야 1, 2 (1권) 고운기 해설 | 금동원 그림
(2권) 박경장 해설 | 정 일 그림

★2012 책따세 추천도서

윤동주 시인에서 안도현 시인까지, 윌리엄 워즈워스에서 로버트 프로스트의 작품에 이르기까지…… 두 서양화가 금동원, 정일의 감성적인 그림과 함께 읽는 국내외 대표 성장시 103편!

### 22 소녀들의 거짓말 발레리 쉐러드 지음

성추행을 당했다고 고백한 단짝 친구를 위해 법정에서 거짓 증언을 하게 된 열일곱 살 소녀 샤나. 그러나 곧 성추행 사건에 뭔가 석연치 않은 점이 있다는 사실을 깨닫는다. 그릇된 우정으로 시작된 한순간의 거짓말, 그리고 그것을 바로잡으려는 한 소녀의 용기 있는 선택을 흥미진진하게 그려 낸 작품.

### 23 서머타임 에드워드 호건 지음

부모님의 불화가 자신의 탓이라는 죄책감에 시달리던 다니엘은 학교생활에도 일상생활에도 적응하지 못하고 겉돌기만 한다. 결국 이를 걱정스럽게 여긴 아버지의 손에 이끌려 휴양지로 치유 여행을 떠난다. 그리고 그곳에서 비밀스러운 소녀 렉시와 만나면서 우정을 쌓고 신비로운 경험을 하게 되는데……. 가족의 붕괴로 방황하던 소년의 아주 특별한 성장기.

### 24 오월의 충치 도시마 미호 지음

인생에서 가장 길고도 아름다운 6년. 초등학생 센리에게도 인생의 고민들이 하나둘 생겨나기 시작한다. 어른이 되어 가면서 어렴풋이 느끼게 되는 필연적인 감정들, 달콤하면서도 씁쓸한 감정들을 경험하고 받아들이면서 한층 더 성장하는 센리의 모습이 감동적으로 그려진다.

### 호텔 로완트리 팀 보울러 지음

낡은 호텔 로완트리를 둘러싸고 연이어 벌어지는 불길한 사건들이 시골 마을과 가족의 일상을 뒤흔든다. 살인 사건에 맞닥뜨린 열네 살 소녀 마야의 이야기를 통해 10대 안에 내재된 불안과 혼란, 공포를 긴장감 넘치게 그려 낸 팀보울러의 미스터리 스릴러.

### 오빠 손을 잡아 N. H. 센자이 지음

아프가니스탄의 수도 카불. 탈레반의 압제를 피해 목숨을 걸고 탈출하던 밤, 군인들에게 쫓기던 파디는 그만 여동생 마리암의 손을 놓치고 만다. 결국 어린 마리암을 홀로 남겨 둔 채 국경을 넘은 가족. 파디는 슬픔과 죄책감에 휩싸여 미국으로 향하는데……. 아프가니스탄 난민 가족의 삶을 열두 살 소년의 시선으로 뭉클하게 그려 낸 작품.

청소년문학 시리즈는 계속 출간됩니다.

# 오빠 손을 잡아

**초판 1쇄 발행** 2013년 3월 31일
**초판 2쇄 발행** 2013년 5월 6일

**지은이** N. H. 센자이
**옮긴이** 신선해
**펴낸이** 김선식

**Editing creator** 박고운
**Design creator** 이나정
**Marketing creator** 이상혁

**3rd Creative Story Dept.** 김서윤 이여홍 박고운
**Creative Marketing Dept.** 이주화 이상혁 백미숙
       **Online Team** 김선준 박혜원 전아름
       **Public Relation Team** 서선행
       **Contents Rights Team** 김미영
**Creative Management Dept.** 김성자 송현주 권송이 윤이경 김민아 한선미

**펴낸곳** (주)다산북스
**주소** 경기도 파주시 회동길 37-14 3층
**전화** 02-702-1724(기획편집) 02-6217-1726(마케팅) 02-704-1724(경영관리)
**팩스** 02-703-2219
**이메일** dasanbooks@hanmail.net
**홈페이지** www.dasanbooks.com
**출판등록** 2005년 12월 23일 제313-2005-00277호

**종이** 한솔피엔에스
**인쇄·제본** (주)현문자현

ISBN 978-89-6370-956-7 44840
     978-89-6370-916-1(세트)